한국 현대시의 맥

허 금 주 시평론집

새미

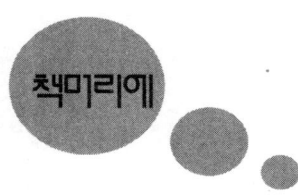

책을 읽으면서 일어나는 파문, 세계 저 끝까지 퍼져 나가는 파문은 삶의 확장된 은유를 만들어 낸다.

나에게는 열다섯 살 무렵, 헌책방에서 구입하여 불혹을 바라보는 지금 조금도 변함없이 고요한 파문을 일으키는 소설책이 한 권 있다. 독일 문단의 하인리히 뷜의 『시인을 사랑한 여인』이 바로 그 책이다. 전쟁이 파괴한 것 중에 복원할 수 없는 유일한 것은 사랑이라고 말한다. 이 소설은 그런 아픈 사랑의 이야기이다. 그러나 무엇보다 나를 떨리게 한 것은 소설의 제목이 주는 '시인을 사랑한 여인'이 내 일생이 되기를 가슴에 담아보는 순간을 맞이하게 된 것이다. 시와 시인을 떠나서 내 삶은 설명할 수조차 없다. 하루하루 삶의 전부를 시와 시인을 향한 사랑의 아픔과 기쁨, 그리고 슬픈 욕망으로 바쳤다.

"냇사 애닯은 꿈꾸는 사람/ 냇사 어리석은 꿈꾸는 사람"이라는 목월의 시 「임」이 들려 올 때면 나도 모르게 가슴을 쓸어내리게 된다.

운명적 관계에 대해서 생각이 많아졌다.

한 인간의 삶에서 성장의 한 걸음을 디딜 때마다 예를 들어 졸업과 입학, 등단과 출판, 취임과 퇴임, 탄생과 부음 등에서 많은 사람들이 호명되며 다정하고 따뜻한 지인으로 그 관계가 새롭게 명명된다. 내가 가장 부러워했던 것은 책의 서문에서 절을 올리는 관계이다.

이제 첫평론집을 묶으면서 더욱이 시를 향한 시선과 발걸음만으로 원고지의 한장 한장을 채운 지난 시간을 뒤돌아보며 잠시 할 말을 잊는다. 내 삶을 흔든 한 권의 소설 『시인을 사랑한 여인』의 하인리히 뵐 소설가에게 나는 가장 깊은 슬픔을 가장 깊은 감사의 절로 바치고자 한다.

　삼월, 봄이 오는 길목에서 아버님을 여의었다. 불안한 의식으로 이승과 저승을 한달 여 헤매다가 조용히 눈을 감으셨다. 그때 내가 할 수 있는 것이 아무 것도 없다는 것과 아니 지금까지 무엇을 해왔는지에 대한 심한 자괴감으로 몸을 가누기가 몹시 힘들었다. 통곡과 눈물 끝에서 가던 길을 계속 걷는 것, 하던 일을 계속하는 것이 최후의 사랑임을 응시할 수 있게 되었다.

　두 권의 시집을 상재하는 동안 아버님은 한 번도 크게 웃으시거나 별다른 말씀을 하신 적이 없지만, 책상 위에 가까이 두고 몇 번이나 시집을 쓰다듬으며 읽으면서 시를 쓰는 딸과 정신적 교감을 가지신 것을 최근에야 헤아리게 되었다. 불멸의 아름다움에 대한 순수한 비전을 아버님은 어리석은 딸에게 그 모습을 감추신 뒤에도 이렇게 현현(顯現)하는 것이다. "너, 열심히 살아야 한다"는 내가 마지막으로 들은 이승에서의 아버님 말씀 앞에 첫 평론집을 바친다.

이 책은 크게 III부로 구성하였다. I부 시인탐구에서는 학부와 석사, 박사 과정을 이수하며 시를 공부하면서 직·간접으로 영향을 받은 시인들을 중심으로 시세계를 살펴보았다. 책상에 앉아 원고를 쓴 시간보다 더 많은 시간을 비가 오나 눈이 오나 덥거나 춥거나 발품을 팔아 직접 시인들을 만나면서 쓴 글이다. 『문학사계』에 시인론을 연재하면서 다루었던 시인들이 대부분이지만 앞으로 시를 쓰는 평론가로서 한국현대시문학사 부문에서 집중적인 노력을 기울이고자 한다.

II부 시를 위한 담론의 글들은 『유심』과 『문학사계』 특집으로 기획된 글이다. III부 시의 현장 혹은 귀환에서는 『문예운동』, 『시로 여는 세상』, 『시평』, 『예술평론』, 『생각과 느낌』 등에 발표한 글들을 묶어 본 것이다.

시인에게 사랑하고 사랑 받는 일을 제쳐 놓으면 과연 무엇이 남을 것인가는 말하기 어렵다. 시와 시인을 첫눈에 사랑했고, 지금도 사랑하며 앞으로도 시와 시인의 자리에서 다른 무엇을 사랑해 내지는 못할 것이다. 나는 시와 시인을 향한 일생에 단 한 번의 사랑의 심지를 목숨 다할 때까지 태울 것이다.

2005년 겨울
허 금 주

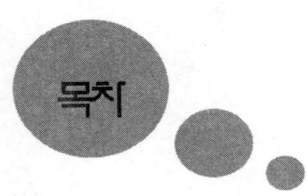

목차

I. 시인탐구

II. 시를 위한 담론

III. 시의 현장 혹은 귀환

I. 시인탐구

강은교 시에 나타난 죽음 이미지
- 『허무집』, 『풀잎』, 『빈자일기』를 중심으로 -

1. 들머리

　이미지는 쇠붙이를 끌어당기는 자석처럼 강력한 견인의 힘을 발휘하여 끝내 시인으로 하여금 시적 형식을 통해 자신의 존재를 드러내게끔 작용한다. 이미지는 감추어진 것, 숨겨진 것인 동시에 그 감추어진 것, 숨겨진 것이 밖으로 표출될 수밖에 없도록 하는 동력이기도 하다. 지극히 짧은 순간 세계는 시인에게 자신의 내밀한 영역을 열어 보이며 그를 초대하는 듯하지만 그것은 환영에 그치고 말 뿐이며 원상태로 되돌아가고 만다. 그러나 잠시 동안이나마 엿본 그 세계를 시인은 결코 포기할 수 없다. 오히려 그것을 언어로 포착하고자 하는 집요한 노력 속에 자신을 집결시킨다. 이미지의 자력에 의해 시의 성좌가 구성되고 상상력의 집중과 분산이 펼쳐지는 것은 시의 역사에서 결코 드문 현상이 아니다. 시인이 어떤 이미지를 선택하기 전에 이미 그 이미지는 시인 앞에 당도해 있었고, 그의 손길을 잡아 이끌었던 것이다. 그러나 이미지의 창조적 견인력과 관습적인 유행은 분명 다른 것이며 모든 상투형을 거부하는 데서 이미지의 진정한 힘이 나타난다는, 어찌 보면 당연한 사실을 지적해 두고자 한다. 이미지의 쇄신을 통해 우리는 구축이 완료된 세계가 아니라 끊임없이 생성 중인 세계와 만나게 되며 지금 이곳과 다른 차원의 입구 앞에 서게 되는 것이다.

본고는 1970년대 발표된 강은교 시집, 『허무집』(1971), 『풀잎』(1974), 『빈 자일기』(1977)에서 죽음 이미지가 어떻게 드러나는가를 탐색해 보고자 한다. 강은교의 죽음이란 실체가 아니라 관념인 셈인데, 관념으로서의 죽음이 과 연 통과제의 의식이 요구하는 존재론적인 변화를 끌어낼 수 있을까. 여기서 강은교의 죽음에 대한 토양과 인식의 성격을 살펴야 할 필요성이 생겨난다.

2. 몸말

죽음의 방법을 노래한 에드윈 브록의 「사람을 죽이는 다섯가지 방법」이 있다. 전부 5연으로 된 그 시는 이렇게 끝맺는다. "이상과 같은 방법은 첫머 리에서 말한 바와 같이/ 사람을 죽이는 성가신 방법이다/ 더욱 간편하고 직접적이고 훨씬 더 깔끔한 방법은/ 그가 20세기의 중엽 그 어딘가에 살고 있다는 점이며/ 그를 거기에서 떠나도록 하는 것이다." 머물고 있는 장소에 서 떠나도록 하는 방법, 다시 말하면 발붙이고 사는 지상으로부터 떠나면 죽게 되어 있는 것이다.

1968년 『사상계』에 「순례자의 잠」으로 등단한 강은교는 '최후의 저항적 무기인 고독과 허무'를 찾기 위해 순례의 길을 떠난다. 온힘을 다하여, 죽을 수밖에 없는 인간 조건의 확신 속에 자신을 집결시켜 '비리데기의 여행노 래'라는 제의적 국면을 수행한다. 김병익(1974)은 이러한 죽음과 허무에 대 한 인식을 선험적 직관이라 이름 붙이고 살아보지 않고도 아는 것, 따라서 체험의 반대말로 정의 내렸다. 정현기(1984)는 빛과 어둠의 시적 변증법으 로서 심상의 뿌리를 논하였으며, 김재홍(1986)은 강은교의 부정적인 현실인 식 또는 비극적 세계관을 無의 발생에서 시작되어 無를 통과하고, 마침내

無를 초극함으로써 無의 완성에 도달하려는 정신의 암투와 극기의 노력으로 평가하였다. 김경복(1988)은 강은교가 향하는 모든 죽음에의 지향을 물의 상징을 빌어 완전한 자기인식에로 여행하는 것이라고 의견을 제시하였다. 그리고 1990년대로 접어들어서 강은교 시에 드러나는 죽음에 대한 분석으로 김정란(1993)의 글이 있다. 김정란은 강은교의 죽음의 인식이 여성성의 인식과 짝을 이루고 있다고 설파한다. 그외 많은 평자들에 의해서 '허무의 시인'이라 지칭되기도 하였다.

올해로 시작 경력 31년을 맞는 강은교의 장구한 순례자의 시간에서 1970년대 시집들에 대한 꼼꼼한 시읽기는 그의 시를 해독할 수 있는 깊은 뿌리를 제공할 것이다.

2-1. 황혼의 이미지

강은교의 시에는 황혼 혹은 저물녘이란 시간대가 자주 나온다. 황혼의 풍경은 허허로움, 막막함, 스산함 등의 감정과 삶에 대한 직관적인 눈뜸을 불러일으킨다.

　　　　날이 저문다.
　　　　먼 곳에서 빈 뜰이 넘어진다.
　　　　무한천공 바람 겹겹이
　　　　사람은 혼자 펄럭이고
　　　　조금씩 파도치는 거리의 집들
　　　　끝까지 남아있는 햇빛 하나가
　　　　어딜까 어딜까 도시를 끌고 간다.

　　　　날이 저문다.
　　　　날마다 아름다운 우리나라에

아름다운 여자들은 떨어져 쌓인다.
잠속에서도 빨리빨리 걸으며
침상 밖으로 흩어지는
모래는 끝없고
한겹씩 벗겨지는 生死의
저 캄캄한 수세기를 향하여
아무도 자기의 살을 감출 수는 없다.

집이 흐느낀다.
날이 저문다.
바람에 갇혀
일평생이 落果처럼 흔들린다.
높은 지붕마다 남몰래
하늘의 넓은 시계소리를 걸어 놓으며
광야에 쌓이는
아, 아름다운 모래의 여자들

부서지면서 우리는
가장 긴 그림자를 뒤에 남겼다.
- 「자전 I」 전문

"부서지면서 우리는/ 가장 긴 그림자를 뒤에 남겼다"는 단언이 그것이다.
저무는 저녁의 시간에 벌어지는 붕괴의 사건들이다. '빈 뜰'은 '넘어지고'
'집들'은 '파도치며' '여자들은 떨어져 쌓이'고 '침상 밖으로 흩어지'며, 그
리하여 나는 '한 겹씩 벗겨지는 生死의' 비밀 앞에 직면한다. 거듭 현재
시제로 제시되던 사건들은 맨 마지막에 이르러 과거가 된다. 그리고 그
무너짐과 더불어 여자들이 부서졌다. '그림자'는 인간의 이면에 사는 '검은
형제(욜란디 야코비, 「칼융의 심리학」, 1978)' 즉 죽음의 상징이다. 그리하여
그림자는 죽음의 한 옷자락으로 '나'는 통과제의의 여행을 하지 않을 수

없게 된 것이다. 실재가 사라진 자리는 그림자가 대신한다. 날이 저물 듯 인간 모두 끝없이 자전할 따름이다.

> 애인아
> 천지에 날 어둡는 소리가 들린다
> 큰 길이 빨리
> 빈 산으로 들어간다
> 너와 함께
> 하늘과 땅이 생긴 이야기나 하면서
> 나도 나라 하나를 떠메고 갈까?
>
> ─「황혼곡조 1번」부분

> 저물 무렵 네가 돌아왔다
> 서쪽 하늘이 열리고
> 큰 무덤이 보이고
> 떠나가는 몇 마리의 새
> 식구들은 다시 안심한다
>
> ─「저물 무렵」부분

황혼은 사이의 공간이다. 강은교에게 있어 황혼은 빛과 어둠이 엇갈리는 사이의 시간이다. 빛도 아니고 어둠도 아닌 그 중간 상태이다. 그것은 밝은 대낮 동안에 감추어져 왔던 존재의 유한성과 지상적 삶의 허무가 투명하게 드러나는 순간으로 빈 산, 큰 무덤, 서쪽 하늘같은 죽음과 관련된 이미지들로 물들여져 있다. 하지만 시인은 허무를 회피하기 보다는 적극적으로 받아들이는 입장에 서 있다. 황혼은 이처럼 삶의 무의미성과 텅빔을 상쇄시켜 줄 수 있는 다른 삶, 다른 세계에 대한 희원이 가장 역력하게 표출되는 시간이기도 하다. 황혼이 의미하는 사이의 시간이 확장되어 우주적 차원을 획득할 때 다른 삶을 가능하게 해 줄 어떤 신화와 대상을 '어떤 예정된 운명'에 따라 다시 만나게 되기도 한다.

우리가 물이 되어 만난다면
가문 어느 집에선들 좋아하지 않으랴.
우리가 키 큰 나무와 함께 서서
우르르우르르 비오는 소리로 흐른다면.

흐르고 흘러서 저물녘엔
저 혼자 깊어지는 강물에 누워
죽은 나무 뿌리를 적시기라도 한다면.
아아, 아직 처녀인
부끄러운 바다에 닿는다면.

그러나 지금 우리는
불로 만나려 한다.
벌써 숯이 된 뼈 하나가
세상에 불타는 것들을 쓰다듬고 있나니

만리 밖에서 기다리는 그대여
저 불 지난 뒤에
흐르는 물로 만나자.

푸시시 푸시시 불꺼지는 소리로 말하면서
올 때는 인적 그친
넓고 깨끗한 하늘로 오라.
                              -「우리가 물이 되어」전문

『허무집』 전체를 통틀어 물과 불이라는 말은 이 시에서 처음 나온다.
「우리가 물이 되어」는 존재의 변화를 보다 적극적으로 추구하기 위해 치르
는 정화 의식으로 읽힌다. 물론 물 이미지들의 계열체인 바다, 강물, 피,

비, 시냇물, 눈 등의 말이 이미 등장했고, 불의 경우도 한 변형이라 할 수 있는 연기의 이미지로 자주 제시되었다. 그러나 명백히 4원소로서의 물과 불은 여기서 최초로 나타난다. 더욱 놀랍게 불은 이 시에서만 등장한다. 이것은 이 시가 죽음의 나라로 여행하는 영혼을 정화시키는 불의 세례[1]를 요구하는 어떤 무의식적인 지향에 의하여 씌어졌음을 유추하게끔 하는 표지가 된다. 시의 말미에서 미지의 누군가를 향해 앞으로 "올 때는 인적 그친/ 넓고 깨끗한 하늘로 오라"고 하고 있지만 하늘이 아닌 지상에서 살 수밖에 없는 인간들에게 완전한 초월은 가능하지 않은 것이다. 다음 시에서처럼 모였다 흩어지고 올라갔다 내려오고 나타났다 사라지는 윤회를 되풀이 할 수밖에 없다.

> 사람이여
> 네가 가는 길 위에
> 웬 모래가 이리 많은가.
> 조금만 귀 기울여도
> 창 밖에는 살을 나르는 바람 소리
> 동쪽에서 서쪽으로
> 내 뼈 네 뼈가 불려가는 소리
>
> — 「황혼 곡조 4번」 부분

강은교의 시에 자주 등장하는 육신의 해체와 피, 살, 뼈 같은 이미지들은 우주의 생성 변화 소멸에 대한 민감한 인식의 소산이다. 인간의 육신을 비롯해 모든 것이 실체감을 잃고 생성과 소멸이라는 거대한 우주적 춤에 휘말린다. 그러나 현상적인 분열과 갈등 너머에 이를 통합하는 일원적인 힘이 있다

---

1) 4원소에 의한 정화의 의미에 대해 물은 후보자로부터 육욕의 무게를 씻어주며, 공기는 신념을 없애 주고, 불은 영혼을 정결하게 하는 것으로 보고 있다. (시몬느 비에른느, 「통과제의와 문학」, 이재실 옮김, 문학동네, 1996)

는 시인의 생각은 황혼이 몰고 오는 어둠을 거부하지 않고 그대로 수용하는 자세를 취한다. "어둠이 천천히 창가에 설 때/ 천천히 그 막막한 손 들여밀 때(「어둠이 한 손을 내밀 때」)" 화자도 손을 내밀어 "따뜻이/ 그를 잡는다." 어둠이 몰고 오는 미지의 시간을 화자는 공포의 감정이 아니라 동류의식에 바탕을 둔 친밀감을 갖고 영접한다. 다음 시는 황혼이 시인의 무의식 속에서 다사롭고 부드러운 모성성의 상징으로 자리 잡고 있음을 드러내 준다.

> 그러나 지금 우리는
> 긴 노을의 허리에 감겨
> 누워 있네.
> 날 저물면
> 부드러운 흙의 혓바닥에
> 입맞추리.
> 편안하고 편안하다고 속삭이는
> 따의 유혹에 어루만지이리.
> 　　　　　　　 -「煉橋」 부분

　이러한 황혼은 일상적이고 낮 시간대가 허용하지 않는 영혼과 영혼간의 내밀한 친교에 대한 갈망을 더욱 자극한다.

2-2. 허무와 죽음의 변증법 - 꽃밭에서 바다로의 전이

　시인이 '죽은 꽃 하나'를 보러 가면 '나'를 향해 오는 것은 '열 켤레'의 신발이다(「嬉遊曲」). 나의 여행은 나만을 위한 것이 아니라 공동체 전부를 위한 것임을 나는 깨닫는다. 강은교에게 있어 죽음으로부터 삶으로 돌아오는 것은 죽음을 향해 가는 것 못지않은 여정이다. 시인은 이 돌아옴의 여행을 '비리데기'라는 퍼소나를 통해 수행한다. '비리데기'와 자신을 동일시함으로써 강은교가 특히 강조하게 되는 것은 두 가지이다. 첫째로 민간전승의 무가로부터 인물을 차용함으로써 내가 죽음을 통과해 가는 것이 나 개인의 서사가 아니라 공동체의 서사라는 것을 명확하게 해준다. 둘째 죽음을 통과하는 일과 여성의 몸에 관한 인식이 서로 만나게 된다는 점이다. 「短歌 3편」에서 드러나듯이 여성이라는 '살'의 조건은 자기 자신을 버림받게 하고, '4천 사내의 떼죽음'을 몰고 온다. '비리데기'의 여행은 이러한 여성의 '살'의 조건이 곧 구원의 조건이기도 하다는 것을 드러내 주고 있다. 비리데기 무가의 기본 구조를 살펴보면 다음과 같다(김태곤, 「황천무가연구」, 창문사, 1966).

①무가 속에 등장하는 주인공은 왕이나 장군신의 딸로, 딸 7형제의 막내딸로 출생
②아들 낳기를 기다리나 딸만 계속 낳자 참다못해 부친의 명령으로 일곱째의 막내딸을 낳자마자 갖다 내버린다.
③버려진 막내딸은 신이나 자연 또는 동물에 의해 보호를 받아 성장, 미녀가 된다.
④막내딸을 내버린 후 그 벌로 양친 혹은 부친이 우연히 병이 들어 죽게 되는데, 점을 해보니 타계에 있는 약수를 먹어야 산다고 점괘가 나온다.
⑤큰딸로부터 차례로 여섯째딸까지 모두 약수 구해오기를 권해 보나 핑계를 대고 불응하여 하는 수 없이 내버린 막내딸을 찾아온다.
⑥막내딸이 효심으로 약수를 구하러 타계로 가 神格者와 약수 대가로 동거하여 아들 7형제를 낳아주고 약수를 구해 온다. 이 신격자는 거인으로서 장승이나 미륵이다. 아들들은 어머니를 따라 온다.
⑦부친이 죽어 나가는 상여를 막내딸이 돌아오다 만나 내려놓고 구해 온 약수를 먹여 환생시킨다.
⑧막내딸과 그의 아들들은 지하국의 신격자, 보살, 오구신 등이 되어 일반 亡人의 樂地 왕생을 돕는 신이 된다.

강은교가 참조한 서사무가 '바리데기'가 위의 일반적인 구조와 결정적으로 다른 것은 일곱째 딸을 내다버린 것이 아버지의 명에 의해서가 아니라, 거듭 딸을 낳은 어머니의 부끄러움에 의한 것으로 제시되는 점이다.

「비리데기의 여행노래」는 전체 5曲으로 이루어져 있다. 「1曲 폐허에서」에서 비리데기가 여행을 시작하는 곳은 꽃밭이다. 이 꽃밭은 생성의 아픔이 있는 영혼의 세계로서 폐허이다. 「자전 III」에서 '꽃밭을 나온 사과 몇 알'은 '폐허로 가는 길'을 묻고 있었는데 이 순환은 어머니와 딸의 버리고 되찾는 관계의 순환과 맞물린다. "그리고 밤이 오면/ 저 무서운 꽃밭에서 들리는/ 누구 머리칼 젖히는 소리/ 옷고름이 탁 하고/ 저고리에서 떨어지는 소리"에서 옷고름을 푸는 일은 육체의 질곡으로부터 해방을 의미한다.

> (생략)
> 맨몸으로 맨몸으로
> 물은 조국을 떠나서 갔다.
> (생략)
> 그렇다 여행이다.
> 가장 가까운 곳에서
> 눈물 하나가 바다를 일으킨다.
> 바다를 일으켜서는
> 또다를 바다로 끄을고 간다.
>
> ― 「2曲 어제 밤」 부분

나는 조국 아버지의 나라를 떠나 '맨몸으로' '바다'로 간 것이다. 하나의 바다에서 또다른 바다로, 물은 아버지의 바다뿐 아니라 어머니의 나라에서도 떠난다. 「3曲 사랑」에서 나는 시냇가에 혼자 앉아 있다.

> (생략)

시냇가에서 대답하려므나
워이가이너 워이가이너

다음 날 더 큰 바다로 가면
암청에 빛나는 저 이슬은
누구의 옷 속에서
다시 자랄 것인가.

사라지는 별들이
찬 바람 위에서 운다.
만리 길밖은
베옷 구기는 소리로 어지럽고
그러나 나는
시냇가에
끝까지 살과 뼈로 살아있다.

'워어이가이너'란 여음은 아버지의 상여꾼들이 부르던 노래이다. 이제 비리데기는 이승으로 돌아가야 한다. 그러나 시냇가에서 살과 뼈로 있으려는 이유는 내가 가 버리면 '저 이슬'을 누가 자라나게 하겠는가. 사랑은 이슬을 위해 시냇가에 남으려는 침묵이 그늘져 있다. 그러나 속세로 귀화하는 대신 비리데기는 또다른 죽음의 길로 나아간다.

설레는 잠의 저쪽
싸움하는 나라의 마을에는
이제 남은 연기 하나 없고
다만 누군가 죽어서
벌써 여러 해나 고인 눈물을
꽃 상여 위에 씻을 뿐
그러니 네가 가거라 가거라

- 「4曲 서쪽 마을로 가다」 부분

　서쪽은 내적인 여행의 방향을 가리키는 문학의 모티프였다. 이 서쪽 마을
에 캄캄한 밤이 온다. 「우리가 물이 되어」에서 예견했던 물의 나라를 나는
'천국'이라고 부른다. 비는 천국으로 들어가기 위한 육욕의 정결의식(시몬
느 비에른느, 「통과제의와 문학」, 1996)으로 새로운 탄생을 의미한다.

> 누가 날 살리리
> 날 살릴 이 누가 있더냐
>
> 밥상 위에 놓아 둔 시간이 모두 젖어
> 그대의 눈은
> 빈그릇을 만지며 울고
> 번개 기다리는 들에는
> 부끄럽게 부끄럽게
> 흩어져 가는 어머니 어머니
>
> 곧 쥐들이 일어나리라.
> 그대 등 뒤에서
> 가장 오래 기어다니던
> 저 쥐가 이 땅을 정복하리라.
> 그래도 그냥 두어
> 어찌 하겠는가.
> 비가 내리고 밤이 온다.
> 누울 자리를 찾는 사람의
> 긴 발자국 소리가
> 꽃밭에서 들려 온다.
> 정말 천국이 가까워진다.

- 「5曲 캄캄한 밤」 부분

나는 잠의 저쪽(「4曲 서쪽 마을로 가다」) 마을로 가서 이 마을의 바깥인 들에서 , 현실에서 나를 억압하는 가부장의 대리인인 '어머니 어머니'와 결별하고 내면의 어머니인 바다로 나를 데려다 줄 비를 만난다.

실제로 강은교가 건강했을 때 예감한 '죽음의 날개'가 그의 육체를 스쳤을 때 이런 고백을 남겼다.

죽음의 날개가 스쳐간 자에게는 전에 중요해 보이던 것도 이미 중요하지 않다. 중요해 보이지 않던 아니면 존재하고 있는 줄조차 모르던 딴 것들이 중요해지기도 한다. 우리 정신 위에 쌓인 온갖 얻어진 지식의 더미가 먼지나 분처럼 벗겨져 여기저기에 생살이, 감추어져 있던 진짜 것이 벌거숭이로 드러나 보이는 것이다.

강은교는 체험했고, 느꼈고, 그리고 고백했다. 그리하여 그는 '6억만 년 햇빛'과 더불어 '잠들지 못한다(「하관」)'는 것을 체험하며 "다음의 죽음 다음의 잠 …… / 모오든 다음의 달콤함을 위하여" "다음 저녁을 향하여/ 나는 멈추지(「벽제를 생각하며」)"않을 것을 다짐한다. "아직 처녀인 부끄러운 바다(「우리가 물이 되어」)" 도처에 꽃 피우고 흐르고 숨고 부는 생명의 발견은, 그리고 그 생명들의 윤회감을 깨닫는 것은 죽음의 체험이 안겨 준 삶의 지혜와 "모든 존재는 홀로 사라질 수 없다. 함께 연결함으로써 비로소 존재는 이루어지고, 드디어 깊이 사라진다(「빈자일기」)."는 확고한 음성이 경구를 발한다.

2-3. 물의 재생과 변용

강은교 시에 있어서 시적 이미지가 물의 상징과 닿지 않는 것이 거의 없음을 본다. 강은교 상상력의 여정을 따라가며 만나는 물은 지나가는 선원

들을 홀려 죽음으로 인도하는 사이렌(Siren)[2]과 같은 존재이다. '문학의 본질을 물의 흐름'로 파악한 그의 물의 이미지가 어떻게 죽음의 실체를 드러내고 허무의식을 반영해 가는가를 보기로 한다.

물을 마시고
또 물을 마신다.
아침에 마시고
저녁에도 마신다.
내가 마시는 물의 끝으로
껄껄대며 들어오는 바다
껄껄대며 들어왔다가
다음 날 인사도 없이 돌아가는
큰 바다
물의 엉겅퀴의 뿌리를 흔든다.
엉겅퀴 뿌리 밑에서
우리 집이 위험하게 흔들린다.
어지럽구나

— 「유성에서의 하루」 부분

내가 물을 마심으로써 바다가 들어온다. 나는 어지럼증을 견디며 바다를 수용한다. 이 어지럼증은 죽음에 대한 공포에서부터 나온다. 바슐라르에 의하면 "불행한 인간이 원시적인 의미에서의 현기증에 시달릴 때는 존재의 근저까지 고독하다. 그의 생은 전락 그것이다. 이 전락은 그 자신의 존재 속에 실제의 심연을 열어 준다."고 한다. 강은교는 전 시집을 통해 가라앉는 물의 이미지를 보여준다. 물이라는 말 외에도 냇물, 강, 바다, 실개천, 늪, 피, 독기, 고름, 정액 등이 다양하게 변주되고, 그러한 이미지들은 적신다, 깊어진다, 묻는다, 출렁인다, 스민다, 부서진다. 떠돌다, 사라진다, 운다, 떠

---

2) 사이렌은 그리이스 신화 속에 나오는 물의 요정이다.

내려간다, 흐른다, 등으로 나타나고 있다.

> 흐르고 흘러서 저물녘엔
> 저 혼자 깊어지는 강물에 누워
> 죽은 나무뿌리를 적시기라도 한다면
>   - 「우리가 물이 되어」 부분

> 오늘 밤은 저쪽에 있으면 좋겠네
> 한 채의 부서지는 집을 짓고
> 젖은 바다 거품 속에
> 없는 무덤으로 흐르면 좋겠네
>   - 「풍경제-없는 무덤」 부분

그리고 "닦아도 닦아도 지지않는 피들을 닦으며/ 아, 하루나 이틀/ 해저문 하늘을 우러르다 가는(「풀잎」)" 死者들을 피는 환기해 주고 죽음에 강력히 떨어지는 느낌을 가져다준다.

> 엄마 등에는
> 사천 년 묵은 황톳물이
> 묻혔다 다시 묻히는
> 아아, 사천 사내의
> 떼죽음
>   - 「短歌 3편, 늪」 부분

늪은 우리의 생활 속에서 쉽게 빠지는 절망의 구렁텅이, 멸망으로 가는 통로로 잘 떠오르기 때문에 강은교에 있어서도 죽음의 또다른 이름이다. (이 늪과 같은 표현물로 진흙구렁, 수채구렁 등의 용어가 사용되고 있다.) 강은교의 물의 경로를 계속 따라가 본다.

잠시 반짝이는
저 하늘의 별들도 떨어지고 말면
강물이여, 피같은 너
혼자 남아서
남은 세상 햇빛을 묻어 주게
　　　　　　　　　　　　　　-「싸움」부분

　물로 덮혀진 세계, 즉 물의 가장 깊은 심연을 무덤의 이미지로 쓰고 있음
을 볼 수 있다. "눈물 하나가 집을 나섭니다./ 해 다 진 길 위에/ 눈물 하나가
뛰어 갑니다/ (생략)…… / 세계의 모든 그 밤이 모여서/ 캄캄한 무덤의 지붕
이 될 때까지/ 그래서 깊이깊이 / 무너질 때까지……/ 대륙붕 속이나 석기시
대쯤(「눈물 하나가」)"에서도 무덤을 이루는 지붕과 "대륙붕 속이나 석기시
대쯤"의 시간을 설정함으로써 시간의 무화성을 드러내 준다. 그러나 무덤은
단순한 무덤으로만 그치는 것이 아니라 죽음 너머 새로운 생명을 준비한다.
긴 여행이 땅 속에 눕는 죽음이 아니라 어머니 속에서 죽은 죽음, 그리하여
여성성이라고 하는 잣대에 의해 재조직될 죽음과 생명을 동시에 품고 있는
'자궁'이라는 표상이 된다. "신의 왕국에 들어가기를 원하는 자는 우선 자신
의 육체와 함께 어머니 속으로 들어가 거기서 죽어야만 한다(시몬느 비에른
느)." 최소한 강은교에게 있어서 '무덤'이 '자궁'이라는 이미지로 심화됨에
의해 그의 상상력이 지상을 떠난 곳에서도 삶과 죽음의 탄력 점으로 마지막
무게 중심을 잡게 된다.

강이 흐른다.
버린 사과 껍질 위에서
큰 산이 이별한다.
열린 자궁을 닫고
이제 드는 잠은 얼마나 깊은지

가까운 대륙에는
몇 번이나 다시 고친 긴 무덤
강이 흐르고
누가 풀밭가에서
맨몸으로 돌아간다.
 (생략)
길이 멎고
앞선 강이 끊어진다.
몇 집이 공터에서 헤어져
바깥 바다로 끌려가고
마지막으로
우리는 허공에 도착한다.
사과껍질 위에서
큰 산이 무덤과 함께 승천한다.

- 「旅行次」 부분

　무덤이 물의 상징으로 뒤덮여 있음을 볼 때 '자궁'은 양수로 싸인 무덤과 같다. '자궁'의 특성은 죽음으로 한 가닥 끈을 맺고 있고, 삶으로도 한 가닥 끈을 맺고 있는 점이다. "여행차"에서 나는 이제 완벽하게 껍질을 벗었다. 나의 표상인 사과는 이 시에서 드디어 '버린 사과 껍질'이 된다. 완전히 사과로부터 빠져나와 나는 '자궁'을 닫고 '깊은' '잠'에 든다. 「자전 II」에서도 "바다는 / 모든 여자의 자궁 속에서 회전한다."는 하강의 끝을 결론짓고 있다. 잠은 나를 다시 허무로 데려 가겠지만 "물질적 원소가 영혼 전체를 이끌기 위해서는 이중의 참여, 욕망과 공포의 참여, 선과 악의 참여, 백과 흑의 조용한 참여가 필요하다."란 바슐라르의 말을 비로소 음미할 수 있다.

3. 갈무리

죽음의 미학은 끝과 시작이라는 재생의 끈에 묶여 문학사 속에서 모든 생명들이 방출되어 나오는 영혼의 집이다. 우리는 깊숙이 감추어진 세계에서 죽음이 숨쉬는 소리를 들을 수 있다. 강은교에게 있어 아프리오리的으로 예감한 죽음과 허무는 의식이 순수한 결정으로 남을 때 까지 모든 것을 분해, 제거함으로써 인식이 가능한 종말과의 해후이다. 이러한 선험적 인식에의 이끌림을 "이 모든 무엇으로부터 완전한 자유를 획득하는 것, 껍질이 아니라 핵에 이르는 것, 이 모든 무형의 구속, 환상, 공포, 신, 조직으로부터 자유인이 되는 것, 마지막에는 자유에의 의지마저 버림으로써 영원한 해방에 이르는 것(「추억제」, 1975)"이라고 말하고 있다.

지금까지 강은교 시에 나타나는 죽음 이미지로 황혼, 꽃밭에서 바다로의 전이, 물의 재생과 변용이 만드는 공간을 1970년대 발간된 시집, 『허무집』, 『풀잎』, 『빈자일기』를 통해서 살펴보았다. 시에서 소중한 것은 시인이 파악하는 삶의 원형적 틀과 생생한 감각과 정서 속에 주체적으로 수용된 사물의 형상적 인식의 팽팽한 균형이라고 볼 때, 강은교 시에서 삶을 천착하면서 보여준 죽음의 이미지는 보다 깊은 정신세계에서 성실하게 지켜보기 위한 밤 부엉이의 실존적 자세였다고 평가할 수 있다. 문학의 본질을 물로 파악한 시인은 수직의 하강 속에 삶을 밀어 넣고, 그것은 동시에 사랑이기도 하여서 죽음에 처한 존재들에게 새로운 삶을 부여한다. 우리의 언어에 드리워져 있는 침묵-불가능한 말하기-의 제의로서 죽음은 꿈의 은유들과 얽혀져 자기 증식을 한다. 강은교 시는 삶이 제시하는 "죽자면 모르지만 명 아닌데 죽을 것가"의 '죽지 못함'의 문제를 죽음을 향하여 질주하는 것들에 대한 시적 응전의 양식으로 확대한다.

따라서 1970년대 강은교가 추구한 자아와 세계에 대한 허무에의 인식 및 죽음에의 가열찬 탐구는 물의 상징을 빌어 자기 인식에로의 여행이란 사실을 알 수 있다. 나아가 그의 생존은 이미 한 사람의 생존이 아닌 모두의 생존으로 확산되어 감을 볼 수 있다. 생명의 일체감, 연대의식 등이 '나'를 해체함으로 즉 '나'를 다른 '나' 속에 귀속시키거나 동일시하는 애정을 가짐으로써 보다 근원적인 생존의 의미를 깊이 확인하게 된 것이라고 할 수 있다. 죽음은 강은교의 글쓰기를 관통하는 미학적 심장이다. 아름다운 최후의 기의를 위해 삶 속에 내면화 되어 있는 죽음인 것이다. 무엇보다 강은교가 탐색한 죽음, 허무는 육체적 파괴를 통한 것이 아니라 여성 본체의 내적 공간의 재확인이었다는 데에서 더 큰 고통의 감지를 말한다.

물밑에서의 축제
- 권달웅론 -

1. 권달웅 따라 읽기

동양 문화권에 있어서 모든 예술의 시원(始原)은 자연이다.

모든 예술은 생명의 에너지를 지닌 이른바 기(氣)의 구현을 최고의 중핵적 미개념으로 하였고, 자연계에 내밀하게 숨쉬는 이 '기'의 파장이 이른바 운(韻)이었다. 음향, 가락, 리듬으로서의 '운'을 거의 생득적으로 체득하고 서로가 불가분의 것으로 생각하면서 소중히 했던 것이다. 그러나 무엇보다 자연으로 눈을 돌리고 자연을 사랑하게 되는 까닭은 현실에 있다. 역사를 소급해 보면 조선시대에도 당쟁에서 밀려난 사람들이 자연으로 돌아가서 자연을 사랑하며 자연을 벗삼아 자연을 노래하지 않았던가.

우리들 삶의 구경(究竟)의 목표가 참모습, 참소리를 보고 듣는 데에 있다는 것은 아마도 절대해방에서 절대자유를 얻어낸 이라야만 가능할 수 있을 것이다.

그렇다면 왜 시를 써야 하는가. 권달웅은 먼저 이러한 물음에 스스로의 답 -"현실의 삶이 괴로울수록 나는 내 시의 세계와 깊이를 더하여 갈 것이다. 현실이 주는 삶은 소년시절에 경험과 물상과 접목하고 근원적인 삶의 물음들은 모두 나의 시정신과 관계를 맺는 사이 나의 형상이 드러나리라" (『사슴뿔』 후기) -을 자신에게 확인해 준다.

　권달웅은 1975년 『心象』을 통해 스승인 박목월 추천으로 등단한 시인이다. 그의 시작 경력은 금년으로서 28년을 헤아리게 된다. 그동안 그가 발행한 시집은 총 8권이다. 첫시집 『해바라기의 幻想』을 비롯하여 『사슴뿔』, 『바람부는 날』, 『지상의 한 사람』, 『내 마음의 중심에 네가 있다』, 『크낙새를 찾습니다』와 시선집으로 『초록 세상』, 『감처럼』 등이 그 구체적 실례에 해당한다.

　이 가운데 시선집을 제외한 6권의 시집을 '꼼꼼히' 읽음으로써 권달웅 시세계를 살펴볼 수 있는 하나의 근거를 마련해 보고자 한다. 더불어 『心象』의 맏형격인 그의 시작행위가 '왜 시를 쓰는가'라는 물음 앞에서 어떻게 살아남는가를 보여주는 풍부한 해석의 전범이 될 수 있다는 것은 참으로 다행한 일이다.

2. 바람을 따라 부유하는 풀 · 꽃 · 나무

　권달웅은 첫시집 『해바라기 환상』 이후 여섯 번 째 시집 『크낙새를 찾습니다』에 이르기까지 인간은 결국 자연으로 돌아갈 존재임을 잊지 않고 있으며, 그 시간이 아름답고 평온하기를 간절히 소망한다.

　「따뜻한 바람」에서 "한라에서 배두까지/ 연초록 잎을 밀어 올리는/ 아지랑이를 보이소/ 살아있는 모든 것들이/ 따뜻한 손을 잡는 것은/ 아직도 산 너머 저 쪽에/ 사랑이 있기 때문 아이껴/ ……… 산 너머 산을 지나/ 길고 추운 나날을 지나/ 저렇게도 따뜻한 바람이/ 산과 들에 부는 것은/ 닫혀 있던/ 우리들의 마음 속에/ 같이 만나야겠다/ 같이 살아야겠다는/ 꿈이 있기 때문 아이껴" 라는 인식을 보여준다. 이러한 그의 시적 사유는 "자신을 버려라/ 공적을 버려라/ 명성을 버려라"의 준엄한 스스로의 응징이 이루어졌을 때 "쏴아쏴아 아래로 흐르는 물소리(「갈대바람」)"가 난다고 믿고 있다.

권달웅의 시 전편을 관류하는 숨결은 '찾아와 흔드는' 바람이다. 그 바람은 시인의 소년시절 고향인 경상북도 봉화군 봉성면 원둔리의 적막한 산가를 휘돌아 기술 지상주의 '테크노피아'를 향해 원초적인 생명력에로 향한 끝없이 벅찬 감회와 더불어 시인을 고무시킨다. 인간의 운명과 더불어 자연의 운명도 자리매김 된다는 은유적 언어이기도 하다. 다음 시들은 권달웅 시의 출발선을 암시해 준다.

풀 혹은 풀잎은 인간 존재의 대표적인 상징물이다.

> 흔들리는 풀꽃은 내일이면 하얗게
> 쓰러질 것이고 내일이면 흰 풀꽃
> 같은 사람들이 산으로 가 살 것이
> 지만 사람들은 모든 길이 망우리
> 로 이어져 있음을 알지 못한다.
>
> ― 「망우리」 부분

> 그는 떠나서 나를 부르는
> 풀꽃이 되었고
> 풀꽃을 흔드는
> 바람이 되었다.
>
> ― 「먼 산」 부분

> 바람은 풀잎에 火印을 찍고
> 나는 눈을 떠도 눈을 떠도
> 타버린 얼굴이다
> 둥굽은 어둠이

쏟아지고 있다

-「해바라기 幻想」부분

강을 건너온 바람을 만난다.
풀꽃을 일깨우는 바람을 만난다.

-「천호동 · Ⅱ」부분

서정시의 특성 중 하나는 주체와 대상 간에 혼연일치를 이루는 경우이다. 곧 인간과 자연이 한 몸이 되는 궁극의 경지이다. 풀, 풀잎 혹은 풀꽃과 바람과의 상관관계를 통해서 자신을 인식하는 모습을 드러내 보인다. 이 서정적 융합을 가리켜 표현적 정조(情調)의 자극에 의해 순간적으로 타오르는 내면의 불꽃이라 해도 좋을 것이다.

꽃의 상징적 의미는 두 가지 관점에 의해 규정된다.

그 두 가지 관점이란 꽃을 본질과 형태로 나누어 보는 일을 일컫는다. 꽃은 본질적으로 일시성, 봄, 아름다움을 상징한다. 한편 다른 관점, 그 형태에 의하면 꽃은 중심의 이미지이며 따라서 영혼의 원형을 상징한다. 권달웅이 꽃이란 자연물에서 발견하는 힘은 부드럽고 여린 감수성에 침윤되어 있다. 젊은 날의 방황과 소외감을 "푸른 바다 바람을 안고/ 하얗게 흔들리는/ 억새꽃은/ 자연 그대로/ 버려진 들판을 따라/ 떼지어 자라고 있더라(「굼부리 가는 길」)"로 거기서 자신의 영역을 확장해 나가는 힘을 포착해 낸다. 현실에 대한 응전의 노력은 세속적인 관념에서 벗어난 현실 저편을 더욱 강렬하게 인식하는 것이다.

무덤가 잔디가
아지랑이에 떠가듯
피로 새긴 언약도

푸른 젊음의 꿈도
한갓 일장춘몽이 되고
어느덧 꽃잎 진 자리에
하얀 머리카락 날리는
할미꽃 고개 숙인다.

- 「할미꽃」 부분

'할미꽃'은 내적으로 연루된 분신에 다름 아니다. 과거와 현재가 겹쳐지
듯 안과 밖이 겹쳐지고 나와 대상이 겹쳐져 하나가 된다. 아름답지만 덧없
고, 덧없지만 아름답다. 청년기 특유의 낭만적 방황을 끝내고 '꽃잎 진 자리'
에서 내면으로 집중되는 힘을 느끼게 한다. 정신적 성숙과 함께 향기를
내뿜는 것이 어찌 식물뿐이겠는가. 시인의 내면에는 천 년이 한결같은 '상
사화'가 피어난다.

그리움이 지극하여
이 세상 끝까지 따라가
잎을 틔우고
다시 꽃을 피우고
끝내 사랑할 수밖에 없는
나는 너를 만나
눈물 속에 웃고 있음을
어쩌란 말이냐

- 「상사화」 부분

"소란한 마음이/ 고요해질 때까지/ 침묵하면서(「마른꽃」)" 작고 연약한
꽃들에 대한 애정과 삶의 덧없음에 대한 인식은 「달맞이꽃」, 「마타리꽃」,
「안개꽃」, 「목련」, 「철쭉꽃」, 「메밀꽃」, 「오동꽃」등 꽃으로 상징되는 여성
성으로 6권의 시집 곳곳에서 모습을 드러내고 있다. 절규와 자학, 약물과

중독이 삶의 도처에서 유혹하려 하지만 섬세하기 이를 데 없는 감각이 영혼의 깊이에 가 닿을 때 꽃의 존재는 일차적으로 울음으로 나타난다. 꽃은 시인의 세계를 대신해서 울며 그 울음으로 세계를 정화시킨다. 다음 시들은 이를 잘 대변해 준다.

> 안으로만 안으로만
> 울고 있었어.
>
> －「마타리꽃」 부분

> 웃으며 눈물 참는다.
> 눈물 참으며 웃는다.
>
> －「안개꽃」 부분

> 말 못하는 꽃
> 산그늘 같은 꽃
>
> －「오동꽃」 부분

시인의 상상을 따라가다 보면 한 걸음 더 나아가 시인은 아예 자연물 속으로 체위바꿈하는 언어를 통해 자기애를 나눈 무의식의 반신(半身)인 이미지의 통로를 보여준다. "부르면 부를수록 키작은 들꽃 이름들 속에서 어린시절 천진난만했던 코흘리개들이 웃으며 걸어(「들꽃이름」)"와 시인의 세계로 이어졌을 세월을 채색하는 것이다.

나무는 길고 수직적인 형태로 되어 있기 때문에 세계의 중심은 이른바 '세계-축'이라는 개념으로 표현된다. 뿌리가 지하에 있으며 가지가 하늘을 향한다는 점에서 나무는 상부지향성을 상징한다. 따라서 나무의 뿌리가 물질의 수준에서는 지하에 존재하지만 정신의 수준에서는 하늘에 존재하게 된다. 권달웅 시에는 이런 나무가 '행운목'으로 자라고 있다.

밑둥이 잘려도
잎을 피우고
푸른 꿈을 꾸고,
사랑이 없어도
슬퍼하지 않고
웃음을 터뜨리고,
불행하여질 때
행운을 주는 나무가
내 마음에 있다.

- 「행운목」 전문

그러므로 시인은 나의 생(生)을 확인하기 위해 길을 떠나보지만 새삼스럽
게 서럽거나 충격적일 일은 없다.

너무 푸르러서 휘어지고
휘어짐으로써 꺾이지 않는
버드나무야,
바람에 흔들려서
더 깊은 마음에 이르는 푸른 힘을
내 다 안다

- 「寓言(2) -버드나무」 부분

그러나 모든 어려움을
마디로 맺고 끊으면서 대나무는
중심의 줄기 하나로 산다.
무성한 대숲에서 바람이 일었다.

- 「대나무」 부분

하나같이 단아한 구조와 적절한 수사력으로 은근한 파문을 일으키며 접근해 온다. 그러나 쉽게 읽혀지는 권달웅 시의 사유의 열매는 시인 자신이 삶의 과정을 통해 자연스럽게 체득한 것이란 점에서 생명력을 얻는다. "나무 속으로 새가" 날고 "나무 속으로 벌레들"이 기어가고 천 년 "해 달 별들"이 빛나며 "나무 속으로 사람이 지나가"는 것을 감식해 내기 위해서 강인한 정신의 소유가 필요함은 새삼 강조할 필요를 느끼지 않는다.

3. 우리를 적시는 물의 꿈

물은 상상의 피를 필사적으로 빨아들인다. 존재와 부재의 두 간극 사이에서 물의 공간은 새로운 존재를 잉태하는 일종의 원형적 공간이다. 분석과 배제라는 이성의 칼날이 휩쓸고 지나간 자리에 통합과 화해의 꽃을 피운다. 시인은 시간의 사타구니들을 하나하나 더듬으며 현실로부터 삭제된 세계를 현실의 전면에 밀어 올린다. 작고 날카로운 갈기를 지닌 물결치는 선과 선들은 물의 표면을 재현한다. 권달웅 시의 감수성을 흐르는 이미지는 물이다. 물의 시학은 그의 시를 따라 읽을 수 있는 강력한 코드로써 노장사상과 맞닿아 있다. 첫시집 『해바라기의 幻想』에서부터 일관되게 추구해온 물의 시학은 두 번째 시집 『사슴뿔』 말미에 실린 산문에서 다음과 같이 담담하게 밝혀주고 있다.

"최상의 선은 물의 흐름과도 같아야 한다고 노자는 말했다. 자연의 근본인 물을 두고 삶을 비유한 이 말은 처세에 대한 명료한 해답을 준다. 가장 좋은 삶은 물의 흐름과 같은 것이며 물처럼 약삭빠르지도 느리지도 않으며 담담하게 순리대로 살아가는 삶이 가장 가치 있는 삶인 것이다.

또한 물은 항상 어디에 있으나 그 본체는 자신을 버리지 않고 자신을
낮추는 겸손에 있다 하였으니 최상의 삶은 물의 흐름과 같아야 한다."

물과 같은 삶의 처세에 관심을 두면서 권달웅은 28년 시력(詩歷), 성년의
나이를 훨씬 넘는 장구한 시간 동안 우리가 진정으로 걸어가야 할 길을
형상화하여 시로 완성하는 과정에서 물을 원용하고 있는 것이다. 시집 어디
를 펼쳐 보아도 물은 인간의 새로운 탄생을 잉태하고 있는 축제의 장이며,
모든 경계가 허물어지는 평화의 공간이다. 물이 보여주는 투명성과 깊이라
는 특성 때문에 오랜 문학사는 물을 향해서 시가 쓰이는 언어의 대장정을
거느리고 있다. 투명한 깊이를 강조할 때 물은 표면과 심연을 연결한다는
의미를 드러낸다.

"슬픔을 알고/ 떠난 강물은/ 돌아오지 않(「둑 옆에서」)"는다는 것은 엄격한
상징이라기보다는 물이 보여주는 유동성의 변용과 관계된다. 물에 관련된
시 편 중에서도 인간적 염원의 울림을 포용하는 다음 시에 특히 주목이 간다.

> 우리는 외로운 하나가 되어
> 물로 흐르고 있었습니다.
> > ─「구곡폭포에서」 부분

> 아래로 아래로 울고 내려오면서 자신을 버리지 않는
> 물이 있습니다.
> > ─「老子의 말」 부분

> 우리는 모두
> 하나가 되어 물을
> 만난다면
> 사람이 사람을 사랑하고
> > ─「별밤을 위해 · 2」 부분

자신을 버리고
휘어지지 않기 위해
휘어지는 모든 것들은
물이 된다.
푸른 정신이 된다.

— 「물·Ⅱ」 부분

　스크린 속에서, 브라운관 속에서, 모니터 속에서 우리는 파괴적인 자극을
필사적으로 빨아들인다. 세계라는 피사체는 이미 주체의 욕망 속에 들어가
있다. 매초마다 포착해내는 거대한 세계의 건축과 이성적으로 구축된 가치
체계들의 격렬한 파산을 본다. 시선이 지워진 곳, 언어의 표층 밑에서 무한
히 확장되는 곳에 권달웅은 시의 물줄기를 흘려보낸다. 얼핏 너무나 완벽한
고요 속에 떠내려 오는 그의 시는 낯선 느낌마저 불러일으킨다. 현대를
가로지르는 데카당스 미의 범주 속에서 어둠을 간직한 인생을 향한 연민어
린 시선이 눈물겹도록 반짝거린다.

　　우리는 한 장의 풀잎이고 풀잎
　　을 몰고가는 물일 뿐이다. 깊은
　　밤이면 풀잎이 세상을 떠난다.
　　물소리에 물이 된 어둠을 이기
　　기 위하여 하류로 떠내려 가는
　　풀잎, 밤새도록 하류로 가 사라
　　진다.
　　사라지라. 밤새도록 흰옷 입은
　　사람들이 손에 손에 불을 켜
　　들고, 하류에서 만난다. 우리는
　　다만 하류에서 손을 잡는 물일
　　뿐이다.

풀잎으로 인식되는 인간은 풀잎이 때로 약초이거나 독초이거나한 것처럼 양면성으로 받아들여진다. 그렇기 때문에 우리는 어둠을 밝히기 위하여 밤새도록 하류로 떠내려가야 하는 제의적 시간을 참아내야 한다. 그럼으로써 우울과 타락 같은 변형이 존재하기 이전의 존재, 자연의 흐름으로 있게 되는 것이다. "내가 맑은 물이 되어/ 낮은 데로/ 흐를 수만 있다면/ 오만 속에 살아 온 나는/ 1급수에서 사는 산골 가재 등에 업혀/ 어름치를 따라가(「내가 물이 되어」)" 마침내 상처들을 보듬고 감싸 안으며 사랑할 수 있다는 순수한 삶의 원형을 탐색하고자 하는 시인의 의지가 아닐 수 없다.

4. 물길 내기

권달웅 시인, 그는 지극히 조용하고 은밀하게 삶의 저편에 있는 냄새들을 감지한다. 이것은 예컨대 춘하추동의 순환, 일월성신의 운행, 산천초목의 섭리 등과 같이 신비롭고도 아름다운 질서에 대한 믿음으로 증폭됨을 보여 준다.

> "당신과 만나고 있는 이 밤은 왜 이다지도 고요한가요. ········ 당신
> 은 물인가요. 당신과 만나고 있는 내 마음은 절로 맑고 푸르고 공손해집
> 니다." (「물 · 1」)

시인의 물길을 따라 흐르면서 6권의 시집,『해바라기 幻想』,『사슴뿔』,『바람부는 날』,『지상의 한사람』,『내 마음의 중심에 네가 있다』,『크낙새를

찾습니다』를 꼼꼼히 읽어볼 수 있는 소중한 인연을 가질 수 있었다. 거칠고 더딘 발걸음으로 권달웅 시의 면모를 훑은 감이 없지 않았다. 그러나 의미 있는 질문은 권달웅 시인이 추구하는 자연법이 시인으로서 나아가 한국현대시문학사에서 어떤 의미를 가지는가 하는 점일 것이다. 그의 어떤 시를 들추어 보아도 잃어버린 고향의 흔적에 이르는 흔적조차도 거의 사라져 버린 이 시대 여러 담론과 이데올로기의 유인력으로부터 자유로울 수 있는 시인의 강인한 의지를 엿볼 수 있었다. 등단 이후 현재에 이르기까지 노장의 식과 자연과의 만남을 뿌리로 두고, 현실의 발 딛는 곳과 정신적인 고향, 두 축의 이미지로 일관되게 추구해온 긴 여정을 6권의 시집은 섬세하게 드러낸다.

무엇이 시인으로 하여금 그런 풍경을 선택하게 하였느냐는 물음 앞에 "마음이 외로우면 경상북도 봉화군 봉성면 원둔리, 내고향 사람들이 돌을 섬기는 당밑에 가 천 년이 한결같은 느티나무를 생각한다(「고향·Ⅱ」)."는 시를 나직이 들려준다. '한결같은' 물길 속에서 참모습, 참소리를 향한 권달 웅 시의 흐름은 더욱 심화될 것이다.

지훈, 혜산과 더불어 청록파의 한 사람이었던 스승인 박목월이 리듬과 의미의 절제된 균형미를 추구하고, 자연과 인생의 일원화를 향하여 시심을 집중했음은 문학사에서 회자되는 사실이다. 권달웅에게 "자연은 어두운 현실을 비춰보는 거울이며 나의 삶을 깨우치는 도덕경(『크낙새를 찾습니다』 시인의 말)"으로 '나의 시작(詩作)의 꿈'은 그런 것이라는 말에 다름없다. 박목월을 굳이 떠올리지 않아도 권달웅 시인이 추구하는 시정신 나아가 서정시가 도달할 수 있는 미학적 층위는 한국현대시문학사의 맥락에서 계승, 발전되고 있음을 찾아볼 수 있다.

신성한 곡비(哭婢)의 노래
- 문정희론 -

1. 문정희 따라 읽기

문정희 시인을 떠올릴 수 있는 단어 하나를 고르라면 나는 망설이지 않고 '생명'이라는 어휘를 고를 것이다. 자꾸 세련되어지는 것을 경계하고 언제나 처음처럼, 처녀인 여자가 전율하며 껴안는 생(生)에의 사랑을 시로 새기는 시인의 모습은 '생명'이 주는 아우라의 실체를 느끼게 한다.

1980년대 중후반에 걸쳐 대학생 신분이었던 필자가 처음 본 문정희의 모습은 맨발에 파마기 있는 머리를 풀어헤치고 패셔너블한 검은색 슈우트 바지 차림이었다. 지금도 잊혀지지 않는 첫마디는 "여러분, 생활이 준 굴레는 이곳(=3박 4일 문학 캠프)에서 만큼은 다 벗어 던지고 가장 편하고 자유로운 상태에서 서로 만나고 대화하는 가운데 시를 느낄 수 있는 시간이 되었으면 좋겠습니다."라는 말씀이었다. 규격화된 것으로부터 치열하게 탈출을 감행해 온 시인의 아름다운 얼굴이 가슴 깊이 스며들었다. 많은 시인 가운데 한 사람이었던 문정희를 20여 년이 흐른 지금 한국시문학사에 불을 밝히는 중심의 자리에서 그녀의 시를 살펴보고자 한다.

일찍이 10대의 여고시절에 시집 『꽃숨』을 상재함으로써 운명적인 시 쓰기는 그녀의 삶에서 40여 년을 동고동락 해왔음을 발견하는 일은 그리 어려운 일이 아니다. 삶이 주는 허망함에 도전하는 최후의 몸짓으로 시를 새기는 이가 바로 문정희 시인이다.

　문정희는 1947년 전라남도 보성에서 늦둥이 막내딸로 태어났다. 그녀의 성장기는 1962년 전남여중 재학 중 서울로 유학하면서 다음해 아버지를 여의게 된다. 그리고 그녀가 불혹의 나이에 접어들기도 전에 어머니를 여의면서 죽음과 이별, 사랑의 정서를 깊이 체험하게 되는데 최근 시작품에서는 시를 일으키는 커다란 에너지로 알레고리화 된 모습을 보여준다. 또한 서른 살 초반이었던 1982년 뉴욕대 대학원 종교교육학과에 입학하면서 모국어를 진지하게 생각하는 눈 하나를 갖게 된다. 그 후 그녀는 많은 곳을 여행했다. 1995년 미국 아이오와대학 국제창작프로그램에 참여하여 많은 사람을 만났다. 세계의 끝까지 떠돌고 싶은 마음 저변에는 자유와 고독을 치열하게 갈구했던 시인의 모험이 서려 있다.

　문정희는 1969년 『월간문학』 신인상에 「不眠」과 「하늘」이 당선되어 동국대학교 재학 중에 시단에 등단하였다. 그동안 그녀가 발행한 시집은 총 8권이다. 1973년 첫 시집 『문정희 시집』을 발간으로 시·시극집 『새떼』(1975년), 『혼자 무너지는 종소리』(1984년), 『찔레』(1985년), 『하늘보다 먼 곳에 매인 그네』(1988년), 『별이 뜨면 슬픔도 향기롭다』(1993년), 『남자를 위하여』(1996년), 『오라, 거짓 사랑아』(2001년) 등이 그 구체적 실례에 해당한다.[1] 이 8권의 시집에서 연계적으로 그려 보이는 곡비(哭婢)의 도정을 세 가지 유형의 지표를 중심으로 재구해 보고자 한다. 또한 그 지표가 감지하고 있는 작품의 내적 의미와 그 구체적인 발현양상에 대해 세밀히 검토해 보고자하며, 그 같은 알레고리적 구도가 이루어질 수 있었던 시대상황까지를 살펴볼

---

[1] 이 외에도 고등학교 시절 백일장 입상작품 모음집 『꽃숨』(1965년), 연시집 『제 몸 속에 살고 있는 새를 꺼내 주세요』(1990년), 장시집 『아우내의 새』(1986년), 시선집 『그리운 나의 집』(1987년), 『우리는 왜 흐르는가』(1987년), 『어린 사랑에게』(1991년) 등이 있으나 여기서는 논외로 한다.

것이다. 억압과 폭력, 환멸과 광기의 시대로 진단되는 1970, 8-90년대, 환상 혹은 해체로 진단되는 21세기의 시작을 관통해 오면서 문학적 대응방식으로 알레고리가 자리할 수 있음을 문정희 시인은 증명해 보이고 있다.

2. 신성한 곡비(哭婢)의 존재론

문정희는 시집 『하늘보다 먼 곳에 매인 그네』를 상재하면서 곡비를 자처한 적이 있다. "이 세상 가장 슬픈 사람들의 울음을 천지가 진동하게 대신 울어주고 그네 울음에 꺼져버린 땅 밑으로 떨어지는 무수한 별똥 주워 먹고 사는 허기진 울음 전문가가 시인(『시와 시학』, 2004년. 여름호, 문학적 자전)"이다.

> 이 세상 가장 슬픈 사람들의 울음
> 천지가 진동하게 대신 울어주고
> 그네 울음에 꺼져버린 땅밑으로
> 떨어지는 무수한 별똥 주워먹고 살았다.
> 그네의 허기 위로 쏟아지는 별똥 주워 먹으며
> 까무러칠 듯 울어대는 곡(哭)소리에
> 이승에는 눈 못감고 떠도는 죽음 하나도 없었다.
> 저승으로 갈 사람 편히 떠나고
> 남은 이들만 잠시 서성일 뿐이었다.
>
> - 「곡비」 부분

"가장 아프고 가장 요염하게" 울면서 "곡(哭)을 팔고 다니는 곡비(哭婢)", "옥례엄마"는 시인의 다른 이름이다. 흐르면서 번지고, 풀어지면서 흡수되

는 곡소리는 바로 그녀의 언어다. 그 곡소리는 감염을 통한 확산, 즉 자연스
런 스밈이나 체험의 육화를 특징으로 한다. 때문에 시인 내면에 가라앉아
있던 여러 생각과 감정들이 이 곡을 통해 발현된다. 그렇다면 곡비가 된
시인은 무엇을 울고 있는가.

> ①시대와 허위
> 그리고 하늘 한가운데 떠있는
> 저 완강한 우리들의 폭군을 향해
> 작두날 위에서
> 봉두난발 무당춤을 한바탕 추고나서
> 나는 망령같은 머리를 풀고
> 비로소 그의 완벽한 폭풍 속에 누어/ 오래 울음 운다
> 　　　　　　　　　　　　　　　　－「폭풍 속에서」 부분

> ②눈물 속에는 눈물 속에는
> 나의 어린 새끼손가락 가시를
> 서럽게 파내시던
> 어머니의 모습이 자라고 있습니다.
> 　　　　　　　　　　　　　　　　－「하늘」 부분

> ③폼페이, 네 상처를 보러 왔다.
> 목욕하다 죽은 네 둘째딸의 젖꼭지를 보러 왔다.
> 네 아내의 가슴에서 터져버린 화산을 보러 왔다.
> 가열된 절망 위에 홀로 천 년을 꿈틀거리는
> 아름다운 폐허
> 새떼처럼 서식하는 시를 만나러 왔다.
> 너는 어디로 사라졌는가
> (중략)
> 나는 발이 부르트도록 파멸과 재앙을 뒤적인다.

싱싱한 비극 위에 살아나는 언어의 혈육을 찾는다.
폼페이 시인의 집에서
시인이 돌아오기를 기다린다.
- 「시인의 집」 부분

④날을 수 없는 時間의 가지 위
　눈 멀고 말 못하고

　부호로만 울던 새
　어디서 죽나.

　내 안에서 죽어
　詩 쓰는 저녁
　불로 살아나고

　허공밖의 눈이 되어
　아픔으로 서성이고
- 「새의 行方」 부분

　먼저 그녀의 울음 밑바닥에는 ①의 허위로 가득 찬 시대적 어둠과 ④의
"눈멀고 말 못하고 부호로만" 떠도는 언어에 대한 절망이 자리하고 있다.
제대로 보지 못하고 제대로 표현할 수 없는 죽은 언어란 시인에게 가장
치명적인 절망의 씨앗일 것이다. "다시 노래가 되고/ 노래는 흐르고 흘러서/
아, 감동의 푸른 나무로 부활(「참회 詩」)"하는 언어야말로 모든 시인이 꿈
꾸는 이상이다. 그러나 "불로 살아나"는 그와 같은 언어는 어둠 속에서 "온
몸으로 통곡"함으로써 가능하다. 말로써 감동하던 시대는 이미 갔고, 이
시대는 허위와 폭압으로 가득 차있기 때문이다.
　그러나 보다 문정희다운 울음은 ②와 ③에서 확인된다. ②에서 그녀의

I. 시인탐구　45

눈물은 할머니에서 어머니에게 또 어머니에서 나에게로 "대대로 내려오는 눈물 사마귀"이며, "내 운명 속의 천국과 지옥(「사마귀를 뽑으며」)"의 노래이다. 이처럼 시인의 울음은 시간에 대한 비극적 인식과 여성의 성(性)에 대한 운명적 인식을 근간으로 하고 있다. 시간과 역사, 성과 육체, 관습과 도덕이 바로 그녀를 슬피 울게 하는 요인이다. 곡비 문정희의 울음은 자신과 세계에 대한 열정과 연민, 회한과 사랑이 뒤섞이어 시인의 자궁으로부터 터져 나오는 여성의 소리다. 나아가 그녀는 인간의 힘으로는 불가해한 B. C. 79년 베수비오스 화산의 대폭발로 매몰된 이탈리아 남쪽의 거대도시, 폼페이에서 시인의 집을 발견하고 시인을 기다리는 상상력을 펼쳐 보인다. 이 발걸음이야말로 "만도의 뜨거움"으로 꿈을 태우고 영혼을 살라 만든 노래이며, 그 야성의 지혜로 "이 세상 가장 슬픈 사람들의" 상처를 치유하고 새로운 삶을 창조하게 하는 양수(羊水)의 노래로 발현되는 것이다.

3. 물과 불-사랑의 이중불꽃

문정희는 『이 세상 모든 사랑은 무죄이다』라고 시집의 표제를 정한 바가 있다. 춘향유문의 미당 서정주 시인의 제자인 문정희는 스승의 영원한 사랑에 대한 자세에는 아랑곳하지 않고 한 순간에 뜨겁게 불타오르는 사랑, 그 순간이 지나면 가슴에 남겨질 차디찬 재의 무덤에 어쩔 줄 몰라 하는 사랑을 꿈꾼다. 문정희에게 있어서 사랑은 하나의 육체와 하나의 영혼에 대한 매혹이다. 그녀는 "꿈결처럼/ 초록이 흐르는 이 계절에/ 무성한 사랑으로 서있고 싶(「찔레」)"어 한다. "돌 맞고/ 피 흘리며/ 미끄러지며// 이렇게/ 미치게 사랑하다 죽(「폭풍치는 밤」)"고 싶어 한다.

시인 스스로가 "저의 시에서 관능은 원초적 생명성을 기본으로 하면서도 기존 질서가 가지고 있는 편견에 대한 저항의 의미를 동시에 가지고 있는 것(『시와 시학』, 1998년. 가을호)"이라고 할 때, 그녀의 시에서 사랑은 물과 불로써 성(性)의 발견과 생명에의 발아로 나아가는 이중불꽃이다.

다음 시는 불이 관능적 감수성이 이미지와 결합하고 있는 예이다.

①갈밭이어요.
바람이 무성히 자라요.
그대 발에 채워진
천 근의 사슬.

내 허리에 감기운
청홍의 그물.

사슬과 비단끈에
밤이 묶여 흐느껴요.

아니어요.
그 사슬이
날 태우는 기름이어요.

그 비단 끈
입술 닿아
화상이어요.

이 세상 모오든 서적과
갈밭을 태우고도 남을
한 생애의
불길이 타고 있어요.

-「황진이의 노래」 전문

②허허벌판에 누워서
　깨끗한 남자를 기다린다.

　불꽃이 울면서 짐승같이
　젖무덤 밑으로 기어든다.

　나무들이 간지러워
　푸른 소리를 지르고

　드디어 그 남자가
　길을 무찔러 오는 소리

-「떠오르는 밤」 부분

　사랑이 생각이 아니라 감정이자 본능이고, 이성(異性)에 대한 열정적인 끌림이라는 사실을 강조할 때, 그 사랑은 관능성으로 나아간다. ①에서 보여주는 허리, 입술, 화상과 ②에서 나타나는 짐승, 젖무덤, 푸른 소리 등은 모두 관능적 교감, 성적 교합의 이미지들이다. 그것들은 모두 피라미드 형태를 이루며 위로 상승하는 가장 정교한 감각들이다. 문정희는 사회적, 이성적 산물로서의 성이 아닌 완전한 본능으로서의 성에 보다 공을 들여 표출한다. 그녀는 "기다리고" 사내는 "무찔러" 오는 것이다. "내 사랑은/ 팽팽히 잡아당긴 활시위처럼/ 언제나 너를 쓰러뜨리기 위"한 "생애를 건 치열한 전쟁(「내 사랑은」)"이었다는 시인의 토로는 일차적으로 관능적 사랑이 함의하는 폭력성과 공격성의 발현으로 이해할 수 있다. 뿐만 아니라 그녀의 삶을 억압하는 남성 중심적 사랑, 그 길들여진 현실과 맞서 벌이는 "물더미 불더미에 누워 버릴까(「어느 친전」)"라는 치열한 접전으로 이해할 수 있다.
　그녀는 또한 관능성을 생명의 희열과 창조의 모태로써 구현하기도 한다. 그 관능은 물의 상상력에 의하여 "눈 틔워"진다.

①그러나 불도 아닌
　사랑이 화상을 남기었다.

　날 저물고
　비 내리지 않아도
　저 혼자 흘러가는

　외롭고 깊은
　강물 하나를.
　　　　　　　　　　　　　　-「사랑은 불이 아님을」부분

②몸 속의 뼈를 뽑아내고 싶다.
　물이고 싶다.
　물보다 더 부드러운 향기로
　그만 스미고 싶다.

　당신의 어둠의 뿌리
　가시의 끝의 끝까지
　적시고 싶다.

　그대 잠 속에
　안겨
　지상의 것들을
　말갛게 씻어내고 싶다.

　눈 틔우고 싶다
　　　　　　　　　　　　　-「비의 사랑」전문

　　그녀가 이렇게 물의 사랑을 노래할 때 물의 관능성은 한없는 여성적 사랑
으로 나아간다. 자신의 몸속에 있는 딱딱한 "뼈"가 상징하는 공격성과 폭력

성을 뽑아버리고, 온전한 액체의 존재가 되어 상대방의 "어둠의 뿌리", "가시의 끝까지"를 적시고자 한다. 생명의 발아를 향한 이와 같은 욕망이 여성적 형태의 물, 즉 비의 움직임 속에서 태어나고 있다. 그녀에게 있어 사랑은 물처럼 흐른다. 세계를 창조하고 어둠을 분해하기 위해서는 아니마의 깊이에 의해 상상된 한 방울의 물만으로도 충분할 수 있다. 문정희의 물이 그러하다. "사랑은 불이 아님을" 깊은 강물로 흘러갈 때 가장 아름다운 생명의 풍경이 만들어진다. 이상적인 관계는 상대편에 스며들 때 형성된다. 신비란 내부에 있고, 인간적인 내면의 신비란 물질의 신비 속에 들어가는 자에게 있기 때문이리라. 시인 문정희는 물의 물질성 속에서 완벽한 사랑의 열망을 구현해 낸다.

4. 존재의 근원으로서의 야성적인 여성성

문정희가 부드러운 물의 사랑을 실천할 때 난폭한 불의 사랑의 대상이었던 사내는 이제 오빠로 인식된다. 그 오빠야말로 아버지라는 이름의 아름다운 어른이다.

> 딸의 아랫도리를 바라보며
> 신이 나오는 길을 알게 된다.
> 아기가 나오는 곳이
> 바로 신이 나오는 곳임을 깨닫고
> 문득 부끄러워 얼굴 붉힌다.
> **딸에게 뽀뽀를 하며**
> 자신의 수염이 때로 독가시였음도 안다.
> 남자들은

딸을 낳아 아버지가 될 때
비로소 자신 속에서 으르렁거리던 짐승과
화해한다.
아름다운 어른이 된다.

- 「남자를 위하여」 부분

 그녀의 시에서 오빠는 남자 안에 깃든 "모든 짐승이 사라지고/ 헐떡임이 사라진(「오빠」)", 어린 날처럼 순수하게 그 "팔에 매달리고(「키 큰 남자를 보면」)" 싶은 대상이다. "이 자지러질 듯 상큼하고 든든한 이름"의 오빠는 시인 스스로가 밝히고 있듯, 성적 욕망의 대상도 아니고 아버지나 아들과 같이 세대 간의 차이가 있는 존재도 아니어서 동지애라고 할까, 우애라고 할까 그런 느낌을 주는 존재다(『시와 시학』, 1998년. 가을호)." 아버지나 오빠를 바라보는 시인의 눈도 마찬가지다. 모든 남성을 혈연적이고 운명적인 끈으로 묶인 오빠로 바라봄으로써 여성 안에 깃든 남성을 향한 적대감을 거세시키고 있다.
 그러나 이 따스한 이름의 심리적 아버지나 오빠는 그녀의 뱃집 안에 버티고 있는 강하고 씩씩한 야성성의 발현체라고 볼 수 있다. 그 야성성은 아버지나 오빠는 물론 영혼의 보조자, 동지, 친구, 연인, 할아버지도 될 수 있다. 또한 여성일 수도 있고 물이나 불과 같은 무성(無性)일 수도 있다. 그런 이들은 남녀양성의 특징을 지니고 있다. 이 건강한 아니무스야말로 주체적이고 창조적인 인생을 살고자 하는 여성들이 간직하고 있는 이른바 야성의 어머니다. 이러한 관점에서 볼 때 「다시 남자를 위하여」에서 보여 주는 왜소하고 무력해진 남성성에 대한 질타는 남녀 구분 이전의 보다 원초적인 인간과 자연을 꿈꾸고 있는 것으로 이해될 수 있다.
 특히 "그래, 나는 한낱 짐승이다.// 눈물하고 짐승밖엔 가진 것이 없다.// 아느냐, 이것이 어머니,/ 내가 가진 전 재산인 것을(「눈물과 짐승」)"이라고

Ⅰ. 시인탐구 51

천명할 때 시인은 자신의 내부에 잠재한 모성이 얼마나 원초적이고 치명적인가를 역설하는 것이다. 생명의 환함에 겨운 눈물과 새끼를 향한 맹목이라는 짐승이 만나는 자리, 그것이 모태(母胎)다. 문정희는 이 위대한 슬픔과 맹목 속에서 생명을 만들어내는 어머니의 본질을 보고 있다. 그녀는 이제 자연과 더불어 말을 한다. 자연에서 들려오는 다산의 목소리를 듣는 것이다.

> 쉽게 흔들리지 않는
> 수목이나 서방 삼아
>
> 크낙새 같은 새끼들이나
> 주르르 낳았어도 좋았을 것을
>
> 크낙새 같이 귀한 자식들
> 퍼덕퍼덕 길러 봐도 좋았을 것을
>
>   - 「수목 사이로」 부분

> 가을이 오기 전
> 뽀뽈라로 갈까
> 돌마다 태양의 얼굴을 새겨놓고
> 햇살에도 피가 도는 마야의 여자가 되어
> 검은 머리 길게 땋아 내리고
> 생긴 대로 끝없이 아이를 낳아볼까
> 풍성한 다산의 여자들이
> 초록의 밀림 속에서 죄없이 천 년의 대지가 되는
> 뽀뽈라로 가서
> 야자잎에 돌을 얹어 둥지 하나 틀고
> 나도 밤마다 쑥쑥 아이를 배고
> 해마다 쑥쑥 아이를 낳아야지.
>
>   - 「머리 감는 여자」 부분

위에 인용한 시들은 남자에 대해 말하지 않는다. 그녀가 서방 삼는 것은 검초록을 두르고 강건하게 서있는 수목들이다. 그녀의 허리를 휘감는 것은 저 불굴의 '폭풍우'다. 수목과 폭풍우는 남성과 여성의 분멸 이전에 생명의 힘을 저 안에 품고 있다. 남성이 주도해 온 인간의 문화는 인간과 인간 사이의 엄정한 위계와 규범과 법칙의 논리를 발전시켰다. 이것들은 모호함을 삭제하고, 생동하는 것을 억압하고, 변화 대신 안정을 추구하면서 존속해 왔다. 그녀가 희구하는 저 수목과 폭풍우의 에너지는 이 가부장 문화의 고리타분함을 단번에 쓸어버리고 싶어 한다. 이것은 단순히 부정과 반발의 에너지가 아니다. 그것은 생명의 에너지다. 그러므로 모든 여자들, 여자 자체는 영원한 원천으로서의 처녀이자 위대한 어머니이고, 우리의 시작이 자 우리의 끝이다.

5. 아직 가야할 곡비(哭婢)의 길

문정희는 시집 『별이 뜨면 슬픔도 향기롭다』의 시작노트에서 다음과 같이 말하고 있다.

> 시인에게 있어서 실연은 하나의 상실이 드디어 우주의 언어로 화하는 신비의 획으로 놓여져야 마땅하다. 심연의 끝까지 절망하고 들끓는 고통의 늪에 온전히 그의 비극의 몸을 눕혔을 때 비로소 사리와도 같은 우주의 언어를 시인은 획득하게 되기 때문이다. 아울러 시대는 그것을 살아 있는 지상의 보석으로 얻게 되기 때문이다.

"시와 사랑 사이에는 영원한 갈등과 극복의 악마가 숨쉬고 있다.(시작노트)"는 것을 문정희 시인이 어떤 개인적 체험으로 가닿았는지 필자는 구체적인 상황을 알지 못한다. 다만 그녀의 십수 권에 이르는 수필과 시에 숨어 있는 알레고리적 장치 등을 바탕으로 형성되는 공감대를 통해 짐작할 뿐이다. 그럼에도 아주 현실 밑바닥까지 내려간 자가 내쉬는 존재를 드러낸다. 문제는 여전히 인간의 역사, 인간의 사랑이다. 그 맥을 놓치지 않음으로 해서 아직도 곡비가 가야할 길이 남았다고 시인을 다그치는 것이다.

문정희가 걸어간 길을 따라 총 8권의 시집, 『문정희 시집』, 시·시극집 『새떼』, 『혼자 무너지는 종소리』, 『찔레』, 『하늘보다 먼 곳에 매인 그네』, 『별이 뜨면 슬픔도 향기롭다』, 『남자를 위하여』, 『오라, 거짓 사랑아』를 세심하게 읽어 볼 수 있는 소중한 인연을 가질 수 있었다. 이 8권의 시집에서 드러나는 문정희 시인의 세계관을 크게 신성한 곡비(哭婢)의 존재론, 물과 불-사랑의 이중불꽃, 존재의 근원으로서의 야성적인 여성성으로 나누어서 살펴보았다.

그렇다면 문정희가 추구하는 시학이 '시인으로서 나아가 한국현대시문학사에서 어떤 의미를 가지는가?'라는 질문 앞에서 필자는 그녀를 통해 시단의 선배와 후배를 잇는 문학적인 변화와 성취를 비교적 명료하게 짚어 볼 수 있었다.

1970년대에 등장한 문정희는 1945년 해방 이후부터 60년대까지의 여성 시, 예를 들어 김남조, 홍윤숙, 김후란, 허영자 등의 선배 시인들의 순수하게 문학적인 의미에서의 기교적 세련성을 이미 생래적으로 터득하고 있다. 덧붙여 존재론적이고 사회적인 층위에서 여성됨의 의미를 인지하기 시작한 첫 번째 여성 시인군(강은교, 문정희)을 이룬다고 할 수 있다.[2] 이어서

---

2) 1960년대까지만 해도 여성이 자신의 육체를 관념적 의미가 아니라 실존적 의미로 시 속 에서 환기시킨다는 것은 상상할 수도 없는 일이었다. 강은교와 문정희의 출발 당시 시 어에서 '살'이라는 단어가 등장함으로써 여성의 육체를 재인식하는 방향으로 움직였다는 사실을 부정하기는 어렵다.

역사인식과 현실인식으로 등장한 고정희, 최승자, 이연주, 김승희, 김혜순 등으로 이어지면서 여성시의 거의 모든 금기가 깨어졌다.[3]

한국의 여성시는 지금 그 어느 때보다도 확고한 자신의 목소리를 다듬어 가고 있다. 그녀들의 목소리는 몇 개의 흐름으로 정리하기 힘들 정도로 다양하며, 시적 역량도 탄탄하다. 어떤 의미에서는 한국의 여성시인들이 확보하고 있는 시적 역량은 하루아침에 생겨난 것이 아니다. 세계로부터 인정받을 가망성을 거의 포기한 한국의 여성시인들은 이미 무의식의 문을 밀고, 19세기말의 '저주받은 시인들'이 가다만 물의 길을 맨발로 걸어가고 있다.

문정희, 이제 곧 화갑을 바라보고 있지만 "끝없이 새롭고 두려운 허공 위의 외줄타기를 사랑하(『시와 시학』, 2004년. 여름호)"는 시인이다. 안락한 땅 위에서 보다 외줄 위에서 더 자유로운 줄광대, 알바트로스로 창공을 살고 싶어 한다. 그 고독의 포효만이 살아있는 시의 원시림을 쩡쩡 울릴 것임을 그녀는 존재 깊숙이 깨닫고 있다. 한국시문학에서 전인미답의 길을 한 걸음 더 걸어가기를 지켜보고자 한다.

"언어는 영혼, 바로 그것이니까"

---

3) 시어의 금기, 육체의 금기도 사라졌다. 1980년대 후반에 시작업을 시작한 여성시인들은 거침없는 어법을 당당히 구사하며 아무렇지도 않게 자신의 육체를 전시하고, 자신의 성적 욕망마저 자연스럽게 이야기한다. 이제 여성시인들은 자신의 여성됨을 더 이상 장애로 여기지 않는 것처럼 느껴진다.

벼랑길에서 新生을 꿈꾸는 세상의 낯선 방언
- 박기동 『다시, 벼랑길』 -

　　모든 시는 사람이 사는 길 위에 있다. 시는 시에 이르고자 나아가며 궁극적으로 시의 소멸에 이르기 위해 나아간다. 역설 같지만 그것은 시에 이르고자 하는 도정이다.

　　오르페우스 신화가 우리에게 암시해 주는 것 중 하나는 바로 이러한 사실일 것이다. 오르페우스는 사랑하는 여인을 다시 지상으로 돌려 보내달라고 저승의 신에게 탄원한다. 그의 음악에 감동한 저승의 신은 한 가지 조건을 걸고 그 부탁을 수락한다. 저승에서 빠져나갈 때까지 결코 뒤를 돌아보아서는 안 된다는 것이다. 그러나 지상에 이르기 직전 오르페우스는 뒤돌아보고 말며, 그 순간 그의 아내 에우리디체는 외마디 탄식과 함께 사라져버리고 만다. 여기서 오르페우스를 시인의 상징으로 본다면 죽은 여인을 살려내고자 한 그의 소망은 그가 쓰고 싶어 한 단 한 편의 시를 의미한다고 할 수 있다.

　　오늘도 시인들은 진정 사랑하는 단 하나의 대상을 찾아 어둠 속을 나아간다. 이 세상에서 제일 친한 희망이란 외롭게 빛나는 죽음이라 믿으며 살아가는 『漁夫 김판수』의 시인 박기동, 그는 1982년 『心象』으로 등단하여 『漁夫 김판수』, 『내 몸이 동굴이다』등의 시집을 상재한 바 있다. 이제 그가 세 번째로 묶어낸 『다시 벼랑길』이 우리 앞에 던져졌다. 박기동 시인은 어떤 터널을 통과하고 있으며 그 터널은 어떤 의미망을 갖고 있으며 어떻게 시 속에 구현되고 있는가.

1

벼랑길에 바람 부니 꽃 피어납니다
벼랑길에 구름 머흐니 꽃 피어납니다

벼랑 길에 피는 꽃은
보이지 않는 꽃
오매불망 기다려도 볼 수 없는 꽃
그대가 여기 없어 그 꽃 보지 못한다하더라도
지금 여기
내 발 아래 벼랑길 그 꽃 피어납니다

- 「벼랑길」 전문

여기 하나의 풍경이 있다. 위험과 불안 앞에 노출되어 있으며 그 위험과 불안을 거부하지 않고 자신의 내밀한 고독 속에서 종국까지 응시하는 사람, 순간 시 자체가 한없이 투명한 모습으로 우리 앞에 놓인다. 이 투명함 속에 어떤 움직임만이 희미하게 존재한다. 시인의 언어 행위는 항상 마지막 순간을 가정하고 이루어지는 상징적 의례를 가진다. 시집에 실린 60편의 시 가운데 처음에 놓여진 작품이다. 벼랑길에는 아무것도 없는 부재의 확인뿐일지라도 그것을 축제화할 때 다른 사람들이 발견해내지 못한, 자나 깨나 기다려도 볼 수 없는 꽃의 흔적들을 찾아낼 수 있다. 종착점도 지름길도 있을 수 없는 여정이지만 인간과 세계 사이에 새로운 관계를 맺어 주는 작업을 시도하는 시인은 시집의 끝에 다음과 같은 구절을 남긴다.

> 내 한 때 벼랑길 이란 시를 쓴 적 있지만, 장대 끝
> 여기에서도 앉지 말라는 선사들이 있었다니, 내 돌아서기 잘했지.
> 장대 끝, 여기가 아직 끝이 아니라니,
> 내가 누울 잠자리쯤 앉은자리쯤 되어야 하나.
> 장대 끝, 벼랑 끝도 끝이 아니라면
> 벼랑 끝은 다시, 길이 되는 것이다.
> 바람 불고 비오는, 더러는 꽃 피는 길이 되는 것이다.
>
> ― 「다시, 벼랑길」 부분

벼랑 끝은 다시, 길이 되면서 거듭 태어난다. 그것은 벼랑길이 인간이 부여해준 의미를 벗어던지고 고유의 존재를 현현하기에 이른 것이다. 그렇다면 벼랑 끝은 어디에 있는 것일까. 이 시에서 보여주는 벼랑 끝은 아마도 묵시적 차원을 나타낸다고 보아야 할 것이다. 여기서 묵시적 차원이란 세속적 차원과 초월적 차원의 경계를 가리키는 것으로서, 물리적 존재가 현실의 구속에서 벗어나 나아갈 수 있는 최대치를 의미한다. 누구나 초월을 동경하지만 아무나 초월할 수 있는 것이 아니듯이, 초월적 차원은 지상의 존재에겐 극히 순간적인 경험으로 밖엔 주어지지 않는다.

"바람 불고 비오는, 더러는 꽃 피는 길"이 되는 벼랑길은 "혼자서 아파야 할 시(「배수진」)" 쓰는 길에 맞닿아 있다. "기를 쓰고 매달리다 쉰 가까워/ 나는 헛살았다"를 숱한 先人이 이미 확인하고 간 말의 부질없음을 다시 확인하는 일이 아니라 그럼에도 불구하고 모든 것을 처음부터 시작해야 한다는 것, 이것이 박기동 시인의 시가 우리에게 주는 첫 번째 교훈이다.

> 낭창 낭창 걸어 느이집으로 가고 싶다. 니가

없더라도 느이집에 가서 기다리면서 서성거리고
싶다. 어차피 내 앞에 꽃처럼 피어나 나타날 형
편이 아니기에 더욱 그렇다. 어른 어른 공화(空
華)처럼, 보고 있으나 잡히지 않는, 잡을 수 없
는, 허튼 꽃처럼,
느이 집에 가면 또 다른 세상이 보일까
- 「나 느이 집으로 가고 싶다」 부분

아리스토텔레스에 의하면 "비전은 우리의 눈이 닫혀졌을 때조차 나타난
다." 실물로 볼 수 있는 대상이 아니어도 내면세계를 움직이는 '느이 집'의
정서를 이해할 수 있다. 박기동의 정서는 밖으로 거친 분노와 공격의 감정을
분출시킴으로써 자기를 보호하려고 하기보다, 그 자리에 허허로운 심정으
로 서서 세상을 바라봄으로써 쓸쓸함의 감정을 언어 속에 배어 있게 한다.
이 쓸쓸함은 여러 가지로 변주된다. 특이할 만 한 점은 쓸쓸함이 오히려
이 땅에서 주어진 모든 시간이 창조적인 도전의 시간으로 일관된다는 것을
보다 깊이 있게 절감하게 한다.

그런 의미에서 '동굴'과 '바다'는 첫 시집에서부터 세 번째 시집에 이르기
까지 중요한 시적 모티브로 등장한다. "어두운 굴속에서 견디는 법을 가르
쳐 준 오소리에게 차라리 절을!(「오소리에게 축복을」)" 뿐만 아니라 "내
지금 막다른 골목에 온 것 같고, 억지로 토굴 속에 갇힌 것 같다. 누가 나를
가두었건, 쉽게 빠져나갈 수는 없고, 나를 꺼내 줄 손도 권력도 보이지 않는
다. 막무가내로 나가기만 한다면 깨지는 방법뿐이리." 스스로 "슬그머니
똬리를 틀고 들어앉는다. 동굴이 비로소 환해진다(「동굴이 비로소 환하게
보인다」)."에서 볼 수 있듯이 그의 몸 전체에는 창조적 도전을 위한 화살이
빼곡하게 들어 차 있다.

이와 같은 도전의식을 가지고 그는 계속 진행 중이다. '앞산 뱃등에 올라'

'바달 처음 만난 곳' '젠주봉, 그 바다를 생각'하기도 하고(「뱃등에 올라 바다를」), "나는 날마다 7번 국도를 달린다, 독하디 독한 술을 마시듯/ 나는 날마다 바닷속을 달린(「나는 날마다 바닷속을 달린다」)"다. 어쩌면 '독한 술이 바다와 엉기면 몽땅 술이 되는 황홀한 생을 위하여' '나'는 전면으로 질주해 나간다.

박기동 시인을 평생 긴장된 진행형의 시인으로 만든 근본 동인은 "섬에 날아와 또 하나의 섬이 되는 새(「섬」)"에 대한 발견과 「아프고 행복한 그늘」과 「하지도 못한 질문」으로 요약될 수 있다. 그에게 "섬에 날아와 또 하나의 섬이 되는 새"에 대한 발견은 "석수쟁이는 같은 일을 하더라도 망치로 제 손을 두어 번 더 때렸을지도 모른다(「아프고 행복한 그늘」)"는 「하지도 못한 질문」을 혼들어 마심으로써 '움찔움찔 움직이는' 무엇을 바라볼 수 있는 것이다.

2

박기동 시인은 이번 시집 말미에 「나의 문학 수업기」를 수록하면서 그 제목을 「빌어먹을, 나는 아마 시인이 될 모양이다」라고 붙이고 있다. 그는 실제 하키 선수 출신으로 스포츠 사회학의 박사학위를 가진 체육학자이다. 그에게 육체는 후기 산업 사회에 살고 있을지라도 정서의 질료를 이루고 있으며 어느 한 순간 시인의 내면에 말을 걸어오는 것은 거대 도시의 현란한 광경이 아니라 태어나서 자란 강원도의 바다와 들판 한가운데 고즈넉하게 서있는 한 그루 나무인 것이다.

우리는 세 번째 시집 『다시, 벼랑길』이란 역설적 표현 속에서 삶의 부끄러움과 쓸쓸함, 때로 치욕의 감정을 다스리고자 생성의 몸짓을 분출시키는 한 인간의 내면세계를 진정으로 만날 수 있었다. 그럼에도 불구하고『다시, 벼랑길』은 첫시집『漁夫 김판수』, 두 번째 시집『내 몸이 동굴이다』와 강력한 유대 관계를 형성하고 있다. 어떻게 보면 이번 시집은 그동안 현실과의 싸움에서 지칠 대로 지친 시인의 정신을 이완시키고, 그 정신에 휴식의 시간을 마련해 준 것처럼 보인다. 그런 점에서 작품의 감동이라는 문제와는 상관없이 의미를 부여받을 만하다. "순정을 다 바쳐도 쉽게 몸을 허락하지 않는 못된 계집" 같은 시를 찾아 "넓은 바다 저 깊이까지, 높은 하늘 저 멀리까지(『다시, 벼랑길』)" 위에서 둥우리를 품는 시인의 모습이 떠오른다. 삶의 가치는 저절로 주어지는 것이 아니라 만들어 가는 것임을 느끼게 한다. 이후의 세계가 궁금하다.

박인환 시에 나타난 죽음의식

1. 들어가는 말

이글은 식민지 생활과 해방, 6 · 25란 비극적 전쟁 체험을 약 30년이란 짧은 삶에 모두 담아야만 했던 박인환(1926-1956)의 작품 세계에 관한 연구이다. 박인환은 1946년 작품 「거리」를 국제신보에 발표함으로써 시인으로 등단한다. 1956년 「세월이 가면」, 「죽은 아포롱」, 「옛날 사람들에게」에 이르기까지 유고 작품 2편을 포함해 총 73편의 시를 남겼다. 생존시에 출판한 『박인환 선시집』에는 전체 56편의 시가 있는데, 여기에 『새로운 도시와 시민들의 합창』에 실린 초기시가 고스란히 담겨 있다. 이 글의 주 텍스트는 『박인환 선시집』을 대상으로 한다.

지금까지 박인환에 대한 연구는 세 가지 방면에서 이루어졌다.

하나는 '후반기'를 중심으로 전개된 1950년대의 모더니즘의 관점에서 논하되, 주로 부정적 평가를 내리거나 , 또는 문학사적으로 약간의 긍정적 의미를 부여하는 정도였다.[1] 다른 하나는 1950년대의 시대적 상황과 결부

---

1) 김규동, 1979, 「박인환론」, 『어두운 시대의 마지막 언어』, 백미사.
   김재홍, 1975. 8, 「동인지 운동의 변환」, 『심상』.
   김춘수, 1975. 8, 「후반기 동인회의 의의」, 『심상』.
   문혜원, 1996, 『한국전후시의 실존의식』, 신구문화사.
   신정은, 1994, 「박인환 · 김수영의 1950년대 시 대비 연구」, 경북대 석사.
   오세영, 1981. 1, 「후반기 동인의 시사적 위치」, 『문학사상』.

시켜 주제비평으로 다룬 경우이다.2) 마지막으로 그가 『새로운 도시와 시민들의 합창』 중 후기에서 공식적으로 천명한 자신의 시관 즉, 모더니즘을 얼마만큼 작품 속에 구현해 내었는가에 대한 형식주의적 접근이 시도되었다.3) 그러나 이승훈은 「1950년대 한국 모더니즘 시의 전개」에서 박인환의 시는 모더니즘 미학을 지향하고 있지만, 소재주의적 한계를 보여준다4)고 피력하였다. 현실 특히 도시에 대한 인식은 강하지만 방법론이 약하다는 것이다. 이상의 논의들은 박인환의 전체적 면모를 살피고, 그 문학사적 의의를 밝히는데 있어 몇 가지 한계점을 지닌다. 첫째, 최근에 「목마와 숙녀」에 대한 작품 분석5)이 상세하게 된 것을 제외하면 작품 하나하나에 대한 분석은 미흡한 편이어서 전체적으로 인상 비평의 수준에 그치고 있다. 둘째, 작품에 대한 구체적 이해도 없이 현실적 삶의 모습으로 유추해 문학적 가치를 재단하는 경우인데 그의 삶에 대한 대중적 인기로 단순히 통속 작가로

윤정룡, 1992, 「1950년대 한국모더니즘 시연구」, 서울대 박사.

이건청, 1983, 「박인환과 모더니즘적 추구」, 『한국현대시사연구』, 일지사.

이재철, 1976. 9, 「모더니즘 시론 소고」, 『시문학』.

이주형, 1978. 12, 「박인환 시고」, 『국어교육연구 10』.

조영복, 1992. 「1950년대 모더니즘 시에 있어서 내적 체험의 기호화 연구」, 서울대 석사.

김정임, 1993, 「박인환 시연구」. 연세대 석사.

한계전, 1991, 봄(여름), 「전후시의 모더니즘적 특성과 그 가능성」, 『시와 시학』.

2) 백승철, 1974. 2, 「시대고의 서구주의」, 『심상』.

송기한, 1991, 「역사의 연속성과 그 문학사적 의미」, 『1950년대 문학연구』.

장수철, 1996, 「박인환 시연구」. 한양대 석사.

허혜정, 1993, 「1950년대 후반기 동인의 시와 시론 연구」, 동국대 석사.

3) 박미용, 1986, 「박인환 시 연구」, 공주사대 교육대학원 석사.

4) 이승훈, 2000, 「1950년대 한국 모더니즘 시의 전개」, 『한국 모더니즘 시사』, 문예출판사. pp187-197.

5) 김 훈, 1992, 가을, 「가을, 술병의 공간성과 페시미즘」, 『시와 시학』.

김삼주, 1992, 가을, 「절망과 희망의 변증법」, 『시와 시학』.

이승훈, 1996, 『한국현대시 새롭게 읽기』, 세계사, pp236-241.

치부해 버린 점이다. 다시 말해서 반복적으로 인용되는 몇 작품들이 이미 연구자들에게 형성시켜준 고정관념을 그대로 간직한 채 다시 연구에 임하는 태도가 지적될 수 있겠다. 셋째, 시대상황의 특수성을 무시하고 일반적인 이론적 잣대로 평가해 버린 점(예를 들어 1930년대 모더니즘 문학 이론으로 1950년대 모더니즘을 재단한 경우) 등이 그것이다.

이제까지 1950년대 시에 대한 논의는 너무나 '후반기' 동인에 관심이 집중되어 왔다. 물론 박인환 시 연구를 함에 있어서 그가 '후반기' 동인으로서 1950년대 모더니즘 문을 열었다는 시사적 의의는 있다. 그러나 개별 시인에 대한 심도 깊은 논의의 필요성을 느끼면서 박인환을 논의의 대상으로 삼는다.

따라서 이 글은 현실적 자아와 구분되는 시적 자아의 정신사적 궤적을 추적하여 분열된 자아를 형상화하는 죽음 의식을 읽어내고자 한다. 이 글을 통해 박인환 시 속에 드러나는 죽음 의식이 차별화될 수밖에 없는 미학적인 자각을 함축하고 있었다는 것이 규명될 수 있다면 그것이 현재에 던지고 있는 영향과 충격을 살펴볼 수 있을 것이다.

2. 몸말

2.1. 전쟁 체험과 실존의식

1950년 6 · 25로 인해 또다시 희망은 단절되고 어둠이 전면화 함으로써 절망적 세계 인식을 낳는다. 전쟁으로 인한 이성과 문명의 파괴, 자본주의 산업의 가속화, 실존주의에 의해 드러난 허무 혹은 부조리 등에서 말미암은 예술인 모더니즘은 전쟁이라는 시대 상황과 부합하여 1950년대의 가장 영향력 있는 문학으로 행사하게 된다. 물론 이 시기 시인들 중에서도 전쟁을 외면한 시인은 유파와 관계없이 퍼져 있지만, 전쟁을 현대인의 상처의 심화로서 파악한 일군의 모더니즘 계열의 시인들이 있었다. 이 때 '후반기'가 그 중심적 역할을 한다. 한국 문학에서 1930년대 모더니즘 운동에 이어 본격적 운동의 차원으로 다시 활성화된 1950년대의 모더니즘은 전대와는 다른 양상을 보인다. 일제말 식민지 하에서 관념적으로 이해하고 소화한 모더니즘과는 달리, 전쟁은 1, 2차 대전을 치른 서구와의 상황적 동일시 뿐만 아니라, 1930년대부터 소개되기 시작해 1948년 「신천지」에서 실존주의 특집을 다룰 만큼 지적 관심을 모았던 실존주의를 이해하는데 있어, 한계로 작용한 철학적 기반의 미흡함을 상황에의 동질성으로 어느 정도 극복하게 함으로써 당대인들이 실존의식을 직접적으로 갖게 해 주었다. 따라서 이 시대 모더니즘은 실존주의와 불가분의 관계를 갖는다. 1955년 『박인환 선시집』 후기에서 시작에 임한 그의 태도를 다음과 같이 밝히고 있다.

> 나는 10여년 동안 시를 써 왔다. 이 세대는 세계사가 그러한 것과 같이 참으로 불안정한 기묘한 연대였다. 그것은 내가 이 세상에 태어나고 성장해 온 그 어떠한 세대보다 혼란하였으며, 정신적으로 고통을 준 것이었다. (중략) 여하튼 나는 우리가 걸어온 길과 갈 길, 그리고 우리들 자신의 분열한 정신을 우리가 사는 현대 사회에서 어떻게 나타내 보이며, 순수한 본능과 체험을 통해본 불안과 희망의 두 세계에서 어떠한 것을 써야 하는가를 항상 생각하면서(중략)

불안과 희망의 두 세계에서 어떠한 것을 써야하는가를 항상 고민한, 즉 전쟁 체험을 거리를 두고 타자화 하기 보다는 자기 동일화 하고 삶 또는 죽음으로 바로 가야했던 1950년대 글쓰기의 한 시인으로 박인환의 작품에서 확인할 수 있는 것은, 일차적으로 생애의 집착이다.

> 마음은 옛과는 다르다 그러나
> 내게 달린 가족을 위해 나는 참으로 비겁하다
> 그에게 나는 왜 머리를 숙이며 왜 떠드는 것일까
> 나는 나의 말로를 바라보다
> 그리하여 나는 혼자서 운다
> 이 넓은 個體 많은 토지에서
> 나만의 지각이다
> 언제 죽을지도 모르는 나는
> 생에 한없는 애착을 갖는다
>
> - 「잠을 이루지 못하는 밤」 부분

그의 전쟁의 한계상황이 몰고 오는 생존에의 애착은 단지 살고 싶다는 동물적 욕구일 뿐이고, 프로이드가 말하는 개체 생존의 보존방식에 다름 아닌 것이다. 그에게 삶에의 욕망은 다른 한편으로는 죽음의 보편적 확산 속에서 니힐리즘적 성향을 띠기도 한다.

> 음산한 잡초가 무성한 들판에
> 용사가 누워 있었다
> 구름 속에 장미가 피고
> 비둘기는 야전병원 지붕 위에서 울었다
> (중략)
> 옛날은 화려한 그림책
> 한 장 한 장 마다 그리운 이야기
> 만세소리도 없이 떠나
> 흰 붕대에 감겨
> 그는 남모르는 토지에서 죽는다

(중략)
한 줄기 눈물도 없이
인간이라는 이름으로서
그는 피와 청춘을
자유를 위해 바쳤다
음산한 잡초가 무성한 들판엔
지금 찾아오는 사람도 없다

- 「한 줄기 눈물도 없이」 부분

 이 작품은 전선에서 싸우다 죽은 용사를 대상으로 한 것이다. 치열한 접전
이 이루어진지는 오래되었고, 그 황무지에는 잡초가 우거져 있을 뿐 죽은
사람을 찾아오는 이는 아무도 없다. 전쟁의 비정과 불합리한 현실, 고귀한
인간 가치의 훼손은 "학교도 군청도 내집도/ 무수한 포탄의 작열과 함께/
세상엔 없다(「고향에 가서」 2연)"에서 처럼 폐허로 인식하기도 한다. 그러나
전쟁은 승자도 패자도 없이, 그리고 민중의 열망과는 상관없이 휴전협정의
조인으로 3년간의 지루한 종말을 고하게 된다. "믿고 싶지 않은 것"이며
그렇기 때문에 "나의 분노와 남아있는 인간의 설움은 하늘을 찌를 수 밖에
없는 것"이었다. 성과 없는 전쟁은 그에게 뿐만 아니라 남아있는 우리에게도
피해자로 만들어 버렸다는 데 이른다. 승리 없는 휴전, 이로 인한 분노의
결과가 결국 다음과 같은 시에서처럼 순교자 의식으로 표출된다.

군인이 피워 물던
물뿌리와 검은 연기의 印象과
위기에 가득찬 세계의 邊境
이 회상의 긴 계곡 속에서도
刑을 지어 죽음의 비탈을 지나는
서럽고 또한 환상에 속은
어리석은 영원한 순교자

우리들

- 「회상의 긴 계곡」 부분

순교란 선과 악의 대립에서 순수무구한 선한 것의 이방적 패배, 희생에서 발생한다. 전쟁이라는 악과 이를 고무하는 무리, 그 와중에서 맹목적으로 순응한 선한 자, 이에 무관한 자만이 피해를 입었다는 것, 여기에 박인환의 전쟁관이 담겨 있다.

2.2. 상황적 불안과 공포

전쟁은 인간에게 매 순간 삶과 죽음에 서는 극한 상황을 체험하게 한다. 죽음에 인접해 있다는 것은 그만큼 삶에 대한 애착을 강열하게 만들기도 한다. 키에르 케고르는 『죽음에 이르는 병』에서 실존을 인식케 하는 것은 오성이 아니고 열정이라고 하였다. 왜냐하면 열정에 사로잡힘 없이는 실존 하면서 실존에 관해 생각한다는 것은 불가능하기 때문이다. 인간이 실존을 자각하게 하는 상황적 분위기를 전쟁은 조성한다. 어떠한 상황에 처해있음 으로 인한 불안의 정조는 박인환 시의 기저에 흐르고 있다. 불안은 구체적 대상이 있는 공포와는 구분되는 것이지만, 박인환의 경우에는 일상성의 파 괴라는 상황적 조건으로 인해 불안과 공포는 분리 불가분의 성격을 지닌다.

> (중략)
> 밤이 새도록 나는 광란의 춤을 추었다.
> 어떤 死體를 안고
> (중략)
> 이 시간 전쟁은 나와 관련이 없다.
> 광란된 의식과 不毛의 육체 그리고

일방적인 대화로 충만된 나의 무도회
나는 더욱 방 속에 가랂아 간다.
石膏의 여자를 힘있게 껴안고

새벽에 돌아가는 길 나는 내 친우가
戰死한 통지를 받았다.
                              - 「무도회」 부분

　"어떤 사체를 안고" "석고의 여자"를 안고 광란의 춤을 춘다고 했을 때의
그로테스크한 분위기와 함께 시적 자아의 대상에 대한 관심의 상실이 그만
큼 소외감을 고조시키는 역할을 한다. "어떤 사체"는 주체의식을 상실한
도구로써의 대상이며 생명력을 상실한 존재이다. 대상과의 상호 조화가
아닌 일방적 대화로 충만한 나의 무도회는 그만큼 시적 자아가 내면에 침잠
할 수밖에 없는 역설적 상황이 된다. 이 시는 6연의 차가운 현실이 있음으로
해서 긴장감을 유지하게 된다.

　　(중략)
　　하루종일 나는 그것과 만난다.
　　피하면 피할수록
　　더욱 접근하는 것
　　그것은 너무도 不吉을 상징하고 있다.
　　옛날 그 위에 名畵가 그려졌다 하여
　　즐거워 하던 예술가들은
　　모조리 죽었다.
　　(중략)
　　그것은 感性도 理性도 잃은
　　멸망의 그림자
　　그것은 문명과 進化를 障害하는
　　사탄의 使徒

나는 그것이 보기 싫다.
그것이 밤낮으로
나를 가로막기 때문에
나는 한 점의 피도 없이
말라 버리고
女王이 부르시는 노래와
나의 이름도 듣지 못한다.

- 「벽」 부분

　　일정한 공간을 감싸는 벽은 이른바 "비탄의 벽"이 암시하듯이 동굴로서
의 세계, 곧 바깥 세계로 나갈 수 없다는 형이상학적 관념이나 내재 주의적
원리를 상징한다. 따라서 벽은 불능, 연기, 제약 속의 상황을 의미한다.[6]
윤석산(尹錫山)은 "벽"은 전쟁이 휩쓸고 간 암담한 현실로 인한 정신적 한계
와 실질적인 "벽"이 중첩되어 있는 이중 구조를 보여준다[7]고 평했다. 비록
실질적인 대상으로서의 "벽"의 묘사가 있다고 하더라도 이 시는 관념으로부
터 나와, 실질적 벽에 투사되고, 다시 관념으로 돌아오는 관념시라 할
수 있다. 현실의 절망적 상황으로부터 끊임없이 피하고자 하나 사방 어디나
막혀 있어 출구는 없다. 그래서 시적 자아는 "한 점 피도 없이" 말라 버리는
극한 상황을 체험한다. 그 결과 "女王이 부르는 노래와 나의 이름도 듣지
못한다."에서 시신(=뮤즈)의 울림이 전혀 오지 않고, 자신의 정체성도 확립
할 수 없는 막힌 세계에 대한 내적인 절규를 토하는 것이다.

　　가만이 눈을 감고 생각하니
　　지난 하루 하루가 무서웠다.
　　무엇이나 꺼리낌 없이 말 했고

---

6) 이승훈 편저, 1996, 『문학상징사전』, 고려원, p216.
7) 윤석산(尹錫山), 1983, 『지금 그 사람 이름은 잊었지만』, 영학, p115.

아무에게도 協議해 본 일이 없던
不幸한 年代였다.

비가 줄 줄 내리는 새벽
바로 그때이다.
죽어 간 靑春이
땅 속에서 솟아 나오는 것이
그러나 나는 뛰어 들어
서슴 없이 어깨를 거느리고
握手한 채 피 묻은 손목으로
우리는 暗擔한 일곱 개의 層階를 내려갔다.

「人間의 條件」의 앙드레 마르로우
「아름다운 地區」의 아라공
모두들 나와 허물 없던 友人
黃昏이면 疲困한 肉體로
우리의 槪念이 즐거이 이름 불렀던
「精神과 關聯의 호텔」에서
마르로우는 이 빠진 情婦와
아라공은 절룸발이 思想과
나는 이들을 凝視하면서………
이러한 바람의 낮과 愛慾의 밤이
回想의 사진처럼
부질하게 내 눈 앞에 오고 간다.

또 다른 그날
街路樹 그늘에서 울던 아이는
옛날 江가에 내가 버린 嬰兒
쓰러지는 建物 아래
슬픔에 죽어가던 少女도
오늘 幻影처럼 살았다.

이름이 무엇인지
나라를 애태우는지
分別할 意識조차 내게는 없다.
시달림과 憎惡의 陸地
敗北의 暴風을 뚫고
나의 영원한 作別의 노래가
안개 속에 울리고
지낸 날의 무거운 回想을 더듬으며
壁에 귀를 대이면
머나 먼
運命의 都市 한복판
희미한 달을 바라
울며 울며 일곱 개의 層階를 오르는
그 아이의 方向은
어데인가.

- 「일곱 개의 層階」 전문8)

전체 4연으로 이루어진 「일곱 개의 層階」는 5행, 8행, 12행, 21행으로 갈수록 행의 수가 많아져 내용만큼이나 무거운 형식으로 되어 있다. 1연에서 "가만이 눈을 감고 생각하니"는 이 작품이 회상의 형식으로 이루어져 있음을 암시한다. "무엇이나 거리낌 없이 말했고/ 아무에게도 協議해본 일이 없던" 지난 하루하루가 시적 자아에게 두려움과 공포의 대상이 되고,

---

8) the age of anxiety는 w.h. auden의 장편 대화시이다. 뉴욕의 어느 술집에서 만난, 서로 모르는 한 사람의 여자와 세 사람의 사나이가 각자의 고독과 불행에 충동되어 불안의 시대에 이야기를 시작하여 인간 일생의 7개의 단계를 논하고 그중 아무데도 고요의 왕국이 업음을 확인한다. 술이 빚어내는 도취 속에서 그들은 다시 고요의 왕국을 찾는 7개의 길을 이야기하며 그곳의 도달을 방해하는 자신의 결함, 더욱이 인간 존재의 근원적인 불안에 생각이 미쳐 신을 찾아내려는 결심 이외에는 구원의 길이 없음을 예감한다. 이 작품은 대전 직전에 영국에서 미국으로 이주하여 시대의 방향과 인간의 존재에 관해서 깊은 성찰을 하고 신에 의한 구원을 지향한 사색의 결정으로서 문제가 되었다. (『세계문학 대사전』, 1980, 광조출판사, p728.)

불행한 시대로 인식된다. 이는 타인과의 단절로부터 오는 두려움이며, 가치 생산적인 대화가 아니라 상황으로부터의 도피를 위한 일방적인 자기 배설로부터 파생된 외로움과 공허감으로부터 오는 무서움이기도 하다.

2연에서 "비가 줄 줄 내리는 새벽"은 한 인간의 의식을 깊은 내면으로 이끄는 시간적 배경이다. "죽어 간 청춘"은 자신의 열정을 겉으로 발산만 했던 또 다른 자아의 모습이며 1연에서 회상했던 당시의 시적 자아의 모습이기도 하다. 결국 분열된 자아의 모습을 온전히 하여 "暗擔한 일곱 개의 層階를 내려감"으로써 내적 성찰의 단계를 밟는다. "피묻은 손목"은 박인환에 있어 흔히 천명으로 시를 쓰는 시인의 고통과 고뇌의 표상으로 나타난다. 3연은 한때 시적 동반자였던 "앙드레 마르로우" "아라공"과 함께 했던 고뇌 속에서도 일곱 개의 층계 중 고요의 왕국을 여전히 찾지 못했음을, "아라공은 절룸발이 思想"과 "마르로우는 이빠진 情婦"라는 모욕적인 발언으로 냉소함으로써 나타내 보인다. 4연에 오면 "울던 아이" "嬰兒" "少女"라는 시적 대상을 끌어들임으로써 인식의 폭이 확대된다. 이것은 자아의 여러 모습이기도 하고, 절망적인 혼란의 시대를 살아가던 불행한 당대인의 전형일 수도 있다. "지난날의 무거운 회상을 더듬으며/ 벽에 귀를 기대면"은 자신의 삶의 단계를 인식하려 내면세계로 눈을 돌리는 것이다. "희미한 달을 바라"에서 달은 자신의 동일성을 고집하지 않으며 명료한 순환에 따라 자신의 형태를 고통스럽게 수정하는 이상적 모습의 상징이다. "울며 울며 일곱 개의 층계를 오르는/ 그 아이의 방향은 / 어데인가"로 삶의 각 단계를 살아가는 존재의 고통을 나타내고 있으며, 의문형으로 종결지음으로써 삶의 목적에 대한 해답은 끝내 유보된다. 이러한 보이지 않는 전망과 혼란의 연속 가운데서 마침내는 신에 대한 분노와 저주, 강한 죽음 지향성으로 변하게 된다.

2.3. 죽음 인식[9]

인간은 유한자로서 죽음에 직면할 때, 부정적인 의미에서든 긍정적인 의미에서든 무한자인 신의 존재에 관심을 갖게 된다. 이 점에서 50년대는 절망과 같은 심연을 출발점으로 한다.[10] 박인환의 경우, 「검은 江」, 「영원한 일요일」, 「불행한 신」, 「미래의 娼婦」, 「검은 神이여」에는 암울한 현실의 주체로서의 신의 이미지들이 보인다. 그리하여 신과 전쟁의 고리를 "하루의 일년의 전쟁의 처참한 추억은/ 검은 신이여/ 그것은 당신의 주제일 것입니다(「검은 신이여」)"라고 한다.

(중략)
어느날 역전에서 들려오는
군대의 합창을 귀에 받으며
우리는 죽으러 가는 者와는
반대 방향의 열차에 앉아
情慾처럼 피폐한 소설에 눈을 홀겼다.

지금 바람처럼 교차하는 地帶

---

9) 조향은 시집 『목마와 숙녀』에서 죽음의 이미지가 86회나 출현한다고 말한 바 있고(김광균 외. 1982. 『세월이 가면』. 근역서재), 박미용은 박인환의 같은 시집에서 죽음의 이미지나 그 파생된 이미지들이 455회나 발견되었다고 밝혔다. (박미용. 1986. 「박인환 시연구」. 공주사대 교육대학원) 장승엽 역시 『목마와 숙녀』(1976)에 수록된 62편의 시어를 분석한 통계를 보여주는데, 죽음과 관계된 시어 65회(종말, 최후 등 별도로 분류한 시어 19회를 합하면 84회), 울음, 눈물과 관계된 시어 50여회, 불안, 불행 등이 45회, 고독, 고립 등이 55회, 회색, 검은색 등 얻은 색채어가 60여회, 파괴, 폐허 등이 35회로 집계된다고 밝히고 있다. (장승엽. 1982. 「박인환의 본질과 한계」, 『한국문학논총』, 제5집)

10) 심연이란 원래 밑바닥에 있는 것으로서 지반과 근거를 의미한다. 거기를 향하여 무엇이 비탈져서 떨어지는 것이다. 근거란 뿌리박고 서 있기 위한 지반이다. 이 근거를 잃어버린 시대는 심연에 걸려 있는 것이다. (소광희 역, 1975, 『시와 철학』, 박영문고)

거기엔 일체의 불순한 욕망이 反射되고
농부의 아들은 표정도 없이
폭음과 포연이 가득찬
生과 死의 경지에 떠난다.

달은 정막보다도 더욱 처량하다.
멀리 우리의 시선을 집중한
인간의 피로 이루운
자유의 城塔
그것은 우리와 같이 퇴각하는 者와는 관련이 없었다.
                              - 「검은 江」 부분

　역사의 주체가 인간이 아니라 신이라는 기본 전제 아래, 최종의 노정은
검은 江으로 표상되는 어둡고 암울한 현실 그 이상이 아니라는 단정을 내린
이 작품은 전체 5연으로 구성되어 있다. 1연의 "신이란 이름으로서/ 우리는
최종의 노정을 찾아보았다"와 5연 "신이란 이름으로서/ 우리는 저 달 속에/
검은 강이 흐르는 것을 보았다"가 상호 호응함으로써 구조적 완결성을 이루
고, 역사에 대한 비판적 인식으로 출구가 완전히 차단되었음을 보여준다.
1연에서 보여주는 예측의 근거는 인용된 2, 3연에서 보여주는 인간의 현실
이다. 인간의 의지와는 무관하게 벌어진 전쟁이라는, 역사의 맹목적 의지
속에서의 인간의 위치와 존재를 투시함으로써 5연의 결론으로 귀결된다.
2연의 "합창, 죽으러 가는 者 / 피폐함, 살려고 가는 者 "의 대조가 아이러니
와 긴장을 조성한다. "정욕처럼 피폐한 소설에 눈을 홀겼다"는 표현 속에
삶에 대한 상실된 의욕과 무관심이 무심하게 노출됨으로써 삶과 죽음이
일시에 같은 가치에 놓이게 된다. 3연에서는 전쟁이 일어나는 세계의 논리
와는 전연 무관한 "순진한 농부의 아들"을 끌어들임으로써 인간이 그 무언
가의 희생양이라는 느낌을 강조하고 있다. "농부의 아들"은 삶에 대한 욕망

도 죽음에 대한 두려움도 없이 무표정한 얼굴로 떠난다. 욕망은 삶의 의욕에서 나오는 것이다. "바람처럼 교차하는 地帶" "生과 死의 경지"는 일체의 불순한 욕망이 반사된다. 욕망의 사각지대에서 삶에 대한 의욕은 불순한 것이다. 4연에서 달은 지구의 반사경의 의미이다. 그 달이 인간의 피로 이룬 자유의 城塔을 보여주길 바랬지만, 그 꿈은 퇴각하는 者 에겐 해당하지 않는다. 神이란 이름으로서 보여주는 상은 "암담한 검은 江"인 것으로 귀결된다. 주체이기를 포기한 인간과 비정하고 어두운 이미지의 신은 역사에 대한 비판적 이미지를 낳고 마침내 신을 저주하기에 이른다. 다음은 "새로운 신에게"라는 부제가 붙은 「미래의 娼婦」 1. 3연 이다. 한계전은 표현이 명료치 못한 것이 흠으로 남지만, 내면적인 우울과 그 상태에서 벗어나게 해주는 초월적 존재를 불러오는 내용을 담고 있다고 지적한다.[11]

여윈 목소리로 바람과 함께
우리는 來日을 約束하지 않는다.
乘客이 사라진 列車 안에서
오 그대 미래의 娼婦여
너의 希望은 나의 誤解와
感興 만이다.

香氣 짙은 젖가슴을
총알로 구멍내고
암흑의 지도, 孤絶된 치미 끝을
피와 눈물과
최후의 생명으로 이끌며
오 그대 미래의 娼婦여
너의 목표는 나의 무덤인가
너의 종말도 영원한 과거인가

---

11) 한양 어문학 총서1, 1997, 『1950년대 한국문학연구』, 보고사, p33.

바람처럼 내일을 기약할 수 없는 예측 불허의 삶에 대한 인식이 나타나 있다. 승객을 운반하는 열차 안에서 승객이 사라졌다함은 열차가 그 본연의 목적을 상실하였다는 것이고 역사도 이와 같이 그 자체 맹목적인 질주를 하고 있을 따름이다. 신에 대한 저주가 신성 모독의 어조를 띠고 잘 나타나 있다.

여기서 인간은 끊임없이 죽음으로 이끌려지는 존재인데, 함축된 내용은 시적 자아의 죽음 지향성이다.

> 저 墓地에서 우는 사람은 누구입니까.
> 저 破壞된 建物에서 나오는 사람은 누구입니까.
> 검은 바다에서 연기처럼 꺼진 것은 무엇입니까.
> 人間의 內部에서 死滅된 것은 무엇입니까.
> 1年이 끝나고 그 다음에 시작되는 것은 무엇입니까.
> 戰爭이 뺏아간 나의 親友는 어데서 만날 수 있습니까.
> 슬픔대신 나에게 죽음을 주시오.
> 人間을 대신하여 세상을 風雪로 뒤덮어 주시오.
> 建物과 蒼白한 墓地 있던 자리에
> 꽃이 피지 않도록
> 하루의 1年의 戰爭의 처참한 추억은
> 검은 神이여
> 그것은 당신의 主題일 것입니다.
>
> ―「검은 神이여」 전문

이 시는 한 발 물러설 여유조차 없이 존재를 휘감는 비극적 상황에 대한 절망적 인식을 형상화하고 있다. 김홍규는 이 시를 의문형 종결어미로 계속되는 6문장을 1연, 요구형어미로 된 3문장을 2연, 단정적 어미의 마지막 1문장을 3연으로 보고자 했다. 1연에서 사용한 경어체 의문형 어미는 진지한 분위기를 조성한다. 현실에 대한 절망이 추상적인 정조로써가 아니라,

상황을 구체적으로 제시함으로써 절망할 수밖에 없는 상황에 구체성을 부여한다. 현실은 "墓地" "破壊된 建物" "검은 바다" "死滅" "戰爭" 등의 어휘로 특징지어질 만큼 어둡고 부정적이며 비관적이다. 축복의 근원으로서의 신의 이미지 역시 사멸된다. 2연에서 보여주는 역설의 기법은 색다른 효과를 거두고 있다. 절망적 세계로부터의 탈출은 죽음으로써만 가능하다는 인식이 시적 자아의 죽음뿐만 아니라, 나아가 우주의 생명 질서 자체가 멈출 것을 요구하기에 이른다. "建物과 蒼白한 墓地"와 "꽃"의 선명한 대조는 아이러니한 긴장을 유발시킨다. 인간적인 삶의 죽음과 자연적인 생명의 부활이 잔인한 신에 대한 이미지를 그만큼 강조하는 효과를 낳고 있다. 3연에서 "검은 神"이 할 수 있는 일은 세상을 저주하고 인간을 고통의 나락으로 빠뜨리는 일 뿐이라는 극단적 인식은 시적 자아의 절망의 깊이가 어느 정도인지 잘 보여주고 있다. 비참한 삶과 절망 속에서 탈출구를 찾지 못해 방황하는 자아의 모습을 다룬 「종말」을 거쳐 「幸福」, 「미스터 某의 生과 死」에 오면 죽음에 대한 객관적 거리를 수용하게 되는데, 시적 장치로는 3인칭 화자를 내세움으로써 그만큼 더 객관성을 확보한다.

> 노인은 육지에서 살았다.
> 하늘을 바라보며 담배를 피우고
> 시들은 풀잎에 앉아
> 손금도 보았다.
> (중략)
> 노인은 한숨도 쉬지 않고
> 더욱 아무것도 바라지 않으며
> 聖書를 외우고 불을 끈다.
>
> 그는 幸福이라는 것을 말하지 않았다.
> 그저 고요히 잠드는 것이다.

노인은 꿈을 꾼다.
(중략)
노인은 죽음을 원하기 전에
옛날이 더욱 永遠한 것처럼 생각되며
自己와 가까이 있는 것이
멀어져 가는 것을
분간할 수가 있었다.

- 「행복」 부분

　전체 3연으로 이루어진 이 시는 1연에서 "노인"과 "시들은 풀잎"의 조화
로 분위기를 안정적으로 만들고 있다. "손금"은 인간의 운명을 점쳐 볼 수
있게 한다. 하지만 이때 노인의 손금은 앞으로의 삶보다, 지금까지 살아온
날이 더 많은 노인에게 있어 숙명성을 강조하는 역할을 한다. 이제 세상의
충격적인, 아니면 흥미를 자아낼 수 있는 뉴스도 노인의 심경을 혼란시키지
않으며, 「한줄기 눈물도 없이」처럼 지붕 위에서 울었던 비둘기가 훨훨 날아
간다. 박인환의 작품에서 유일하게 세계에 대한, 신에 대한 긍정적 수용이
"聖書를 외우고"에 집약적으로 나타난다. 2연은 과거에 대한 아픔과 고뇌들
이 무화되는 순간을 평온한 심경의 묘사로 보여준다. 3연에서는 과거의
영원성과 사라져 가는 것에 대한 애상을 초연히 서술함으로써 시 전체를
담백하게 완결시킨다.

3. 나오는 말

　박인환이 유명을 달리할 때까지 전후 절망적인 세계 속에서 상황적 불안
과 공포로부터 죽음과 신에 대한 인식의 변모는 지속되는 주제의 하나로서
세계 인식의 근원적 핵으로 자리한다. 또한 그것은 표면상 극히 다양한

껍질 밑에 숨겨진 일종의 동일성이며, 어떤 편집증세를 표출할 만큼 작품 속에 반복된다.12) 1950년대라는 상황은 전쟁의 체험이 너무나 과도한 무게로 다가왔기 때문에 그 자체가 이성적 통제를 불가능하게 했다. 그 상황에 처해서 박인환은 역사에 대한 방향성이나 응전력을 상실하고 현실을 공포의 대상으로 기피하거나 관념화해 버린다. 결코 현실의 어둠이 무엇인가에 대해 집요한 시선을 던지지 않았다. 그것은 그의 시에서 우울증이 품고 있는 안개 너머에 단지 어두운 그림자로만 비칠 뿐이었다. 인생에 의욕을 잃고 누워 있는 통속적인 잡지일 뿐이다. 이러한 모습은 6·25 전쟁의 충격이 너무 컸기 때문에, 그것이 "1950년대 문학의 절대 조건이었지, 탐구 대상은 아니었다"13)는 지적을 가능하게 한다. 여기서 박인환도 크게 벗어나지를 못해 지금까지 그에 대한 연구는 부정적인 입장에서 감상주의와 서구 편향으로 일관했다는 평가가 대부분이다. 그럼에도 불구하고 1960년대 진정한 현대성을 확보하는데 있어서, 어떠한 자양분으로서의 박인환 시세계를 가볍게 지나쳐서는 안 될 것이다.14) 이러한 의미에서 박인환 시의 원시림15)은

---

12) 이형식 외, 1990, 『현대문학비평의 방법론』, 서울대 출판부.

13) 이남호, 1994, 「1950년대와 전후 세대 시인들의 성격」, 『1950년대 시인들』, 나남, p12.

14) 박인환을 비롯한 '후반기' 동인이 결성된 부산이라는 도시는 직접, 간접으로 시세계에 적지 않은 의미를 갖는다. 전쟁을 피해 예술가와 지식인들이 마지막으로 옮아갈 수 있는 피난처였던 부산은 전쟁으로 인한 군사문화와 자유주의적 문화가 동시적으로 공존하던 문화의 중심지였다. 수많은 피난민들과 이방에서 흘러든 다국적 인종들로 인해 이미 부산은 지방적 폐쇄성을 벗어난 탈계급적 인간들의 집합소로 변해가고 있었다. 특히 이무렵 AFKN-TV 방송, KBS의 중국어 방송 등이 부산에서 시범 방송될 정도로 부산은 국제적 분위기에 민감한 도시적 특수성을 갖추고 있었다. 이러한 제반 상황들은 예술인들의 감수성의 변모를 극적으로 추동하는 동기가 되었음직할 뿐만 아니라, 역으로 그들의 변모된 감수성에 대한 자각적 확인을 하게 해주었던 것이다. 전쟁 중의 부산이라는 도시가 함축하고 있었던 전체주의적 문화와 보헤미안적 문화의 공존 속에서 박인환은 문학이 어떠한 전통이나 전체주의적 권위에도 종속될 수 없다는 분명한 인식을 획득하게 된 것으로 여겨진다.

15) "나는 불모의 문명, 자본과 사상의 불균등한 싸움 속에서, 시민정신에 이반된 언어작

각별한 의미를 갖는다. 원시는 공포와 전율 속에서 상상력의 전개가 처음으로 시작되는 세계이다. 그것은 욕망의 형식이 처음으로 구축되는 기원의 나라이다. 그 기원의 나라는 역사적 문맥 속에 위치하지 않는, 오히려 그것으로부터 끝없이 도피하는 비합리적 정신의 공간이며, 충동과 욕망의 발현에 의해서만 접근할 수 있는 환상이 범람하는 세계이다. 일견 박인환 시세계에서 드러나는 죽음을 인간의 유한성이나 존재 가능성으로서 파악하지 못하고 단순히 공포스럽거나 서글픈 것으로 파악한다16)는 지적이 있었지만 이것은 전후 시에서 원체험으로 자리 잡고 있는 죽음으로서의 역사성의 범주를 벗어나지 못한 한계의 해석이라고 본다. 문학이란 어느 시대에도 저항이나 부정의 안티테제 세대에 의해서 계승, 변모, 수정되는 것이라고 M. 비또르가 말했지만 사실상 1950년대 한국문학은 이런 저항, 부정이 근대문학사를 통해서 가장 열렬했고 가장 공소했던 것이다.17) 이런 시대적 분위기를 상기한다면 이 시기 박인환의 시적 경향을 감지하게 된다.

하지만 연구자로서 박인환 시를 주목하며 새롭게 읽어 보고자 하는 의도가 여기에 있다. 박인환의 자아탐색은 죽음과 신에 대한 인식으로 이어졌으며, 그의 대부분의 시에서 인식의 근원을 이룬다. 원시림에서 창조해낸 욕망의 기호들은 다양한 방법으로 삶에 포위되어 문학사가 안고 있는 글쓰기에서 상황과 처지는 다르지만, 동일한 기질로써 시화되고 있기 때문이다. 불안

용만의 어리석음을 깨달았다. /........시가지에는 지금은 증오와 안개낀 현실이 있을뿐...... 더욱 멀리 지난날 노래하였든 식민지의 애가며 토속의 노래는 이러한 지구에 가라앉아 간다. / 그러나 영원한 일요일이 내 가슴 석에 찾아든다. 그러한 때에는 사랑했던 사람과 시의 산책의 발을 옮겼든 교외의 원시림으로 간다. 풍토와 개성과 사고의 자유를 즐겼든 시의 원시림으로 간다./ 아 거기서 나를 괴롭히는 무수한 장미들의 뚜거운 온도"
박인환 외, 「새로운 도시와 시민들의 합창」, 『한국현대시사자료대계』3, 1987, 한양대 한양어문연구회, p580.

16) 문혜원, 1996, 『한국현대시와 모더니즘』, 신구문화사, p68.
17) 고 은, 1973, 『1950년대』, 민음사, p309.

과 절망의식이 해방과 전쟁체험을 통해 어떻게 굴절되어 그 지속성이 이어지고 있는가를 박인환의 시를 통해서 살펴보았다. 결국 현대의 시점에서 한 시인의 비극적 운명을 통해서 해방의 격동과 전쟁으로 계속 이어진 우리 역사의 질곡을 더듬어 보는 것은 아직까지 치유되지 않은 전쟁의 외상과 그 발현이 분단의 극복을 위한 것이라는데 있다. 이것은 분단시대를 살아가는 우리에게 곧바로 맞닿아 있는 문제이기에 이 글은 그의 시세계에 나타난 죽음의식을 중심으로 살펴보았다. 그러나 문학사적 의의와 문학적 가치를 규명하는데 있어서 지극히 부분적이었음을 밝혀 둔다.

시, 긴 술래의 기록

- 박정희론 -

1. 박정희 따라 읽기

편견을 가지고 서둘러 읽으려는 사람에게 시인 박정희와 그녀의 시는 항상 같은 자리에 있는, 같은 자세로 서있는 것처럼 보일지 모른다. 마치 새 울음소리와 나뭇잎 서걱 이는 소리만이 종이 창 너머에서 희미하게 들려오는 선방에서 눈을 감고 앉아있는 스님처럼.

그러나 우리는 읽고 들어서 알고 있다. 진정한 변화는 눈에 잘 띄지 않는 곳에서 또는 저 깊은 속에서 일어난다는 사실을, 잘 찾아보지 않으면 정작 놀라운 변화는 감지되지 않는다는 사실을. 그러다가 어떤 스님은 조용히 눈을 뜨고 자리를 털고 일어나기도 하는 것이다. 그리고 아무 말도 하지 않는 것이다. 그와 같이 겉으로 잘 드러나지 않은 채 박정희의 시는 아주 천천히 움직이고 있다. 그녀의 전(全)시집을 처음의 마음으로 다시 읽는 사람들에게 이 차분한 변화의 징후는 즐거운 선물과도 같다.

하나의 문학적 인격이 다른 분야에 비해 느리게 성숙한다는 사실을 수긍한다면 문단은 이제 바야흐로 양적, 질적으로 풍성한 경험과 인적자원을 보유한 채 이 사회의 각 분야로 진입하고 있다고 해도 지나치지 않을 것이다. 그러나 지난 세기 우리 역사의 칼날 위를 맨발로 걸어 온 세대로서 어른

이 되기 전에 '보이는 저것은 무엇이며, 보는 나는 무엇인가'를 여러모로 뼈저리게 고뇌한 기억을 공유하는 세대로서의 박정희 시인의 시들은 거의 다 지난 세기에 쓰인 것들이다. 우리는 그 세기의 절망과 희망, 슬픔과 기쁨, 위기와 기회가 고스란히 오늘에 옮겨와 있음을 본다. 여전히 우리는 지난 수십만 년 동안 우리의 선조들이 그래왔듯이 잠자리와 입성과 먹이를 찾아 뛰어다니며 바쁜 와중에도 노래를 짓고, 함께 부르고 즐기는 것이다.

어쨌든, 도리 없이, 변함없이, 우리는 이 별과 그 위에 자리잡은 우리의 작은 땅을 아끼며 살아야 한다. 신기하게도 오늘 우리의 삶은 한달 전, 한 해 전과 똑같지 않은가. 이것은 다행인가 불행인가.

박정희 시인은 다섯 번째 시집 『푸르른 날의 그리운 점 하나』를 발간하면서 "나는 이제 그 슬픔이나 아픔에서 더이상 벗어나겠다고 말할 수가 없다. 우리 시대가 앓고 있는 큰 줄기의 한가닥에 충실히 매달려 왔음을 이제 알겠다. 가장 독특한 내 삶의 언어를 창출하기에 미세한 동작이지만 끊임없이 어둠을 헤쳐 왔다. 어둠은 또 다른 어둠과 겹쳐진다. 어제의 어둠이 오늘의 그것과 다르지 않다."라고 말함으로써 때로 얼굴을 마주한 자리에서 들을 수 없는 시인의 감성을 물들이고 우러나온 어둠과 추위에 대한 속마음을 담아낸다.

박정희는 1956년 『여원』이라는 여성지에 서정주와 조지훈의 심사로 시 「노을」이 등단에 앞서 신인문학상으로 선정되면서 자연스럽게 시인의 길로 들어서게 된다. 이후 동국대 영문과 재학 중인 1958년 시 「새벽」, 「귀로」 등으로 미당의 추천을 거쳐 등단한 시인이다. 그녀의 시작 경력은 금년으로서 47여 년의 성상을 헤아리게 된다. 그동안 그녀가 발행한 시집은 총 9권이다. 첫시집 『內室』(1968)을 비롯하여 『주둔지』(1972), 『문풍지』(1980), 『술래의 편지』(1987), 『푸르른 날의 그리운 점 하나』(1990), 서사시집 『다시 만날 그날까지』(1992), 명상시집 『이별에 관한 산책』(1997), 『그에게만 들키고 싶다』(1999), 『박정희 詩選集』(2002) 등이 그 구체적 실례에 해당한다. 뿐만 아니라 시론집, 수상록, 에세이집 등으로 지치지 않는 시의 도정을 보여주고 있다.

이 글에서는 "나는 내가 너무 힘겨워 어릴 때부터 시를 썼고, 시 속에 숨어들려 했다."라고 서문을 쓴『박정희 詩選集』을 텍스트로 삼았다.『주둔지』와『이별에 관한 산책』을 제외하여 6권의 시집을 선집으로 묶었지만, 성격을 달리하는『다시 만날 그날까지』도 제외하여 필자는 5권의 시선집을 통해서 그녀가 내시경으로 들여다 본 어둠과 추위의 시세계를 살펴볼 수 있는 하나의 근거를 마련해 보고자 한다.

2. 물 한 방울, 그 고요한 비밀

박정희는 시를 쓰면서 자신이 여성임을 좀처럼 잊지 않는다. 글로만 판단하자면 그녀의 삶도 그럴 것 같다. 박정희는 여성들뿐만 아니라 세상의 모든 암컷들, 가끔은 무생물들조차도 하나의 영혼을 가졌다고 믿는지 모른다. 무생물까지는 아니더라도 과학자들은 지구 위에 살고 있는 모든 생물들이 애초 하나의 근원에서 나누어졌으며, 진화의 핵심 고리는 어머니의 몸이라고 한다. 1968년 첫시집『內室』서문에 부친 미당 서정주의 말을 음미해 볼 필요가 있다.

　　박정희 여사의 시에는 우리 누구도 아직 들여다 보지 못한 내실(內室)의 구석들과 폐원(閉院)의 감추어진 뒤안길들이 있다. 그것은 여자들 가운데서도 한국여자만이 갖는 것이고, 한국여자 중에서도 박여사같이 아주 은근하게 사는 일부 여성만이 겨우 들여다 볼 수 있는 귀중한 정서의 세계이다.

그녀가 보여주는 '고독의 정리(整理)'와 '체념설정'은 시인의 생애를 줄
곧 지배해 왔음을 추적하게 한다.

　①온누리가
　　핏빛 눈물에 젖는다.

　　어디서

　　입술을 깨물어 뜯는
　　서러운 결심이
　　있나보다.

　　꿈이
　　재가 되어버리는
　　무서운 불길에서

　　이제
　　그 긴긴 울음은
　　끊어져 가고

　　깊은 골짜기 구비구비로
　　빠알갛게
　　전설이 핀다.

　　　　　　　　　　　　-「노을」부분

　②바람 속을 서성대는 줄
　　오래도록 모르고

　　발자욱마다 고이는 건 빗물이라
　　여기고 살았습니다.

(중략)

울밑에 꽃모종하는 날
먼 길을 돌아오는 그늘진 모롱이마다
서성대는 줄 모르고

소리소리 새울음은
철 지난 풀피리라 여기고
살았습니다.

- 「문」 부분

③천 년 울음을
마시고 자란
꽃밭은

역시 물빛이군요.

- 「말씀」 부분

　　인간의 존재성을 지속적으로 문제 삼는 시인의 실존적 자각은 자신의
삶을 방기하지 않는다. 시인은 가시적 공간이 사라진 눈물, 빗물, 울음, 물빛
속에서 내적 세계와 접촉한다. 자신의 내면에 떠오르는 말들은 시인을 불면
의 시간 속으로 몰고 가는 것이다. ①에서 눈물과 울음은 전설이 되어 깊은
골짜기까지 비추는 빛을 담고 있다. 그것은 잠들려는 '나'의 의식에 각성의
시간을 소유하게 되는 내면의 소리로서 해석할 수 있다. ②와 ③에서 드러나
는 울음은 비유에 의해 물의 원형적 의미와 조우한다. 그것은 생명을 잉태하
는 양수와도 같이 '나'가 그 속에서 한없이 풀어져 존재의 슬픔을 더욱더
깊이 깨닫게 되는 것이다. 그래서 삶으로부터 자신을 구원해내는 "강물에서
살아 남아/ 강물을 따라간 사람(「물소리」)"을 향하여 "강물이고 싶어……/

강물이고 싶어……(「고백」)"로 고백하게 된다.

> 다만
> 물방울이
> 되고 싶었지
>
> 누구랑 섞이지 않는 용액
> 흐르지 않고 머물지 않는
> 고요한 비밀
>
> (중략)
> 지금
> 다시
> 아직도
> 다만 알갱이
> 마른 생애를 쥐어짠
> 물방울이 되고 싶어
>
> 물
> 한 방울의 슬픈 신비가
> 되고 싶었지
>
> - 「이슬」 부분

　보고 듣고 맛보고 냄새 맡고 만지는 순간들 속에서 시인은 자신의 목적을 두지 않는다. '마른 생애를 쥐어짠' '물 한 방울'의 순결한 욕망만이 남을 뿐이다. 그 경지에선 불교에서 말하듯 즐겁다 해도 머무름이 없고 즐겁지 않다 해도 사그라짐이 없다. 그러기에 "죽는 날까지/ 나의 강물엔/ 종이로 접은/ 배가 뜬다.(「나의 강물」)"라고 하지 않는가. '물 한 방울의 슬픈 신비' 는 그녀의 가계를 재구성해 볼 때 함경북도 길주 외갓집의 향수 저편에서 혼들리듯 요람이 제공하는 영원한 수면(水面)의 상태인 것이다.

3. 슬픔을 찾아가는 영원한 술래

　박정희는 술래의 시인이다. "술래가 되어 쫓기는 전율, 그 맹렬한 바람의
초점을 나는 스스로 원했다."고 시집 『술래의 편지』 서문에서 밝힌 바가 있다.
그녀의 영혼을 술래가 갖는 역동적 움직임에 내맡기는 것이다. 여기서 술래
는 열(熱)이며 병(病)이며 아픔을 스스로 선택하여 "고열의 분출구이면서 그
출구를 스스로 막아버린 단절과 체념의 냉각된 응고체, 그래서 늘 춥고 늘
떨리"는 이미지와 연결되는 것으로 그녀의 시적 소우주를 형성하는 이미지
의 망을 좀더 면밀히 들여다보는 작업으로 연결될 수밖에 없는 것이다.

　　　겨울이 간 뒤에
　　　나에겐 추위가 왔소

　　　하루에 한 번
　　　봄에 앓던 학질은

　　　하루에 두 세번
　　　여름 독감으로 이어졌소.

　　　쇳물 녹이는
　　　불 가마에 앉아서도

　　　춥고
　　　또 추웠소

(중략)
발돋움해도 닿지 않는
높은 창 너머로

절로 쓰러지는
술래가 되고 싶소.

달아나면서 파놓은
속 빈 동굴에서

한 마리
작은 벌레 울음을 울며

끝내 몰라라 보는
당신의 술래

다만
그것이고 싶소.
　　　　　　　　　　　　　- 「술래의 편지」 부분

　위의 시를 읽다 보면 술래잡기를 하는 아이들의 화사한 즐거움이 그려지
는 듯하지만, 그녀의 상상세계는 '당신'을 "끝닿은 길, 맞은 편에서/ 우연처
럼 만나(「해후」)"게 될 때까지 풍부하고도 진실한 삶의 의미를 피어나게
한다. 술래는 추위, 학질, 여름 독감으로 자기 몸이 헐어도 자신만의 안전지
대를 만들지 않는다. 끝없이 달아나면서 자신의 몸에 동굴을 파는 고통은
다시 창작의 기쁨으로 인도함으로써 삶의 본질적 심연을 드러내는 것이다.
　그녀는 그녀를 늘 각성케 하는 한 가지 사실, 즉 1950년대에 청소년기와
대학시절을 보낸 그녀는 성장기에 맞닥뜨린 전후의 어둠과 추위를 통해서
이 세계가 음모와 타협과 보이지 않는 폭력으로 이루어져 있다는 사실과

자신이 이러한 세계 속에서 유한한 목숨의 존재라는 사실을 잊지 않는다. 이것은 그녀의 시 전체를 이끌고 가는 가장 큰 줄기라 할 수 있다. 그렇다면 그녀가 포착한 세계는 구체적으로 어떤 것인가?

①(중략)
　폐결핵으로
　모두 죽어가던 때

　배고픔으로
　모두 죽어가던 대

　젖은 가슴이
　젖은 눈을
　못뜨게 하던 때

　슬픈 사랑으로
　모두가 모두
　살고 싶던 때.

　　　　　　　　　　　　- 「50년대-1」 부분

②(중략)
　50년대 살충제 냄새

　　　　　　　　　　　　- 「50년대-3」 부분

③한 줄기 강물이 흐르고 있었지만

　무심한 강이
　너무 무심했던지
　향교 근처 풀섶에
　풀내, 흙내, 귀막고

살적에

뒷집
벙어리네 아들은
밤마다 슬픈 일기를 찢고

우물터
무당네
딸은
날 새면 맨발로 울고

온 산을 할퀴며
종일 헤메도

목마른 허기를
채울길 없어

모기 연기에 선 잠 자며
땅이 꺼지는
신비한 죽음을 제작하고 있었다.
                        -「향교 동네-50년대」전문

  박정희 시인이 공개한 약력을 보면 8살 때까지 함경남북도를 오가며 크
다가 9살 때 충청남도 대전으로 이주했음을 알 수 있다. 부친이 조선생명보
험회사로 충남지사로 전근하게 되어 8·15 광복 전에 북에서 남으로 옮긴
것이다. 그녀의 시에서 1950년대 혹은 북녀, 고향(길주), 귀거래사, 먼 나라
등에서 보여주는 자연을 통한 이미지는 자전적인 것에서 비롯된 시적 광맥
임을 알 수 있다.
  ①, ②에서 느낄 수 있는 것처럼 전쟁의 비극이나 성의 구분과 동떨어진

자리에서 그로테스크로 연결되지 않고 '벙어리네 아들'과 '무당네 딸'로 상징되는

성장세대를 자신들만의 낙원을 만들어 내는 것으로 오히려 환상적으로 물들여져 나타낸다. 살육과 재앙의 역사적 순간에 시적 평화의 순간은 죽음이 삶을 낳고, 다시 삶이 죽음을 낳는 순환의 장소가 되어 한 줄기 지상의 강물과 어울려 양수 이미지를 불러일으키는 것이다. 혹 "물가에서 나와/ 다시 물가로 갈 수가 없어(「실향」)"도 "그리운 이가 눈물나게 생각나는/ 손수건만한 창문(「먼 나라」)"을 찾아가는 그녀의 몰입은 무상함이 클수록 슬픔의 밀도를 증진시킨다.

4. 시인이란 이름의 아우라

세계가 서서히 어둠 속으로 잠겨드는 황혼녘, 시인의 시선이 사람들 주위를 배회하며 그들의 고단한 일상과 꿈을 엿듣고 있다. 처음 그 시선은 잔해 위에 또 잔해가 쌓이는 몰락의 현장을 지켜보며 이를 묵시록적 풍경화에 담아냈지만 지금은 훨씬 따뜻하고 연민에 찬 시선으로 이를 지켜보고 있다. 시인의 시선이 머무는 곳마다 작은 사랑의 드라마가 펼쳐진다. 소나무 끝에 매달린 빗방울과 장수풍뎅이가 연출하는 아름다우면서도 위태로운 사랑의 풍경을 보라. 물의 주기와 불의 주기라는 영겁의 세월을 두고 이루어지는 사랑도 장엄해 보이지만 하찮은 존재들 간의 이런 아기자기한 만남의 장면도 나름대로 뜻 깊지 않은가.

어떤 시에 대해서 아름답다고 말한다면 그 말은 틀린 것이 아닐지라도 기실 그 시에 대해 아무 것도 말하지 않은 것과 다름없다. 아름답다는 말이 너무 포괄적일 뿐만 아니라 개개의 시에 대해 그 말은 다른 내용을 함의하기

때문이다. 그럼에도 불구하고 필자는 박정희 시의 가장 큰 미덕을 아름다움이라고 말하는데 주저하지 않는다.

그녀의 시는 순식간에 애잔한 아름다움으로 독자를 매혹시킴으로써 어둠과 추위 속에서 꿀 수 있는 슬픈 꿈속을 방랑하게 한다. 그 꿈의 안내자는 물론 박정희의 시적 자아이다. 시 「50년대-3」에서 "열기 기운의/ 알튈 랭보"로 충일한 젊음으로 변이되는가 하면, "작게 만나 멀리 그리운/ 사람 하나(「작은 세상」)"로 등장하기도 한다.

박정희 시인, 1950년대 후반 무렵 등단 이후 현재에 이르기까지 "나의 좁은 시적 통로의 진통과 우리시가 걸어온 갈래의 어느 줄기는 같은 뿌리에서 만난다. (『푸르른 날의 그리운 점 하나』 발문에서)"는 믿음으로 그녀가 이룩한 시적 집념은 독자를 젖어들게 하는 숙연함이 있다. 필자는 중학교 시절 국어 참고서에서 '더 읽을 거리'라는 참고 자료로써 제시된 적이 있었던 「귀로」의 시인의 시를 『박정희 시선집』을 통해서 20년이 훌쩍 지나서야 정독하게 되는 참으로 인연의 귀한 시간을 가질 수 있었다. 시 「귀로」는 소리가 사라진 상태에서 슬픔이 주는 기쁨이기도 하면서 눈물이기도 한 기억의 풍경으로 지금까지 남아있다.

그렇다면 일찍이 미당이 들여다 본 '고독의 정리와 체념설정(서정주 · 첫 시집 서문. 1968)'으로부터 최근 홍신선에 의해서 '감춤과 한의 미학(시선집 해설. 2002)'으로 논평된 바 있는 박정희 시인의 시세계는 나아가 한국현대 시문학사에서 어떤 의미를 가지는가.

박정희 시인과 비슷한 연배를 이루는 여성 시인들뿐만 아니라 소급해 가면 김명순을 효시로 노천명 · 모윤숙 · 김남조 · 홍윤숙 · 김후란 등에 이어 그녀는 여성시의 맥을 계승하고 있으며 허영자 · 유안진 · 강은교 · 노향림 · 신달자 · 최문자 · 문정희 · 최승자 · 김승희 등으로 이어지는 여성시 속에서 드러나는 '한의 미학'은 사회 각 분야에서 불고 있는 여성의 입성과 맞물려 새로운 진경을 보여 주고 있다. 시적화자의 목소리에도 변화의 징표가 드러남을 볼 수 있다. 이러한 변화를 지켜보는 일은 어둠과 추위가 거느리는 '한'의 비유와 상징 언어의 내력을 중심으로 이루어져야 하기 때문에 필자에게 여성시문학사를 통찰하는 비평의 수련을 요구한다. 박정희 시 속의 술래가 정보의 대중화와 비대화가 가져온 혼란과 속화를 견제하고 생명의 흔적을 다 발견할 수 있을지 우리는 알 수 없어도, 그 뒤에는 "아름답게 남기 위해/ 노을은/ 죽는다(「노을」)"로 절창하는 좋은 시가 남아 있음을 믿는다.

봉헌문자의 젖음, 스밈 그리고 생성
- 신달자론 -

1. 신달자 따라 읽기

시는 모순의 예술이다. 스스로 말에 기대어 있되 말을 넘어서야 하기 때문이다.

일찍이 니이체는 "우리들이 언어의 형옥(刑獄)에서 생각하기를 거부한다면 아예 생각하는 일 자체를 그만 두어야 할 것이다. 왜냐하면 우리들은 우리들이 보고 있는 바의 한계가 참답게 한계인가 어떤가 하는 물음 너머의 경지에까지는 이를 수 없기 때문이다."라고 한 적이 있다. 언어는 생각의 형옥이되 그 형옥 없이는 생각은 존립할 수가 없다. 생각은 말의 감방에서 자라는 기이한 존재다. 그런 의미에서 인간의 모든 정신적 소산은 심연(深淵)에서 생겨난 것이다. 일란성 쌍태아 같은 생각과 말에 있어 어느 한쪽이 다른 한쪽의 질곡이란 것이 인간 정신의 불행이다.

가장 말이 많아야 할 경우, 말이 넘치고 넘쳐 한바다처럼 출렁이어야 할 때 문득 사막처럼 침묵하고 싶던 우리들의 경험. 말도 그 양이 쌓이고 쌓이면 무언의 침묵에로 질적인 전환을 하게 됨을 우리들은 삶 속에서 익혀 왔다. 릴케가 시를 이름 없는 것을 부르는 일, 말없는 것을 노래하는 일이라 생각한 것도 바로 이 언저리에서 이해해야 할 부분이다. 말의 궁극에서 우리를 가로막는 무언 너머에 열린 말, 그것이 시다.

이 글에서 다루고자 하는 신달자의 시집은 시를 쓴다는 행위는 과연 무슨 의미를 가질 수 있는가? 아직도 빛나는 건 시뿐이라는 믿음이 없다면 진정 시인일 수 있는가?라는 질문 앞에서 "나의 새로운 생명으로 잉태되었고 휘청거리는 내 삶의 방향을 잡는 풍향계가 되어 주었고 쓰러지려는 정신을 잡아주는 튼튼한 밧줄이 되어 주었으며 바로 죽음에서 생명의 연장으로 길을 틀었던 큰 변화(나의 첫시집2, 『시안』, 2003. 여름)"에로의 모순을 치열한 시정신을 통해 자신에게 확인시켜 준다.

신달자는 1964년 5월 『女像』이라는 잡지에 제 1회 신인 여류문학상을 받으면서 대학생 시인으로 데뷔를 했다. 자연스럽게 시인의 길로 들어서고 있었지만 결혼과 함께 글쓰기와 작별을 갖게 된다. 그 후 1972년 『현대문학』을 통해 박목월 추천으로 재 등단한 시인이다. 그녀의 시작 경력은 금년으로서 32년을 헤아리게 된다. 그동안 그녀가 발행한 시집은 총 10권이다. 첫시집 『봉헌문자』(1973)를 비롯하여 『겨울축제』(1976), 『고향의 물』(1980), 『모순의 방』(1985), 『아가1』(1987), 『아가2』(1988), 『새를 보면서』(1988), 『시간과의 동행』(1993), 『아버지의 빛』(1999), 『어머니, 그 삐뚤삐뚤한 글씨』(2001)등이 그 구체적 실례에 해당한다.

이 10권의 시집은 '나'라는 인간 존재와 함께 그 의미망을 형성하고 있다. 또한 이 10권의 시집은 어느 것 하나가 아니라 모두를 하나의 시각 속에서 용해하고 삶의 진실에 닿고자 하는 그녀의 시정신의 무게이며 크기인 것이다. 서른 두 해를 다스리며 격렬한 자신과의 싸움에서 거듭 강한 긍정의식을 가짐으로써 따뜻한 손을 내민 신달자 시세계를 살펴보기 위해 그녀가 걸어간 길의 적막을 맛보지 않으면 안된다.

2. 봉헌문자의 언덕 한 켠

신달자는 첫시집 『봉헌문자』 이후 열 번째 시집 『어머니, 그 삐뚤삐뚤한 글씨』에 이르기까지 '손가락 열 개로 땅을 파고 있'다. 몸 전체로 맑고 정교한 물이 나올 때까지 땅을 파고 있다. 그리하여 '살아있는 물결'이 되기 위한 시작(詩作)은 앞으로도 계속되어야 하며 계속될 수밖에 없을 것이라는 점을, 그리고 성실하게 기다리는 사람에겐 언젠가는 그에 상응하는 보답이 주어질 것이라는 점을 납득하게 해준다.

「발 I, II, III」은 처음 발표되었을 때나 지금에나 신달자 시인의 시의 자리를 상기시켜 주고 시인이 가야할 방향마저 제시해 준다.

> ①旣成靴를 샀다.
> 누굴 위해 만들어진지도 모르는 것에
> 순응하는
> 발
>
> 누구를 위해 마련된지도 모르는 길을
> 나의 집도 아닌
> 집으로
> 익숙하게 돌아가는
> 발
>
> 스스로를
> 獻身하여
> 喪失되는
> 回收할 길 없는 흔적을 남기며
>
> 나의 房도 아닌
> 안개서린 숲으로

고단한 몸을 옮기는
발

언제나 그것은 前進하나
차단된 狀況에
허무의 거미줄을 친다.
不斷히 치면서 그 줄 위를 걷는
발

      - 「발I」 부분

②旣成靴에 물어라
 그 證人의 證言
 무거운 하나의 生을 感受하며
 1미리의 餘分을 願하는
 발

      - 「발II」 부분

③언제나
 맞는 신발을 찾아 헤메는
 幻想의
 발

 구름속으로
 바람속으로
 빛속으로
 나의 기둥을 찾아 나선다
 (중략)
 구름속에도
 바람속에도
 빛속에도

오늘의 신발은 보이지 않는다.

-「발Ⅲ」부분

발은 신체를 지탱하는 중심이다. 또한 인간의 신체를 하늘로 향해 서게 하는 데에 기여한다는 점에서 영혼을 상징한다고 융은 말한다. 신달자의 시적 자아인 발은 언제나 여기가 아닌 어디론가 '스스로를 헌신하여' 떠나야 하는 숙명적 존재처럼 느껴진다. 발은 가정과 주방과 실내에 유폐되어 있지만 또한 그 너머에 있다. 발은 ③에서와 같이 '구름속으로/ 바람속으로/ 빛속으로' 늘 떠난다. 아니 떠나고자 한다. ①과 ②에서 드러나는 것처럼 발은 길의 감식가이다. 불면의 밤을 끝없이 지나 여기가 아닌 어디론가 나를 끌고 가지 않으면 안 된다. 발은 돌아갈 집이 없으며 내 꿈을 찾기 위해 그의 꼭 맞는 신발을 찾아 나서는 것이다.

어쩌면 이것은 시인이 결혼과 함께 접혀진 시를 향한 재등단의 뼈를 깎는 고통과 무관하지 않으리라는 내면을 추적하게도 한다. 그런 의미에서 "하루에도 수십개의 門을 드나든다./ 나의 손으로 열지 않으면/ 지나갈 수 없는 것./ 그 끝은 보이지 않지만/ 내가 걷는 길에 닫혀 있는/ 수만개의 門을/ 내 손으로 밀어 열어야 한다(「門Ⅰ」)"는 문을 향한 발걸음은 그녀에게 여전히 두려운 것이 사실이다. 그녀가 시에서 포착하고 있는 새는 "진실하지 않으면/ 곧 떨어질 것 같은/ 그 아픈 철학이/ 눈물겨운 새(「새를 보면서 2」)"로 피안의 세계에 가려진 진실을 캐냄으로서 시인 자신뿐 아니라 우리의 영혼까지도 무한히 피어나게 한다. 생의 본질적 심연을 응시한 도보 고행자의 고백인 것이다.

3. 꺼지지 않는 사랑의 고뇌

사랑은 숨은 중심이다. 여기서 중심이 숨어 있다고 하는 것은 이런 중심이 상상 속에 존재하는 것 같지만 실제로는 어떤 공간에도 존재하지 않으며 오직 2원성 혹은 분리된 상태를 제거함으로써만 성취되는 이미지를 의미하기 때문이다. 여기서 사랑받는 것과 사랑하는 것의 차이를 기억해 둘 필요가 있다. 전자는 타버리는 것, 꺼지는 것을 의미하며 후자는 켜는 것, 긴긴 지속을 의미한다. 그러나 전자와 후자는 찬찬히 살펴보면 서로 주고받는 관계에 있을 뿐더러 모든 사랑이 타버리면서 빛나고 꺼지면서 지속된다는 의미로 읽을 수 있다.

> ①광야여 손 잡아 다오
> 오늘 나는 더 어두울 수 없는 어둠으로 더듬거리지 않고 돌아와
> 빈 들판으로 누운 너의 살이 되려 한다.
> 무너질 것 다 무너진 속살의 흐느낌 풀어 너의 발끝을 씻으며
> 너의 안에서 끝내 허물어지지 않는 집을 짓고 짓다 허문 나의 꿈을
> 바라보고자 한다.
> 내가 사모하던 꿈을 꿈의 먼 나라에서 바람에게 전해 들으며 광야의
> 큰 가슴으로 큰 귀로 땅에 엎디어 수세기를 지나도록 전해 듣고자
> 한다.
> 나보다 먼저 돌아와
> 광야가 된 나의 영혼이여.
> 　　　　　　　　　　　　　　　　　　　－「曠野에게」 부분

> ②언니
> 사람들은 그것을 무지개라고 해요
> 일곱가지 바람 일곱가지 비 일곱가지 절망 일곱가지 희망이라고
> 해요
> (중략)

별에서 보면 사람도 빛날 것인데 사랑하면 별이 될 것인데 그런
건 싸악 없다고만 해요
이것은 진짜라고 무지개가 아니라고
(중략)
그러나 언니는 아알죠
어딘가에 그윽히 그윽히 숨어 있을 새벽별같이 빛나는 사랑 죽어도
좋을 사랑 하나 있겠지요
저 산 너머 무지개 걷어 안고 성큼성큼 달려와 얼싸안을 사랑 분명
있겠지요 언니
- 「겨울 노래」 부분

　　신달자는 자신을 이끄는 두 가지 상반된 힘 가운데 어느 한 편을 선택하
지 않고 극단의 양지점을 성실하게 왕복하는 노력을 통해 미묘한 균형을
획득해 오고 있다. ①에서 광야는 다가오는 어둠과 관련지어 부정적 의미를
구현하는 것이 보통이지만 시인의 상상력 속에서는 빛의 반대항으로서의
어둠이 아니라 모든 것의 기원으로서 존재를 감싸 안아준다. 광야의 품안에
서 어둠은 그의 꿈과 연결되어 광야에 홀로 서 있어야 한다. 그것은 손쉬운
초월을 허용하지 않는 시대에 사는 시인의 고뇌이기도 하다. ②에서처럼
작고 소박한 믿음마저 배반해 버리는 현실이기 때문이다. 그러나 "나는
이 길밖에 몰라요/ 발이 깎여 깎여 발톱만 남아도/ 다른 길은 몰라요(「아가
4」)"와 같이 사랑한다는 것은 사랑하는 이에게 먹히는 것, 내면화되는 것이
다. 다시 말해 그의 무덤이 되는 것이다. 그렇기 때문에 "잎이 아득한 꽃향기
를/ 온몸에 감고/ 그 마음에 다다르기까지는/ 얼마나 더 아프게/ 꽃피어야
하는가(「아가 12」)"의 기쁨을 잘 아는 자이다.

　　그대는
　　무한의 길

걸어서는 끝내 못 닿아
몸을 던져도
무한은 잡혀지는 게 아니군

- 「아가 73」 부분

그녀는 "사랑하는 사람아(「아가 75」)" 이 한 마디를 새겨 넣기까지 운명과
싸워야 한다. 운명은 어둠을 수반하고 있기 때문에 「아가 73」에서처럼 그리
호락호락한 대상이 아니다. 이런 어둠을 배경으로 피어나는 꽃과 날아가는
새의 신비로운 힘의 정체는 무엇인가. 더 근원적으로 우리의 삶은 그 어떤
숙명적 힘을 두고 어둠을 향해 가는 것이다. "거친 바다를 늠름히 건너온/
너의 사막이 내 가슴 앞에/ 꽃길처럼 열려 / 너의 등에 얼굴을 묻는 순간/
순간 그 순간이/ 내 신생(新生)의 탄생임을 너 아니?(「너 그거 아니?」)"라고
하지 않는가. 그 길에 시인의 꽃이 피어 있었음을 개인적으로 기억하고 싶다.

4. 한 숨결이 다른 숨결로 가는 길

> 내게 있어 시는 내 자전적인 거울이다. 시가 시인의 내면상황을 말하
> 고 밖으로는 사회적인 외적상황에 내던지는 발언이겠지만, 그래서 그것
> 들이 어우러져 작은 돌멩이가 폭탄의 무게로 터지는 경우가 시가 갖는
> 촉발력으로 있어 왔던 일이지만 내 경우는 나 자신이 늘 문제거리로
> 떠오른다.
>
> - 시를 위한 아포리즘 2, 『아버지의 빛』

신달자의 열 권에 달하는 시집 가운데 1999년 출간한 『아버지의 빛』에
이어 2001년에 묶은 『어머니, 그 삐뚤삐뚤한 글씨』는 지난날과 오늘날

처한 현주소를 가늠케 한다. 그녀의 시가 고백의 속성을 지니게 되는 것도
'나 자신'이 문제였던 내면의 목소리로 귀결되기 때문이다. 두 시집은
신달자에게 지독한 어둠을 무성하게 했지만 온통 어둠으로 화해버린 것
은 아니다.

> 아버지는 다시 하늘이다.
> 뼈도 살도 녹아 땅 깊이 물로 스미면
> 속계(俗界)에 없는 맑은 호수
> 거기 하늘 있으리니
> 하늘은 땅에 묻어도 하늘이니
> 우러르라
> 그 고뇌 고독 다 순하게 걸러
> 푸르고 시린 하늘빛으로
> 퍼져가리라
> 저기 저 하늘빛
> 아버지의 빛
>
> － 「아버지의 빛〈1〉」에서 (2)부분

　아버지의 한 생애 속에서 피할 수 없었던 어둠은 상처와 함께 따뜻한 사랑
이 내재되어 신달자에게는 "고향길 골목어귀 아버지 든든한/ 등에서 바라본
일곱 살 적 하늘빛(「아버지의 빛<2>」)"을 닮은 "저기 저 하늘빛/ 아버지의
빛"으로 화한다. 이것은 "딸이 처음 본/ 지상의 가장 아름다운/ 아버지(「그때
보았다」)"로의 순간과 다시 조우하게 되는 풍경을 만들어 낸다.
　신달자에게 아버지를 여읜 상처가 쓸쓸한 그리움으로 남아 있다면, 어머
니를 향한 마음은 스물다섯에 유부남을 사랑하여 이루게 된 결혼에 얽힌
시인의 개인사적인 상처가 어머니에게 더 깊은 상처를 안겨 주었다는 자의
식으로 절절한 고백을 쏟아 놓는다. 나아가 우리나라에서 전통적인 여성의
삶이란 어떠했으며, 어떠해야 하는가에 대한 자기성찰을 지닌다고 하겠다.

①일생 단 한 번
내게 주신 편지 한 장
삐뚤삐뚤한 글씨로
삐뚤삐뚤 살지 말라고
삐뚤삐뚤한 못으로
내 가슴을 박으셨다
이미 삐뚤삐뚤한 길로
들어선
이 딸의
삐뚤삐뚤한 인생을
어머니
제 죽음으로나 지울 수 있을까요
- 「어머니의 글씨」 전문

②가는 곳마다 땅이 먼저 팔을 벌리고
흙들은 땅의 열매인 듯
일제히 말문을 열고
사랑의 말씀을 전합니다.

- 「나를 딛고 일어서라」

어머니는 흙으로도 말씀하신다
- 「어머니는 흙으로도 말씀하신다」 부분

"다만 한 가문의 종이 되어/ 손발이 닳다가/ 죽어라 하는 순간/ 고요히 눈감(「순종」)"는 어머니가 시인에게 준 "삐뚤삐뚤 살지 말라"는 편지의 사랑은 이순(耳順)을 바라보는 연륜에 이르러서야 감동적인 깨달음으로 전환된다. 이것은 ②에서 "나를 딛고 일어서라"는 측량할 수 없는 어머니의 사랑에 가닿게 됨으로써 언제까지나 완성될 수 없는 애가(哀歌)라고 할 수 있다.

사랑은 주는 것이라지만 또한 사랑은 아낌없이 빼앗는 행로의 전이(轉移)를 통해서 당당히 세상에 서는 여성이기를 제시하는 뜻을 담고 있다. "저 사람 돼라 쏟아부으시고/ 밤마다 떠놓은 정화수 한 그릇/ 이 밤의 어둠을 물리(「당신은 물」)"는 어머니는 모든 길을 품는 물로 기억됨을 그녀의 시의 궤적은 말해준다.

5. 미완으로 남은 아름다운 세계

신달자는 "그리고 언제나 도전할 수 있는 시가 내게 있지 않은가(여자의 길 문학의 길, 『시와 시학』, 2001. 겨울)"라고 말한다.

보이지 않아도 보이는 것보다 더한 것에 바치는 믿음. 잡히지 않아도 잡힐 수 있는 것과는 비교도 안 될 보람을 지닌 것에 대한 확신. 그것은 잘 산다든가 혹은 못산다든가 하는 문제, 출세한다든가 몰락한다든가 하는 문제와는 별개로 아니 그런 것을 사뭇 무시하고서야 비로소 빛을 더하는 것이기에 거기다 자신의 온 생애를 바쳐도 좋으리라는 생각을 가지면서 시인은 신비와 조우하게 된다.

그러나 하늘 저 위, 먼 산봉우리 저 너머만큼이나 커다란 거리와 넓이를 지닌 내 안의 세계를 깨닫지 않고는 참다운 신비체험은 이루어지지 않는다. 내 마음이 하늘의 문을 열고 하늘 저 너머로 들어서고 하늘 너머가 내 마음의 수면에 이는 파문을 더불어 내 속에 가라앉으면서 어느 날 세상은 남김없이 신비로 화하는 것이다.

시인은 말의 한계를 넘어서 존재하고자 한다. 그래서 시는 상징의 숲이 된다. 시인의 영혼과 초자연적인 것의 어김없는 만남이 이루어진 상징의 숲에서 시는 자란다. 우거진 상징의 숲에 이르고자 시인은 지금 이 순간에도 삶을 향해 무언가를 응시하고 있는 것이다. 신달자는 시를 이야기한다는 것이 무엇인지를 보여주는 방식의 삶을 산다. 그녀에게 어둠이 언제 어디서나 조우할 수 있는 발견의 대상이라면 빛은 일부러 드러내야 할 발굴의 대상이다. 때문에 시의 빛에 접근하기 위해선 자아의 무한화를 추구해야 한다. 육체적으론 비록 나이를 먹었지만 그의 영혼 속엔 장난꾸러기가 숨어 있어 항상 합리적 계산과 위장된 명분을 교란시키는 즐거운 반란과 일탈에 골몰해야 하는 것이다. 신달자 시인의 마음은 즐거운 반란과 일탈로 '살아 있는 물결'을 이룬다.

신달자 시인, 그녀가 감아올리는 다채로운 봉헌문자의 실타래를 따라 10권의 시집을 그리고 『백치애인』을 비롯한 1980, 90년대를 풍미했던 수필집까지도 읽어볼 수 있는 소중한 인연을 가질 수 있었다.

그렇다면 신달자가 추구하는 봉헌문자의 시세계는 시인으로서 나아가 한국현대시문학사에서 어떤 의미를 가지는가. 등단 이후 현재에 이르기까지 끊임없는 경건함으로 시작(詩作)을 걸어 온 여정을 10권의 시집은 섬세하게 드러낸다.

신달자의 첫시집 『봉헌문자』는 스승인 김남조 시인이 지어준 제목이다. 허영자, 유안진, 오세영, 이건청, 이승훈, 유승우, 신규호 시인 등은 시를 추천해준 박목월 시인의 제자로 만나 이후 교분을 형성하게 된다.

박목월이 시작(詩作)의 길에서 전생애를 견지하며 추구했던 리듬과 의미의 절제된 균형미, 자연과 인생의 일원화는 시문학사에서 고전적인 텍스트로써 자리를 매김하고 있다. 박목월을 통해서 시작(詩作)을 단련했던 그녀의 고된 문학수업을 굳이 떠올리지 않아도 신달자가 추구하는 봉헌문자의 시관, 나아가 서정시가 도달할 수 있는 미학적 층위는 한국현대시문학사의 맥락에서 시인 김명순을 효시로 노천명·모윤숙·김남조·홍윤숙·김후란·허영자·유안진 등에 이어 여성시의 맥을 계승하고 있음을 찾아볼 수 있다. 한 걸음 나아가 사회 각 분야에서 불고 있는 여성의 입성과 맞물려 시적화자의 목소리에도 변화의 징표가 드러남을 볼 수 있다.

그러나 여전히 시는 과연 어떤 모습이어야 하는가 라는 질문 앞에 그녀는 봉헌문자로 젖어있다. 그녀에게 시는 문자로의 봉헌인 것이다. 아직 미완으로 남아있는 아름다운 세계, 무언 너머의 말을 찾아가는 '어둠'의 화두를 지켜봄으로써 신달자 시인의 시의 여정을 동행하고자 한다.

모국어로 뿌리내리기와 피어나기
- 이근배론 -

1. 이근배 따라 읽기

시가 태어난 이후 오늘까지 인류에게 나누어 준 힘은 결코 저버릴 수 없이 큰 것임을 간과할 수 없다. 그럼에도 불구하고 시를 쓰는 일이 지위나 명예나 그밖의 어떤 보상도 따르지 않으면서 처참한 고통의 작업인 것은 이 땅에서 시를 쓰는 시인들은 한결같이 느끼는 일이다.

사천(沙泉) 이근배 시인은 "무엇이 나를 고통 속에 몰아 넣는가, 왜 패배만 있고 승리가 없는 싸움을 계속해야 하는가"라는 물음 앞에서 조개가 진주를 만드는 비유를 들어 시를 써야만 했던 까닭을 설명한 적이 있다. 내 안에서 노출되지 않은 의식의 작용이 '시라는 진주'를 형성시키는 것과 같은 것이라고 볼 수 있다.

일찍이 공초(空超) 오상순 선생이 그에게 호를 지어 줄 때 모래 사(沙), 샘 천(泉)을 쓰지 않았던가. 이근배에게 "나에 대한, 체험과 지성에 대한, 자연과 감수성에 대한, 모든 사물에 대한 경이로움(『유심』·2002. 겨울. 필자와의 대담에서)"을 더욱 넓고 깊게 눈 떠가는 일이 시 쓰기라면 오아시스를 간직한 사막의 모습과 다르지 않다.

일상적인 삶은 본질적인 물음 앞에서는 견디지 못한다. 물음을 던지지 않을 때만 일상성은 온전하다. 삶은 물을 것이 못된다. 삶의 원적(原籍), 그 신분을 물을라치면 삶은 죄지은 사람처럼 슬그머니 달아나 버린다. 삶은 물음을 구하지 않을 때만 우리들 앞에서 확고하다. 삶을 묻고 삶에서 무엇인가를 구하는 자는 자기를 확연히 들여다 본 자의 종말이 마침내는 죽음과 맞바꾸어야 하는 위험부담을 안고 있음에도, 종국에는 무(無) 앞에 내던져지기 마련임에도 삶을 묻고 또 구하는 것은 그 위험과 그 무(無)가 무엇인가 매력을 지니고 있기 때문이 아닐까. 프로이트의 심리학이 일세를 풍미하고도 오히려 여세 등등한 것은 인간 속에 깊이를 모를 어둠의 심연이 있음을 그가 시사했기 때문이다. 어둠이 삶에의 위협임에도 불구하고 삶의 자각에 있어 절대적이라는 것, 존재의 뿌리라는 것이다. 어둠이 존재의 뿌리라면 우리들이 어둠을 만나며 산다는 것은 뿌리를 얻으며 살아간다는 것을 의미할 수 있을 것이다.

이제 우리들은 어둠의 나르시스들이 남겨 놓은 자화상이 걸려있는 방에 들어가 인생과 시를 생각하게 될 것이다.

이 글에서 다루고자 하는 이근배의 시집은 "시는 미지의 나에게로 가는 싸움"이라는 치열한 시정신을 통해 어두울수록 찬란히 빛나는 뿌리의 자화상을 보여 준다.

이근배는 1960년 『사랑을 연주하는 꽃나무』를 서정주 선생 서문으로 등단에 앞서 출간하면서 자연스럽게 시인의 길로 들어서게 된다. 이후 1961년부터 1964년까지 5개 일간지 신춘문예 3개 부문으로 시, 시조, 동시에서 신춘문예사상 6번의 석권을 이룩한 후에야 문학적 방랑에 종지부를 찍는다. 특히 1963년 「달빛 속의 풍금」으로 문공부 신인예술상 시부문 수석상 및 1964년 한국일보 신춘문예 시 「북위선」의 당선, 이어서 시 「노래여 노래여」로 문공부 신인상 문학부 특상을 수상하면서 화려하게 등단한 시인이다. 그의 시작 경력은 금년으로서 40년의 성상을 헤아리게 된다. 그동안 그가 발행한 시집은 총 5권이다. 첫시집『노래여 노래여』(1981)를 비롯하여 시조 집『동해 바닷 속의 돌거북이 하는 말』(1982), 한국일보에 연재한 장편서사 시『한강』(1985), 중앙일보에 연재한『시가 있는 국토기행1·2』(1997), 최근 의 시집『사람들이 새가 되고 싶은 까닭을 안다』(2004) 등이 그 구체적 실례 에 해당한다. 뿐만 아니라 시선집, 수상록, 칼럼 등 책으로 묶여지지 않은 시의 도정을 보여 주고 있다.

이 글에서는『노래여 노래여』와『사람들이 새가 되고 싶은 까닭을 안다』 에서 드러나는 모국어에 대한 청정한 감성이 뿌리내려간 이근배 시세계를 살펴보기로 한다.

2. 노래의 어둠 한 켠

이근배는 등단 전에 출간한『사랑을 연주하는 꽃나무』에서 첫시집『노래 여 노래여』이후 다섯번 째 시집『사람들이 새가 되고 싶은 까닭을 안다』에 이르기까지 시집 속의 풍경들은 그의 삶 대부분을 담고 있다. 다섯 번째 시집에 수록된「깃발」은 사상가 아버지의 월북과 아픈 가족사 그 출발지점 을 알리는 시이다. 함부로 말할 수 없었던 "입다문 슬픔"의 내력이 갑년을 넘긴 그의 생애를 줄곧 지배해 왔음을 추적하게 한다.

> ①아버지는 깃발을 숨기고 사셨다
> 내가 그 깃발을 처음 본 것은
> 국민학교 5학년 때였다
> 해방 전부터 시작된 감옥살이에
>
> 운동회날 하늘을 덮던

만국기들 속에는 보지 못했던 그 깃발
아버지는 언제부터 무엇에 쓰시려고
숨기고 계셨던 것일까
그 깃발의 세상이 오자
아버지는 온양으로 떠나셨고
오늘토록 돌아오시지 않는다

-「깃발」부분

②어디 계셔요,

인공 때 집 떠나신 후
열한 살 어린 제게
편지 한 장 주시고는
소식 끊긴 아버지

보내시라는 옷과 구두
챙겨드리지 못하고
왈칵 뒤바뀐 세상에서
오늘토록 저녁해만 바라고 서 있어요.

너무 늦은 이 답장
하늘 끝에다 쓰면
아버지
받아 보시나요.

-「노을」부분

부친이 집을 나갔을 때 시인의 나이 열한 살 초등학교 5학년 때였다. 이쯤 되면 시에 드러나는 그의 가계를 재구성해 볼 수 있다. 그는 충남 당진에서 경주 이씨의 후손으로 태어났다. 조부는 당진 일대에서 한학으로 이름이 높은 유학자였고, 외조부는 면암 최익현의 수제자이며, 그의 모친은 그분의 셋째 딸로 가문을 숭상하는 집안끼리 혼약을 이루었다. 그러나 부친은 남로당원으로 6·25가 나자 인공기를 찾아들고 온양으로 길을 떠난 후 지금까지 돌아오지 못하였다. 그의 시적 출발을 '리야잔'으로 암시적으로 표현하는 '고향'의 시 「그곳이 차마 꿈엔들 잊힐리야」는 그런 점에서 50년의 세월이 흐른 후에야 담담히 가족사를 들려주는 고행자의 뿌리인 것이다.

> (중략)
> 그러면 나이 먹지 않은 나의 마을은
> 옛모습 그대로 나를 받으며
> 커단 손바닥으로 얼굴을 닦아주고
> 잊었던 말들을 모두 찾아 줄
> 슬픔의 땅, 나의 리야잔으로
>   - 「그곳이 차마 꿈엔들 잊힐리야」 부분

　그의 가계가 갖는 연보적 내용은 "내가 문을 잠그는 버릇은……/ 빗장이 헐겁다고 생각하는 버릇은……/ 눈을 못뜨던 버릇은……/ 새우잠을 자던 버릇은……/ 자다가도 문득문득 잠이 깨던 버릇은……/ 문을 못믿는 이 버릇은"에서 보여주는 "버릇은"에서 시작해서 "버릇은"으로 끝난 「門」에서 좋은 암시를 준다. 한편 모친이 걸어간 길은 일제 때 독립운동가를 옥바라지 하던 것과는 비교가 안되는 형극이었다.

> ①어머니가 매던 김밭의
> 　어머니가 흘린 땀이 자라서
> 　꽃이 된 것아
> 　너는 思想을 모른다
> 　어머니가 思想家의 아내가 되어
> 　잠못드는 平生인 것을 모른다
>   - 「냉이 꽃」 부분

② (중략)
　저 조선왕조를 한몸으로 지키려던
　거유(巨儒) 면암(勉菴)의 문하에서도
　으뜸이던 장후재학사(張厚載學士)의 셋째딸로
　타고난 복을 누렸을 만도 한데
　어쩌다 나라 빼앗긴 세상을 만나
　지아비 섬길 날도 모두 빼앗기고
　한시도 마를 날 없는
　슬픔의 긴강을 건너오셨습니다
　텃밭에서 이른봄부터 늦여름까지
　당신의 손끝에 무수히 뽑히던 냉이꽃풀
　그것들은 당신의 얼굴에서 내리던 것이
　땀방울인 줄만 알았겠지요
　　　　　　　　　　　　－「다시 냉이꽃」 부분

　그는 모친을 아흔 해 동안 모시고 살다가 아흔 하나 되는 해에 여읜다. 기쁨보다는 슬픔이, 행복보다는 고생과 회한이 더 많았을 모친을 떠나보내는 시인의 마음은 「꽃산」, 「봄날은 온다」, 「신방」 등을 통해 그가 얼마나 아팠는지를 읽을 수 있게 한다.

　그러나 이근배에게 이러한 가족사의 슬픔이 비극만으로 끝나는 것은 아니다. 그가 성장하면서 "저 놈은 즈이 애비를 꼭 닮았어! 「할아버지께 올리는 글월」."라는 말은 오히려 분에 넘치는 칭찬으로 자랑스러워하며 지금도 그 말을 듣고 싶어 한다. "꾸지람이면서 동시에 칭찬인 그 말씀이 내 시를 키웠다(조선일보·2004. 3. 29)"고 밝힌 바 있다. 똥오줌을 가릴 나이에 할아버지 품안에서 글을 익히고 붓을 쥐었던 어린 이근배는 장성하여 첫시집 『노래여 노래여』 서문에서 다음과 같은 말을 할 수 있는 것이다.

　　어둡고 추운 시간을 살면서 눈을 부릅뜨고 바라보던 것도, 실의와 좌절

속에서 몇 번인가 나를 일으켜 세우던 것도 詩였다. 詩에 대한 어떤 이념
이나 의미를 부여하기보다는 내 삶의 가장 치열한 아픔에 부딪칠 때마다
나는 그것을 詩로 쓰고 詩로 썼다.

3. 찾아가는 역사의 새로운 발견

이근배는 벼루 수집가이다. 700개 쯤 갖고 있다고 조선일보 인터뷰 기사
에서 밝힌 바 있다. 그가 벼루에 관심을 갖고 모으기 시작한 세월만 해도
어언 30여 년을 헤아리게 된다. 시집에 벼루 이야기가 많은 이유는 할아버지
에게 정신적 젖줄을 대고 있었기 때문인지도 모른다. 할아버지는 유도회(儒
道會) 회장이었던 이각현 선생(1961년 작고)이다.

> 나는 시를 이슈처럼 민감하게 쓰는 것이 싫다. 시류를 타고 파도처럼
> 왔다갔다하는 것도 싫고 … 내가 살아온 20세기의 일제강점과 군사독재
> 같은 경험도 5000년 역사에 맞물리는 덩어리로 보인다. 그런 생각을 바
> 탕에 갖게 된 것은 내가 할아버지 손에 자랐기 때문일 것이다. 그분은
> 늘 연적에 물이 흐르는 문방사우를 갖춰놓고 사셨다. 나도 중국의 단계
> (端溪) 벼루 하나만 갖겠다고 하다가 그만 붓농사에 혼이 빨리듯 빠져든
> 것이다. 우리 민족의 정신적 뿌리 중의 하나가 벼루에 뻗어있을 것이라
> 고 믿고 그 안에 탐닉하면서 이 시대에 하고 싶은 말도 슬쩍 얹어 보기도
> 했다.
> - 조선일보 · 2004. 3. 29

쉽고 아름다운 산문시 「하동(河童)」을 보면 압록강 기슭에서 나오는 화초
석(花草石)으로 만든 벼루가 나온다.

(중략)

내가 가진 그것들 중의 하나에는 열한 명의 아이들이 냇가에서 벌거숭
이로 모여서 놀고 있었는데요, 삼백 년쯤 전에도 이중섭(李仲燮)이 살앗
던 것인지? 고추 뻗치고 오줌 싸는 놈, 발버둥치고 앉아서 우는 놈, 개헤
엄치고 물장구치는 놈, (중략), 자세히 들여다 보면 어린 날 동네 아이들
과 냇가에서 멱감던 내가 그 속에 있는 것인데요, 물가에는 가지 말거라,
외동아들 행여 명이 짧을까 걱정하시던 어머니의 목소리도 들리는데요.
  - 「하동(河童) -벼루 일기」 부분

이 벼루의 돌무늬를 잘 살펴보면 냇가의 아이들이 떠오르는데, 그의 상상
세계는 슬픔에 찬 삶을 보낸 어머니에 대한 그리움, 나아가 자신의 정체성까
지를 함께 떠올린다. 이런 맥락에서 주목되는 것은 우리 역사에 대한 공적
자아로서의 인식과 개인적 자아의 취향이 결합된 시편들이다.

천장이며 마루며 기둥에는
복제판 추사의 예서며 행서들이
격에 맞지 않게 걸려 있었다
나는 불쑥 평론가 김윤식 교수에게
-이게 바로 포스트모던!
이라고 추사의 글씨를 가리키고 있었다
불쑥 꺼낸 말이지만
뒤에 생각해도 틀리지 않은 것 같았다
한자는 본래 균형을 맞춰 써야 되는 법인데
추사는 글씨의 모양을 찌그러뜨려서
자기 글씨를 만들었고
그것은 세상을 한 번쯤 들었다 놓는 힘을 가진 것이었다
  - 「추사(秋史) 고택(古宅)에 가면」 부분

위의 시에서도 볼 수 있는 것처럼 작품에 나타나는 시적 자아는 개인적이

며 공적인 역할을 동시에 수행하고 있다. 가치관의 붕괴와 혼란 속에서 사회, 문화 저변에 의미망을 구축하고 있는 현시대를 추사의 글씨가 갖는 힘을 통해 풍자와 더불어 진정한 포스트 모던(=탈구조주의)의 정신을 일깨우는 것이다.

인간의 삶의 본질 같은 것, 공통의 아픔 같은 것을 유배지의 추사 김정희를 시에 담은 「近況」과 「세한도」, "부질없구나, 읽어 줄 지기가 없는데 천 권의 책을 써서 무엇하랴, 붓을 꺾고 내 혼을 던져 저 사납고 캄캄한 바다의 끝에 닿게 하리라."며 정약용이 유배생활을 했던 강진을 돌아보고 쓴 「茶山草堂」, 그리고 조선시대의 예술품과 유물들을 시화한 「李朝」 연작과 「벼루 읽기」 연작 등이 이에 해당한다. 그의 벼루를 통한 뿌리 찾기는 역사적 유물의 기품과 아름다움을 칭송하는데 머문 것이 아니라 자신의 미숙함과 모자람을 자책하는 방향으로 뻗어 나간다. 이러한 자괴감의 감정을 가지면서도 국토순례, 벼루 편력의 여정은 멈추지 않는다. 인사동 골동품점과 고향 가까이의 추사고택은 물론이요, 다산초당, 오죽헌, 청령포, 선죽교, 백담사, 금강산을 거쳐 명사산, 사막 타클라마칸, 돈황 막고굴에 이르기까지 그의 시의 궤적은 이어진다.

4. 자신이 들어있는 모국어를 향한 도정

시인에게 시대는 항상 불행한 것이다. 사람의 한 생애가 더없이 행복하기를 바라겠지만 오히려 가장 많은 상처가 자신에게 주어지기를 원하는 자들이 시인이다. 시인의 상상력 속에서 어둠과 상처는 그의 꿈과 연결되어 모든 것의 기원으로서 존재를 감싸 안아준다.

이근배가 등단에 앞서 발간한 『사랑을 연주하는 꽃나무』에서 '삼가 어머님께 올립니다'라고 시작된 시를 그의 삶 한 부분이 가닿아 있는 뿌리에서의 출발로 이해할 수 있다. 나아가 "시는 결국 인간을 쓰는 것입니다. 자신(自身)이 들어 있어야 하지요. 자신이 없으면 불꺼진 화로입니다.(조선일보·2004. 3. 29)"가 감추고 있는 치열한 자신과의 싸움을 담담하게 말할 수 있게 한다. 그리고 그것은 "깨어 있는 모든 것아/ 우리 모두 뿌리 상한 영혼이 되어/ 이 질펀한 꿈의 밤을 헤메임은/ 끝내는 목숨 하나로 매여있는/ 풀리지 않는 설움 때문이다(「修辭」)"와 조우하게 되는 풍경을 만들어 낸다.

이근배 시인, 1960년대 등단 이후 현재에 이르기까지 끊임없이 우리말 광맥을 캐내는 그가 이룩한 시적 집념은 놀랍도록 숙연하다. 필자는 『노래 여 노래여』 『사람들이 새가 되고 싶은 까닭을 안다』 2권의 시집과 시조집 『동해 바닷 속의 돌거북이 하는 말』 그리고 한국일보에 연재한 장편 서사시 『한강』, 중앙일보에 연재한 『시가 있는 국토기행1·2』를 비롯하여 여기저 기 산재해 있는 산문 글들을 읽어 볼 수 있는 참으로 귀한 시간을 가질 수 있었다.

그렇다면 자신만의 화두를 갖는 것이 좋다는 이근배가 추구하는 모국어 의 시세계는 시인으로서 나아가 한국현대시문학사에서 어떤 의미를 가지 는가. "화두를 갖기까지는 개인의 삶이 지니는 다양성만큼이나 체험이 안겨 주는 인스피레이션이 있다고 봅니다.(『유심』·2002. 겨울)"로 들려준 그의 견해를 상기할 필요가 있다.

이근배는 모국어가 도달할 수 있는 층위를 가장 넓고, 높고, 깊게 천착한 시인이다.

그의 시는 신라의 향가에서부터 흘러 온 서정시의 대통을 이어 시의 역사 이래 전대미문의 길 위에 그가 서 있다. 가끔 서라벌 예술대학 문예창작학과 시절 서정주, 박목월, 김동리, 안수길 등의 교수로부터 문학을 배우게 된 것은 행운이었다고 회고한다. 그 무렵 본격적인 범대학생 운동을 전개하면

서 교우관계를 형성하게 되어 지금까지 지속적인 만남을 갖는 문우(文友)로
는 정진규, 허영자, 김윤희, 강우식 등을 꼽을 수 있다. 이후 선후배 문단
교류에도 막힘없는 교류를 형성하고 있다.

스승인 미당과 목월이 시작(詩作)의 길에서 전생애를 견지하며 추구했던
시인으로서의 책임과 의무는 그에게 리듬, 이미지, 역사의식을 통어하는
모국어에 대한 탐색으로써 아직 다하지 않은 미완의 모습으로 한국시문학
사 페이지를 열어 가는 것이다.

언젠가 필자가 시인을 만났을 때 들었던 대담의 한 말씀을 가만히 내려놓
고자 한다.

> 시의 언어를 얻기 위해서는 조각가가 최상의 조각품으로 완성하기까
> 지 작업실에서 고된 낮과 밤을 맞이하여 끌과 정을 놓지 않는 것처럼,
> 소리를 하는 사람이 피나는 소리 훈련 끝에 득음에 오르면 그 길을 벗어
> 날 수 없는 것처럼 자신의 에너지를 다 쏟아 붓는 시의 시간을 가져야
> 합니다. 시로 태어나기 위해서 시 이외의 것들은 아주 박살이 나야 해요.
> 물론 평생 이러한 자세로 시에 임해야 하겠지만.
>
> - 『유심』· 2002. 겨울.

둥근 바퀴, 그 진지한 성찰의 기록
- 이상호론 -

1. 이상호 따라 읽기

시는 다져진 웅어리이다. 더는 작아질 수 없는 단단한 수축이다. 눌러진 용수철 같은 것이기에 언제나 퉁겨나고 팽대하게 늘어날 가능성을 갖고 있다. 넓이와 길이를 간직한 웅숭깊은 수축이 곧 시다. 시가 웅숭깊게 지니고 있는 넓이는 어디서 오는 것일까. 좁은 동굴을 들어서서 굽이굽이 돌아나가면 열리는 그 넓고 깊은 세계에서 오는, 아니 오고 있는 울림은 어떻게 울리기 시작한 것일까.

익숙한 농부들은 수박껍질을 가볍게 두드려 보는 것만으로도 그 속을 헤아릴 줄 안다. 속의 익었음이, 속이 차고 알이 배었음이 거죽에 품겨 있는 것은 수박만이 아니다. 소리와 낱말, 낱말과 낱말, 이미지와 이미지 그리고 여러 징표와 징표 사이의 매듭, 그리하여 매듭끼리가 얽혀서 이루는 그물 같은 연관, 그것이 시로 하여금 넓이를 갖게 한다. 또한 그 넓이란 잘 드러나지 않는 안개에 싸인 것과 같은 깊이를 갖게 된다. 시에 담긴 말들은 겉으로 말하지 않는다. 저희끼리 서로 어울리는 속말들을 주고받는다.

오늘날 많은 시들이 쏟아져 나오고 있다. 생태시, 농촌서정시, 존재론적 시, 민중적 서정시, 도시서정시, 해체시, 국토기행시, 종교시 등 수많은 종류의 시들이 우리 시단을 장식하고 있다. 그러나 풍요 속의 빈곤이랄까. 몇몇 작품을 제외하고는 이들 시 중에서 가열찬 시정신을 통해 시적 진실을 확보하고 있는 경우는 거의 드물다. 우리 시대를 '시가 부재하는 시대'라고 하는데, 이 모든 책임은 현실적 상황에 있는 것이 아니라 시적 진실을 방기하는 시 그 자체에 있다.

이 글에서 다루고자 하는 이상호의 시집은 나름으로 치열한 시정신을 통해 시적 진실을 확보하고 있다. 그렇다면 왜 시를 써야 하는가. 이상호는 먼저 이러한 물음에 스스로의 답 -"문명의 이기를 이용하는 사람들의 마음이 바르지 않다면 문명은 파괴쪽으로만 간다. 인간의 마음을 바른 길로 인도해 인류의 삶을 행복하고 기름지게 만들 수 있는 것이 인문학 특히 시가 지닌 기능으로서 인간의 근원적인 순수성과 가장 가까운 것이 시이다. (「한양의 맥박을 찾아서·62」인터뷰)"-을 자신에게 확인해 준다.

이상호는 1982년『心象』을 통해 스승인 박목월 추천으로 등단한 시인이다. 그의 시작 경력은 금년으로서 21년을 헤아리게 된다. 그동안 그가 발행한 시집은 총 5권이다. 첫시집『金環蝕』(1984)을 비롯하여『그림자도 버리고』(1988),『시간의 자궁 속』(1989),『그리운 아버지』(1996),『웅덩이를 파다』(2001) 등이 그 구체적 실례에 해당한다.

이 5권의 시집을 꼼꼼히 읽음으로써 이상호 시세계를 살펴볼 수 있는 하나의 근거를 마련해 보고자 한다. 21년 동안 난폭한 시간 앞에 굴복하지 않기 위한 격렬한 자신과의 싸움에서 그는 마침내 "모든 것의 최후는 둥글다"는 진리를 깨닫고야 마는 치열성을 보여준다.

2. 자아 탈출의 기도

이상호는 첫시집 『金環蝕』 이후 다섯 번째 시집 『웅덩이를 파다』에 이르기까지 '삶이란 애시당초 싸움'이었다. 그리하여 어두운 자신의 내부를 들여다보려는 노력은 끊임없이 이어지고 다시 태어나고 싶어서 모든 것을 내던지기로 작정을 한다.

끈질기게 꿈틀거림으로써 바다는 제가 바다임을 증명하듯이 그에게 있어 시라는 것은 꿈틀거리는 의식의 나타냄이라 할 수 있다.

「바람이 분다」에서 "되도록 말없이 살자던/ 내 신념도 침묵도/ 모두 허사다./ 달 뜨면/ 그리움 하나 먹고/ 바다로 달려 나간다/ … 중략 … 구름 같은 그리움 속에서/ 누가 태어나는가/ 바람이 분다." 라는 인식을 보여준다. 이러한 그의 시적 사유는 "손바닥을 마주쳐서 누군가 부르고 있을 때/ 나는/ 조용히 날아간다/ 간결한 바람처럼(「자화상」)"에서 완벽한 構圖의 세계를 탈주하는 흐름의 통로를 마련한다. 한편 '누군가'로 명명되는 이 애잔한 유보는 시를 읽는 동안 내 가슴에 오래 걸려 있었다.

바람은 능동적이고 격렬한 상태로 있는 공기로 창조적 숨결 혹은 발산이라는 점에서 우주를 지배하는 1차적 요소가 된다. 융에 의하면 바람이라는 낱말은 숨결과 정신이라는 두 가지 의미를 소유한다. 고도의 활동 단계로 들어갈 때 바람은 태풍이 되며, 이것은 물, 불, 공기, 대지, 네 요소가 종합된 것으로 비옥과 소생의 힘을 상징하는 것이다. 이상호의 시 전편을 관류하는 숨결은 '찾아와 흔드는' 바람이다. 그 바람은 시인의 소년시절 고향인 경상북도 상주의 적막한 산가를 휘돌아 기술 지상주의 '테크노피아'를 향해서 원초적인 생명력에로 향한 끝없이 벅찬 감회와 더불어 인간들을 고무시킨다. 다음 시들은 이상호 시의 출발선을 암시해 준다.

눈을 감는다, 아니

눈을 감을수록
이글거리는 물결소리는
내 가슴 한복판에 와 있었다.
내 눈과
내 혀와
내 손이
닿을 수 없는 곳
거기서 늘 푸른 바람은 온다고 했다. 그러나
누구도 그곳에 대해서는 말하지 않았다.
도무지 알 수 없는
그 나라의 비밀이
내 등뒤의 저 검은 강물이
나를 속이고, 이젠 모두 소용없다.
소용없다고 강물로 뛰어드는
사람들을 속이고.
온몸을 떨면서 나는 걸어간다.
- 「서울에서」 부분

비구름이 몰려올 적마다 조금씩 배우던 거짓말이 어느
날 푸른 팔뚝을 내밀 때 나는 겁에 질려 몇날을 방안에
서 숨어 지냈는지 모른다. 그때 그대의 손이 따스한 줄
을 비로소 알았고, 눈물처럼 두려운 대낮에 아버지의 음
성은 자꾸 쏟아져서 나는 수천의 귀를 막으며 산으로
산으로 달려 나갔다. 거품을 물고 달려가는 냇물을 몇차
례 지나다 문득 멈추어서면 거기에 신음하듯 안개 속에
서있는 들꽃 한 송이의 아픈 입술 흔들린다. 달려가도
달려가도 새는 보이지 않고 가쁜 숨 몰아쉬는 내 가슴
하나뿐, 산은 더 깊은 산속으로 들어가 새들을 감추고
놓아주지 않았다.
- 「바람 2」 전문

언어와 시와 세계라는 존재의 오랜 집은 특정한 곳에 마련될 수 없다. 존재의 진정한 처소는 끊임없는 움직임 속에 만들어진다. 중학교 3학년 소년이 수학여행 길에서 첫대면한 바다의 경이로움, 그 충격은 집 즉 질서의 반대편에서 '움직이는 나-흐르는 바람-감옥의 무한'으로 "내가 너를 나의 적이라고 규정하는 순간 나는 너의 적이 되고 있었다(「敵에 대하여」)"를 보여줌으로써 아이러니한 현실의 어둠에 대한 싸움을 새로이 전개하며 삶을 소진시킨다. "푸른 바람"이 오는 그 나라와 "새들을 감추고 놓아주지 않는 산 속"에 관심을 확대함으로써 그가 한결같이 보여주는 항상적인 지향성은 시의 변화의 축으로 작용하게 됨을 알 수 있다.

3. 경계에서 서성이는 아픈 육신

바슐라르의 아름다운 몽상 속에서 존재의 가장 내밀한 장소가 되었던 집은 더이상 현실에서는 찾아보기 어려워졌다. 욕망의 터전이 된 도시의 휘황한 거리는 고립과 유폐와 죽음을 불러내는 집들로 즐비하다. 크고 화려한 집들이 수없이 축조되는 가운데 정작 우리 시대의 집은 육체와 영혼의 낙원으로서의 오랜 지위를 상실해 가고 있다. 지금 우리 앞에는 집을 비추는 두 개의 극단적인 시의 거울이 세워져 있을 뿐이다. 그 안에는 너무 음산해서 외면하고픈 현실의 집과 너무 아름다운 탓에 환각처럼 느껴지는 추억의 집이 서로 마주 보고 있다. 슬픈 두 개의 거울을 들여다보며 집을 잃어버린 자들은 그들이 꿈꾸는 마음의 집, 또 다른 감옥에서 오래 서성거린다.

> 해를 먹는다 우리는 땅에 엎드려 빵보다 질긴 해를 다
> 먹어치우고 온몸이 달아 뜬 눈으로 새우는 밤과 난폭한

싸움과 뜨거운 얼굴, 불타서 그림자만 남기는 죽음보다
한가한 오후에는 누구나 비를 맞으며 조금씩 건조해지
고 괴로운 종소리와 제 이마에 내리는 어둠을 나누어
먹고 우리는 점점 흐린 침묵으로 地球의 끝으로 가고
있었다.

　　　　　　　　　　　　　　　　-「金環蝕·1」전문

아무도 모른다 몸부림 치는 시간
갈기갈기 찢어지는 갈매기의 날개.
그러나 나는 한 마리의 어두운 인간. 구름.
튼튼한 의자에 등을 기대고 어젯밤에 죽은 새들을 생각한다.
생각한다, 새들은
참혹하게 죽은 새들은
드디어 시퍼렇게 살아서 내 정신을 들여다 본다.
내 정신의 검은 물집.
그 조용한 바다.

　　　　　　　　　　　　　　　　-「金環蝕·2」전문

한 여자를 만난 뒤부터
나는 눈물 많이 간직한 구름이 되어
이상한 하늘을 떠돌아 다녔다.
　　　　…………중략…………
아버지의 아버지가 물려준
그 들판에 오래 서서
아버지는 나를 부르건만
나는 이상한 구름이 되어
하늘을 떠돌고 있었다.

　　　　　　　　　　　　　　　　-「아버지가 없다·3」부분

우리는 이상호가 어떻게 얼마나 구체적으로 아팠는지 알 수 없다. 그러나 그 아픔의 구체성과 실물감각의 농밀한 재현을 이루고 있는 시집 구석구석에서 그가 남다르게 치른 영혼의 고투를 접한다. 정체를 드러내지 않는 '시간이라는 흉칙한 괴물'에게 먹히지 않으려고, 거듭 꿈꾸고 멈추지 않고 걸으며 '정신의 검은 물집'을 정면으로 응시하는 것이다. 존재 안의 모든 내용물은 쉼임없이 '제 이마에 내리는 어둠'을 나누어 먹고 "조심조심 길을 따라가면/ 이상하게도 길의 끝에는/ 또다른 감옥이/ 하나씩 달려 있(「길의 끝에는」)"음을 드러낸다. 여기서 주목하게 되는 것은 그가 깨달은 흘러넘침의 감옥이다. 가두는 감옥이 아니라 여는 감옥이며, 갇힌다면 무한 속에 갇히는 감옥인 것이다.

그러나 역설적이게도 멀리 떠나온 길 위에서 처음 떠난 길에서의 아버지를 향한 '아버지가 없다'로 인식하는 그리움의 순환성에 이른다. 언제나 가슴에서 별을 놓친 적이 없는 아버지, "우리 아버지/ 아주아주 먼 옛날/ 아버지의 아버지가/ 그리 했던 것처럼(「아버지」)" 지친 삶을 소생시키는 지혜를 울림으로써 삶의 파탄을 막아낸다.

"무턱대고 하늘로 치솟는/ 어리석은 새여,/ 너무 높이 오르지 말아라/ 떨어져야 할 저 아래 땅이/ 너무 멀어지지 않느냐?(「새에게-시간 현상학·4」)"에서 볼 수 있는 것처럼 양극단 사이에 삶이 빠져, 언제나 도중에 있는 존재 그것이 진정 무엇을 의미하는가의 물음 앞에 고통스럽게 서있도록 한다. 부정적인 삶과 세계에 대해 능동적인 거리를 유지하는 적극적인 다스림을 귀띔하는 정신은 그래서 드물고도 소중하다.

4. 자연을 통한 화해와 용서 그리고 사랑

경계를 넘을 줄 알면서도 다시 돌아오는 힘은 삶과 내면에 대한 다스림으로부터 생겨난다. 다스림이란 많은 흐름과 갈래들을 하나로 모으는 유연한 힘의 소산이다. 이 여유로운 힘을 우리는 시인 이상호에게서 발견할 수 있다.

비를 맞는다
줄곧 몸을 떨면서 살아가는
풀들의 짧은 일생이

저요! 저요!
서로 먼저 일어서려고
다투듯 손을 든다

하늘 향해 힘껏 일어서는 일이
기껏 사소한 바람에도 허리 꺾일 일일지 모르지만
손들고 용감하게 일어나지 않고
어찌 저 먼 하늘을 꿈꿀 수 있을까!
                              -「비 맞는 풀들」부분

나무의 크기만큼
떨구어야 할 잎새도 많아지듯
그대 향한 이 뜨거움도 낱낱이
그리움으로 변할 줄 알고 있건만
근원도 알 수 없이
끓어오르기만 하는
이토록 청청한 뜨거움
숲을 이루네
                              -「여름 산」부분

자연물에서 발견하는 힘은 부드럽고 여린 감수성에 침윤되어 있다. 젊은 날의 방황과 소외감에 대한 응전의 노력은 세속적인 관념에서 벗어난 현실 저편을 더욱 강렬하게 인식하는 것이다. 울까도 생각해 보았지만 울지 않기로 다짐했던 시인이 제 5 시집에 와서 "한 잔의 바다를 마시고/ 웅웅 바다소리를 내며 울(「한 잔의 바다를 마시고」)"음을 터트린 것은 처음이다. 이 울음은 부재의 바람 속에서 새로운 맥락을 파악한 시인의 세계관의 표지이다. 그의 눈은 내면의 두꺼운 어둠 앞에서 절망하게 된다.

그리고 내면에는 무언가가 끝나고 무언가가 시작되는 '웅덩이'의 영역이 자리 잡는다. 이것은 "웅덩이를 판다 나는/ 온종일 허리를 구부리고/ 가슴 한 쪽을 헐어/ 웅덩이를 판다/ …중략…/ 네가 들어 오지 않는/ 텅 빈 웅덩이가/ 나를 깨끗이 삼켜 버린다(「웅덩이를 파다」)"를 체험하게 되면서, 지천명을 바라보는 시인이 "모든 것의 최후는 둥글다"는 정신자세의 한 축을 형성하게 된다. 평이한 어투에 강한 설득력을 지닌 이상호식 아포리즘은 일상의 진부한 담론들마저 새로운 감성의 메시지로 바꾸어 놓는 잔잔한 힘을 지니고 있다.

5. 둥근 바퀴의 새로운 길찾기

이제 격한 울음을 터트린 시인은 생(生)을 확인하기 위해 또다시 길을 떠나보지만 새삼스럽게 서럽거나 충격적일 일은 없다.

"그대가 말하지 않아도/ 그대 삶의 어두운 골목에서/ 눈부신 빛으로 타오르는/ 사랑이고 싶(「저 달처럼」)"기 때문에 이상호는 전보다 더 간절하게 길을 찾아 헤맬 것이다.

　　그대는
　　내 영혼의

마른 먹물을 찍어서
써도
써도
줄어들지 않는
세월의 화선지 위에
내 삶을
힘있게 써 내려가는
명필

내게는
아주 특별한
한 자루의
붓

                     - 「아주 특별한」 전문

  이상호 시의 사유의 열매는 시인 자신이 삶의 과정을 통해 자연스럽게 체득한 것이란 점에서 생명력을 얻는다. 그의 詩作에서 인식하는 것처럼 우리의 온몸은 그물로 얽혀 있는 감옥이자 스스로 자유롭게 유영할 수 있는 광활한 바다이기도 한 것이다. 그렇기 때문에 "아주 특별한" 그대와의 하나 됨으로 설 수 있는 것이다.

  이상호 시인, 삶의 저편에 있는 냄새들을 감지하며 그가 굴리는 둥근 바퀴의 길을 따라 5권의 시집, 『金環蝕』, 『그림자도 버리고』, 『시간의 자궁 속』, 『그리운 아버지』, 『웅덩이를 파다』를 '꼼꼼히' 읽어볼 수 있는 소중한 인연을 가질 수 있었다. 거칠고 더딘 발걸음으로 이상호 시의 면모를 훑은 감이 없지 않았다. 그러나 의미 있는 질문은 이상호가 추구하는 시적 진실이 시인으로서 나아가 한국현대시문학사에서 어떤 의미를 가지는가 하는 점일 것이다. 그의 어떤 시를 들추어 보아도 잃어버린 자아에 이르는 이 시대 여러 담론과 이데올로기의 유인력으로부터 자유로울 수 있는 시인의 강인한 의지를 엿볼 수 있었다. 등단 이후 현재에 이르기까지 끊임없는 자아 탈출의 기도로써 걸어 온 여정을 5권의 시집은 섬세하게 드러낸다.

　무엇이 시인으로 하여금 그런 풍경을 선택하게 하였느냐는 물음 앞에 "자신과의 격렬한 싸움은 결국 어두운 나의 삶을 확인하려는 노력이며, 좀더 높이 비상하려는 내 의지의 일부라고 할 수 있을 것이다. …(중략)… 나는 끊임없이 깨어나려고 애를 쓴다. 내가 나를 읽으려고 노력하고, 대상과 자신과의 조응을 생각하고, 그리고 내가 말려든 싸움을 생각하면서… 이 모든 것들이 내가 시를 쓰는 출발점이자 그 이유인 것이다(「시인의 에스프리」)."는 말을 나직이 들려준다.

　스승인 박목월이 리듬과 의미의 절제된 균형미를 추구하고, 자연과 인생의 일원화를 향하여 시심을 집중했음은 문학사에서 회자되는 사실이다. 박목월을 군이 떠올리지 않아도 이상호가 추구하는 시적 진실 나아가 서정시가 도달할 수 있는 미학적 층위는 한국현대시문학사의 맥락에서 계승, 발전되고 있음을 찾아볼 수 있다.

　시적 진실을 향한 이상호 시인이 굴리는 둥근 바퀴의 새로운 길찾기는 어릴 때 뒷산에서 장난으로 죽인 새의 죽음 앞에서 보았던 존재의 내부를 자신의 몸으로 꽃피우는 일이다. "비로소 한 마리의 완전한 새가 되어 우리의 마음이 닿을 수 없는 먼 하늘을 날고 있음(「새 날리기」)"에 대한 화해와 용서, 사랑으로 이상호 시인은 마지막까지 남아 자신과의 싸움을 다채롭고 치열한 언어로 펼쳐 보일 것이다.

당신의 방에서 사라지는 혹은 머무는 어떤 중얼거림
- 이승훈론 -

1.

이승훈의 음색은 독특하다. 그를 만나는 이 누구라도 처음 말문을 열면서 듣게 되는 우수어린(다른 말로 소외) 낮고, 잔잔한 그리고 결핍으로 충만해진 욕망의 열렬한 모습에 사로잡히게 된다. 이승훈의 독특한 음색은 시 속에서 글쓰기의 과정으로 출현한다. 자아탐구에 대한 처절한 회의 속으로 그는 언어를 끌어 들인다. 무수한 언어들이 무질서하게 떠돌고, 모든 억압과 소외를 넘어서서 타인과 자신을 나눌 수 없게 그는 존재한다. 어느 곳에서나 그는 자유로운 변화를 거듭한다. 그에게 시를 쓰게 하는 무의식의 촉수는 "어떤 중얼거림이 무한히 와서 머문다(「공포」)"는 구절이 대변한다. 이승훈의 시는 잘 알려진 대로 자아확인을 위한 끊임없는 모색으로 일관되어 왔다.

1962년 『현대문학』을 통해 등단한 이승훈의 시작 경력은 금년으로서 37년이 되는 셈이다. 그동안 그가 발행한 시집은 총 10권이다. 첫시집 『사물A』를 비롯하여 『환상의 다리』, 『당신의 肖像』, 『事物들』, 『당신의 방』, 『시집 샤갈』, 『너라는 환상』, 『길은 없어도 행복하다』, 『밤이면 삐노가 그립다』, 『나는 사랑한다』 등이 그 구체적 실례에 해당한다. 이 열 권의 시집 가운데에서 여섯 권의 개별 시집과 1991년 그의 목소리가 비교적 강한 것들로 선집된『환상이라는 이름의 역』을 정독함으로써 이승훈의 시세계를 살펴볼 수 있는 하나의 근거를 마련해 보고자 한다.

오늘날 극성스런 담론으로 부상하고 있는 문화적 모더니티를 가로질러 가는 문학적 지도 위에서 이승훈의 시작행위의 고뇌는 어디에 있으며, 어떤 모습으로 새로운 글쓰기의 가능성을 일으키는가.

2.

이승훈이『비대상』을 발표한 것은 1981년이었다. 그것은 그때까지 낸 세 권의 시집『사물A』(1969),『환상의 다리』(1976),『당신의 肖像』(1981)에 대한 성찰을 담고 있다. 불안, 실존적 현기, 강박관념 같은 의식화 되지 않은 것을 명명하면서 시작의 동기는 대상의 세계에 대한 인식론적 회의가 계기를 이룬다. 대상이 어떻게 존재하는가를 따지자 말자, 대상은 그 일상적인 윤곽을 잃고 무정형의 것이 되어 버린다. 그 무정형의 대상을 그는 대상의 내면성이라고 생각한다. 대상의 내면 속으로 들어가서 그가 만난 것은 어두운 충동의 세계이다. 에로스가 억압되고, 타나토스가 밖으로 나온 그 어두운 충동의 세계는 죽음의 세계이다. 대상의 내면을 열면 풍요한 세계가 전개된다고 보는 것이 일반적인 상상력의 법칙인데, 그는 불모성을 본다. 대상의 내면으로 여행을 떠난 대부분의 시인들이 그러하듯 그도 어두운 죽음의 충동이 개인적인 것이 아니라 보편적인 것이라는 것을 깨닫게 되며, 그래서 원형, 신화의 세계로 나아가게 된다. 그래서 찾아낸 원형적 이미지 "피에타", 다시 말해 죽은 예수를 무릎에 안고 있는 마리아의 이미지이다. 개인의 이미지를 원형적 이미지로 바꾸자 어두운 충동의 세계에 어떤 밝음이 들어온다. 어두운 충동은 그가 원형적 세계에서 발견한 신학적 지평 속에서 밝음을 예감한다. 이승훈의 이런 태도와 관련 있게 혹은 관련 없게 다음의 시를 읽어 본다.

　(생략)
　물론이다 날개도 죽지도 없이/ 하늘의 공포와 입 맞춘다

　어떻게 견디란 말인가/ 달려오는 시간의 모래

　하늘에 가득차는 악몽/ 손도 발도 없이

　부러진 죽지로 아아/ 어떻게 방향을 꿈꾸란 말인가 l

　「방향에 대한 꿈」이라는 제목의 위 시는 시간이라는 공포와 싸우는, 인간의 실존을 전율적으로 그리고 있으며,

　입술은 바람이 되고
　눈망울은 천둥이 되고
　심장은 돌이 된다
　괴롭던 일 기쁘던 일도
　화만나던 사랑도 후회도
　이제는 님이 빚어야 할
　한 줌의 흙
　바다 혹은 하늘

　「다시 흙으로」라는 위 시는 끊임없이 새로 빚어야 할 자아, 그 자아 속에서 역시 다시 빚어야 할 바다 혹은 하늘을 노래한다. 비록 다시 빚어져 고통스럽기만한 삶일지라도 삶에 대한 처절한 사랑을 응결시킨 작품이다.

그는 시선집 『상처』의 서문에서 "그동안 시를 써오면서 무엇보다 내가 괴로워했던 것은 언어에 대한 희망에서 출발한 나의 시가 어찌된 까닭인지 나이가 들수록 언어에 대한 짙은 절망으로 몰드는 것 같다."고 말한다. 개인의 힘으로 어찌할 수 없는 상황에 처했을 때 이승훈은 언어에 집착한다. 때문에 그의 시어나 시세계는 극단적인 모습을 보여 주기도 한다.

> 사나이의 팔이 달아나고 한 마리 흰 닭이 구 구 구 잃어버린 목을 쫓아 달린다.
>
> - 「사물A」 부분

> 계단을 반쯤 더 내려가서, 목 잘리운 채 그만 까맣게 굴러 떨어지는 나를 발견했다. 불꺼진 계단에 그대로 선 채.
>
> - 「그때다」 부분

앞의 시들이 보여주는 그로테스크한 상황은 현실적인 자신의 모습을 보여주는 동시에 비현실적인 것이 현실적일 수 있다는 상대적인 입장을 견지하고 있다. 「위독」이라는 연작을 읽다 보면 "파헤쳐진 새가 한 마리 날아와 쓰러질 것"이라는 절망의 동일한 병세를 감지할 수 있다. "좀처럼 고운 햇살을 볼 수 없는 많은 날들을 나는 한 사람의 수인처럼 거기서 견디었다."는 춘천에 대한 지옥의식, 죽어서도 잠들 수 없는 절망감이 『당신의 초상』을 흘러 가면서 "하느님과 인간의 싸움은 하느님을 만나기 위한 하나의 전제인지도 모른다. 나는 그러한 싸움에서 승리한 다음 하느님의 복을 받은 야곱의 이미지가 아니라, 밤새도록 하느님과 싸우고 있는 야곱의 이미지에서 나를 읽고 있었다."는 시인의 목소리를 발견하게 된다.

> 하느님 나라에는
> 꽃이 있다

어젯밤 내가 껴안은
찢어진 인생이 있다
총알이 있다
언제나 찢어진 인생이
언제나 총알이

-「儀式 1」부분

보이는 것은
피아노 같은 절망
혹은 고래
혹은 혀를 내밀고
죽은 의자

-「儀式 2」부분

불이 꺼지는 밤에
불이 꺼지는 밤에
다시 나를 빚으라

-「儀式 3」부분

내 피는
바다에선 외롭다
작살로 찌르라

-「儀式 4」부분

모두 버리면
깊은 밤에 님이
구워주신 떡 하나
빛나는 떡 하나
이 시린 입술로
크낙한 죄로
허나 끝끝내 입맬 수 없네

신약성서의 야곱은 여러 가지 시험을 인내하여 신의 구원을 받았으나 현대의 야곱에게는 조용히 지속되는 전쟁의 시험 속에서도 그 구원이 전연 약속되어 있지 않다. 그는 불행한 시지프일 뿐이다. 그가 만난 시험은 신도 체념해 버린 25시적 절망의 상황이다.

이승훈은 다시 침묵과 웅변, 무와 유, 비대상과 대상의 세계에서 고독해진다. 대상의 세계는 언어로 명명될 때 죽거나 이에 부재한다. 모리스 블랑쇼가 본 것이 바로 그 점이다. 여기서 놓쳐서는 안되는 것이 단순한 죽음 혹은 부재로 끝나지 않는다는 점이다. 언어의 다른 하나의 특성이 개입하는 자리이다. 이승훈에게 시를 쓰게 하는 것은 일상세계, 자연세계 같은 어떤 구체적인 대상의 세계가 아니라 일종의 분명치 않은 파토스, 혹은 존재론적 불안이다. 시작은 그러한 세계를 더듬는 하나의 관정, 실패하면서 계속되는 과정이다. 이승훈은 네 번째 시집『事物들』을 펴내면서 '너'에 관심을 갖는다. 『事物들』에는 그의 시가 전개될, 그렇게 되어야 한다는 당위의 성질로서 '나'와 '너'의 동일성 증명을 보여준다. 그에 의하면 고달팠던 춘천 생활을 끝내고, 다시 서울 생활을 시작하면서 느낀 생각들을 담고 있다. 서울 생활을 하면서 '너'의 있음보다 '너'의 없음에 대한 강렬한 체험으로 '나는 나이다'라는 폐쇄된 표현으로부터 '나는 너이다'라는 변화된 정신을 보여 준 것이다. 나와 너 사이 그 무섭고 험한 심연의 공포를 줄여가는 것이 인생이라면 '너'는 독립해서 실존하는 것이라기보다는 '나'의 인식을 통해서 나타났다 없어졌다 하는, 사실상 '너'를 느끼고 인식하는 행위 자체가 보다 중요하다. 그 결과 '결국 나는 너이다'라는 단정적인 가치명제가 솟아오를 수 있었던 것이다. 이런 시도로 '그는 누구인가'에서는 '나'를 삼키는 '너'로,

「피에로」에서는 '너'의 없음이 짙은 자기 냉소와 자기 해학을 환기하는 심적 공간으로 변주된다.

　이승훈의 다섯 번째 시집 『당신의 방』과 일곱 번째 시집 『너라는 환상』은 나와 너의 만남 혹은 너에 대한 탐구를 드러내는 시들로 가득차 있다. 이승훈의 방으로 들어간다. 그의 방은 보이는 현상 속에 존재하지는 않지만, 무한하며, 그의 모든 표상은 그의 무의식 속에 자리한 방의 설정 없이는 불가능하게 보인다.

　　　당신의 방엔
　　　천 개의 의자와
　　　천 개의 들판과
　　　천 개의 벼락과 기쁨과
　　　천 개의 태양이 있습니다
　　　당신의 방엘 가려면
　　　바람을 타고
　　　가야 합니다
　　　　　　　　　- 「당신의 방」 부분

　이 시에서 '너'의 세계는 천 개의 의자가 상징하는 무한한 휴식, 천 개의 들판이 상징하는 무한한 트임, 잠재력, 천 개의 벼락과 기쁨이 상징하는 무한한 황홀과 전율과 공포와 환희, 천 개의 태양이 상징하는 무한한 빛, 생명과 에너지의 근원으로 가득 찬다. 그러나 이런 세계에 나는 새가 될 수 없어 갈 수 없다. 하지만 '아무도 없는 땅'에서 '가까스로 가는 중'임을 숨가쁘게 말하고 있다. 그런 너는 누구인가? 추억 속에, 혁명 속에, 고독 속에, 희망 속에, 눈발 속에 '너는 어디에나 있다'. '너는 누구인가' 내가 너에게 해를 주면 '너'는 '나'를 녹이고 다시 태어나게 해준다. '너의 이마' '너'의 존재가 '세계'의 존재를 가늠할 수 있을 정도로 엄청나다는 의미이다.

'너의 얼굴' 그는 30년 동안이나 죽어라 찾아다닌 놈을 '너'로서, 아니 '나'로서 만나게 된다. '너'와의 인식을 통해 시인의 탐구의 궤적을 그려보게 한다.

이승훈의 일곱 번째 시집 『너라는 환상』은 시집 전체가 지니고 있는 의식의 원초적 지향점을 잘 보여준다. 이를 위해 그가 사용한 방법인 무수한 '너'의 병치는 자의로든 타의로든 매몰되어 버린 '너'의 존재가치를 찾아내게 하는 방법으로 사용된다.

> 길을 가다가
> 문득 살펴보면
> 이 팔도
> 이 머리도
> 무수한 너로 덮인다
> 그렇다 내가
> 걷는 게 아니다
> 무수한 네가 걷는다
>
>   - 「무수한 너」 부분

시인에게 남아 있는 중얼거림과도 같은, 하염없는 너의 흔적처럼 사방에서 펄럭거리는 너의 부재를 증거하고 있다. 부재에 관한 흔적일망정 시인에겐 전부이다.

> 네가 있을 것만 같아
> 옛날 골목 찾아가면
> 있는 건 너의 흔적 뿐
> 오오 고향에 있는 건
> 언제나 고향의 흔적 뿐 「고향」에서
> 있다는 건
> 버려진다는 건

여름 광장엔
　　네가 버린 빗
　　네가 버린 칫솔
　　네가 버린 부츠
　　부츠 옆에 놓여 있는
　　거대한 수레바퀴
　　　　　　　　　　　　　- 「여름 광장」 부분

　데리다에 의하면 초월적 시니피에가 사실은 부재하기 때문에 우리가 믿는 것은 다만 하나의 환상 또는 유사일 뿐이라고 말한다. 따라서 언어가 포착하고 성취하려고 하는 절대적 진실 또는 의미는 유보되어 있으며, 텍스트는 부재하는 진리의 자취를 추적하는 끝없는 언어의 유희를 계속하게 된다는 것이다. 모든 시니피앙은 궁극적으로 둥둥 떠도는 시니피앙의 출몰을 이루며 흘러가고 있다. 뿌리 뽑힌 인간들은 곤포와 히스테리를 가진 공격적 가해성을 드러내기도 한다.

　　해가 지면
　　자신이 없어
　　모두 죽여 버리고 싶어
　　마악 뛰어 나가고 싶어
　　마악 거리로 뛰어 나가
　　탕탕 총을 쏘고 싶어
　　무어든 꿀꺽꿀꺽
　　삼키고 싶어
　　　　　　　　　　　　　- 「서울의 황혼」 부분

　그러나 광기의 이미지들과 슬픔의 이미지들은 때로 아름다운 연시를 낳기도 한다. 너를 안으면 '어둠' '병든 거리' '불안' '감옥' '우울' '밤'이 사라진다(「너를 안으면」). 그런데 '너'는 언제나 늦게 오는 것이다. 이 시집의 마지막에서 "너는 너무 늦게 왔으니까/ 오지 않은 것이다"로 '소망취소'를 한 시인은 이제 어디로 갈 것인가.

3.

이승훈의 시세계를 관통하는 자아탐구의 긴 여행에서 공간과 시간을 가로지르는 글쓰기의 끈질김을 읽었다. 나란 무엇인가. 나는 존재하는가. 자아와 주체라는 담론은 현대에 무수한 도전을 받는 담론들 가운데에서도 여전히 강력한 화두로 자리 잡는다. 삶 자체의 다정한 약속이 갖는 아우라를 처음부터 걷어버리는, 그는 지금도 우리의 삶이 어떻게 '나'의 욕망을 복제하는 나누어진 이미지를 찾아가게 하는지 독특한 시쓰기를 계속하고 있다. 1990년대 진입하면서 한층 실험성을 띄는 이승훈 시쓰기의 전략적 차원을 이해하고 평가하기 위해서는 여섯 권의 시집에 대한 꼼꼼한 읽기가 선행되어야 한다. 시와 시적인 것, 시와 시 아닌 것의 차이와 틈새에서 '시란 무엇인가?, 시란 무엇이어야 하는가?'라는 가장 근본적인 물음이 더 많이 치열하게 행해져야 한다. 모든 물음 앞에서 실험으로 지시되는 것들은 해부될 끈질긴 메시지를 안고 있는 것이다. 나/ 너/ 그의 경계를 허물면서 이승훈의 시쓰기는 개방적 텍스트에 대한 지향으로 현재 진행형이다. 그렇기 때문에 삶의 의미도 한없이 지연된다. "네가 없으니까 없는 내가 계속된다."

파괴와 소멸과 허무의 미학
- 이형기론 -

1. 이형기 따라 읽기

"누구나 절망할 수 있는 것은 아니다. 절망은 절망할 줄 아는 재능과 그 재능의 불꽃같은 발현을 가능하게 하는 정열을 소유하는 자에게만 가능한 것이다."라고 시를 위한 아포리즘을 들려 준 이는 일평생 시에만 관심을 가진 이형기 시인이다. 언제나 온갖 준비를 갖추어 놓고 열심히 시를 부르는 이형기에게 폐허는 시의 고향이라고 말할 수 있다.

이형기는 1932년 11월 22일(음력)[1] 경상남도 사천군 곤양면 서정리 속칭 '솔골'이라는 곳에서 장남으로 태어났다. 그의 성장기는 진주농업에 입학한 다음해 1946년 아버지를 폐병으로 여의게 되면서, 그를 맏이로 하고 2남 2녀의 어린 아이들을 안게 된 어머니가 그날그날의 생계를 고통스럽게 해결하는 모습을 대면하면서 집안에 서려있는 슬픔의 안개를 체험하게 된다.

이형기가 시를 쓰는 마지막까지 치열한 응전을 벌였던 저 만져질 수 없는 심연과 허공을 향한 언어적 모험은 일찍이 찾아온 고통스런 가계가 형성한 어쩌면 너무도 당연한 일인지 모른다.

---

1) 이형기 시인의 생년월일이 1933년 1월 6일로 통용되고 있으나 본인에 의한 "나의 이력서"에서 60년 동안 문제의 1월 6일에 생일상을 받아본 일은 한 번도 없었음을 밝힌 바 있다. 『시와 시학』, 1992. 봄호.

이형기는 1949년 8월에 창간된, 지금의 『현대문학』 전신인 『문예지』 12월호에 「비오는 날」이, 이어서 1950년 4월 「코스모스」, 6월에는 「江가에서」가 추천되어 시단에 등단하였다. 그때 그의 나이 18세, 최연소 시인이었다. 곧바로 6 · 25가 터지고 찬란한 미래의 꿈은 한 달이 못가서 무너져 버린다. 1951년 9월 부산 피난 동국대학교 불교학과에 입학한다. 재학 중 부산에 피난와 있던 많은 문단 인사들과 교류를 가지게 되었다. 김동리, 조연현, 김말봉 같은 선배 문인들을 통해 지면을 트게 되었고 박재삼, 천상병, 오상원, 정참범 등과 문학 담론을 나누었으며, 이들 가운데 제1회 개천예술제에서 차상을 차지한 동갑내기인 박재삼과는 부산에서 서울로, 이후 동고동락하는 문우로서의 각별한 교분을 보여 주었다.

이형기는 1951년 9월 최계락과의 동인지 『이인(二人)』을 발간으로 1955년에는 김관식, 이중노와 함께 3인 합동시집 『해넘어 가기 전의 기도』를 간행한다. 2005년 2월 영면하기까지 그의 시작 경력은 반세기를 훌쩍 넘긴 55년의 성상을 헤아리게 된다. 사실 이 글은 이형기 시인의 부음을 예감하지 못한 채 몇 개월 전부터 그의 시를 꼼꼼히 읽는 시간을 가지며 산재해 있는 자료들을 모아 시인론을 쓰고자 계획했던 글이다. 이형기의 허무관이 필자에게 전이되는 시선을 견지하면서 어쩌면 그렇게도 집요하게 파괴와 소멸과 폐허가 주는 허무를 노래할 수 있었을까? 의문을 가져 본다.

그동안 그가 발행한 시집은 총 8권이다. 첫시집 『적막강산』(1963)을 비롯하여 『돌베개의 시』(1971), 『꿈꾸는 한발(旱魃)』(1975), 『풍선심장』(1981), 『보물섬의 지도』(1985), 『심야의 일기예보』(1990), 『죽지 않는 도시』(1994), 『절벽』(1998) 등이 그 구체적 실례에 해당한다.

이 8권의 시집에서 보여주는 그의 시를 시적 세계관의 변화를 중심으로 살펴보고자 한다.

2. 자연섭리에 순응하는 수용의 미학

이형기의 첫시집 『적막강산』과 두 번째 시집 『돌베개의 시』에는 그리움, 서러움, 기다림, 슬픔, 목마름, 외로움, 타오름, 흔들림 등과 같은 모습을 가지고 있다. 「청록집」, 「귀촉도」를 가까이 하면서 그의 시적 의식을 지배했다[2]고 볼 수 있다. 이형기의 초기 시에는 기다림의 정서가 주조를 이루고 있다. 이런 감정과 정서들은 근원을 분명히 밝히기 어려울 만큼 막연한 것들이지만 작중화자의 내면은 우리들이 젊은 시절에만 가질 수 있는 서정적 감정들로 가득차 있다.

    오늘
    이 나라에 가을이 오나 보다.

    노을도 갈앉은
    저녁 하늘에
    눈 먼 寓話는 끝났다더라.

    한 색 보라로 칠을 하고
    길 아닌 千里를
    더듬어 가면……

    푸른 꿈도 한나절 비를 맞으며
    꽃잎 지거라.
    꽃잎 지거라.

    산 너머 산 너머 네가 오듯
    오늘
    이 나라에 가을이 오나 보다.

---

2) 이형기 -나의 문학세계-, 『시와 시학』, 1992. 봄호.

풀밭에 호올로 눈을 감으면
아무래도 누구를
기다리는 것 같다.
중략
누구였기에
누구였기에
아아 진정 누구였기에……

풀밭에 호올로 눈을 감으면
어디선가 단 한 번 만난 사람을
아무래도 기다리고 있는 것 같다

- 「草上靜思」 부분

이형기의 초기 시에는 젊음의 혈기 방장함 보다는 시인의 체념과 달관이
나타나 있다. 슬픔, 기다림, 혹은 외로움의 정서는 근원을 꿰뚫어 보는 치열
한 정신의 소산이라기 보다는 "그러기에 더욱/ 흐느끼지 않는 설움 홀로
달래며/ 목이 가늘도록 참아내련다(「코스모스」)."로 젊음의 한때 느끼게 된
자연 허무감에서 연유되고 있는 것으로 보인다. 청춘의 붉은 열정과 첫사랑
의 애틋함이 녹아있는 「낙화」는 초기 시의 세계관이 함축되어 있다. 떠나야
할 때가 언제인가를 알고 떠나는, 시간의 흐름에 순응하는 자연의 꽃잎과
존재의 소멸과 이별을 긍정적으로 수용하는 관조의 시선이 두드러진다.

가야할 때가 언제인가를
분명히 알고 가는 이의
뒷모습은 얼마나 아름다운가.

(중략)

무성한 녹음과 그리고
머지 않아 열매 맺는
가을을 향하여
나의 청춘은 꽃답게 죽는다.

(중략)
나의 사랑, 나의 결별,
샘터에 물 고이듯 성숙하는
내 영혼의 슬픈 눈

   그러나 이형기는 그의 초기 시가 가지는 이러한 한계를 민감하게 파악하여 시집 돌베개의 시에서 첫시집의 세계를 이어받고 있으면서도, 그것으로부터 벗어나려는 새로운 시도를 펼쳐 보인다. 특히 전 우주적 존재 속에 깃든 생명과 그 생명의 힘에 대하여 관심을 표명하고 있다. 따라서 "도대체 죽은 것이 어디 있는가/ 죽음 조차도 그렇게 소리치며 울고 있다(「밤」)."고 말하는 것이려니와 그는 죽음을 포함한 모든 우주적 존재로부터 살아있다고 외치는 강력한 음성을 듣고 있는 것이다. 또한 이형기는 작품 「봄밤의 귀뚜리」에서 "태고의 원시림을 마구 흔드는" "봄밤 자정에 하늘까지 울"리는 귀뚜라미 소리를 통하여 생명의 강인성을 확인하고 있다. 그는 이것을 확인하는 말로 "생명은 누구도 어쩌지 못한다"는 감탄적 어구를 표출한다. 나아가 "전쟁은 꽃밭처럼 난만하다./ (중략)/ 지구의 밑바닥에서/ 아무리 퍼내도 그것은 한이 없다./ 나의 전쟁시는 다만/ 그 정적을 퍼내는 작업이다(「전쟁시」)."로 변모하면서 대상에 대한 응전과 투시의 강한 정신이 나타나고 있음을 볼 수 있는 것이다. 초기 시의 두 시집을 거치면서 이형기는 새로운 시적 탐색을 감행하게 된다.

3. 파괴와 소멸과 허무의 시학

이형기는 『꿈꾸는 한발』의 서문에서 비로소 詩人이란 자각을 갖게 되었다고 말한다. 제 3시집 『꿈꾸는 한발』로 오면서 첫시집의 세계와는 완전히 결별하고 만다. 이 시집에서 시인은 세계를 폐허, 부패, 갈등, 대립, 공격, 파괴, 불모, 학대, 증오 등으로 황폐해질 대로 황폐해진 모습을 보여준다. 그의 시인으로서의 자의식은 초기시의 자연스런 감정의 울림에서 벗어나 스스로 새로운 미학을 탄생시키는 몸부림이었다. 그는 시적 아름다움을 자연이나 일상의 감정이 아닌 아비규환의 부조리한 삶의 실재에서 끌어내려는 시도를 감행한다.

작품 「엑스레이 사진」에서 가슴 속의 피를 "검은 먹물" 혹은 "질척거리는 폐허"로 보고 있으며 작품 「폭포」에서는 폭포를 통하여 "시퍼런 칼자국"의 이미지와 그 서슬퍼런 칼자국이 시인 자신의 등판에 쏟아지는 이미지를 함께 그려내고 있다. 뿐만 아니라 이형기는 작품 「자갈밭」에 등장하는 삽 한 자루에서 "적개심"을 읽어내고 있으며 작품 「장마」에서는 "터진 내장"의 이미지를 이끌어내고 있다. 1970년대와 80년대의 군사독재 시대의 암울한 시대적 상황을 참여시의 어법이 아니라 시의 파괴적 이미지 속에 용해시킨다. 『꿈꾸는 한발』, 『풍선심장』, 『보물섬의 지도』, 『심야의 일기예보』의 네 시집은 파괴와 소멸의 시학이 잘 반영되어 있다. 이를테면 나무는 대지를 죽이고, 태양은 식물을 죽이며, 나는 너를 죽이고, 너는 나를 죽인다. 이런 세계를 반영이라도 하듯 그는 「나의 하루」를 보여준다.

> 나의 하루는
> 새벽설사와 空腹의 담배
> 깊이 빨아들이는 어지럼증이다

나의 하루는 오후의 發熱
體溫計를 낀 겨드랑이 밑에서
썩고 있는 달걀

나의 하루는 밤이 없는
타마구기름이다
24時間 내내 짓이긴다
(중략)
나의 하루는 질긴 쇠심줄이다
그리고 혀를 **빼**문 개
개같은 죽음이다

    분명한 것은 이처럼 세계를 불화와 살생의 장으로 파악하며 그 속에서
역시 시인 자신도 불화의 원천이자 대상으로 고통스럽게 살고 있지만 화해
를 갈구하는 소망을 좀처럼 나타내지 않는다는 것이다. 오히려 생명을 부정
하고 있다. 작품 「전천후 산성비」에서 생명 자체를 위협하는 '산성비'의
위험이 노래된다. 생명의 필수조건인 물을 주는 '비'가 산성이 되어 내리게
되면서 "비극이 되기에는/ 너무나 흔해빠진 우리 시대의 비"로써 생태의
위기를 실증해 주고 있는 것이다.
    시적 자아는 위기로부터 자신을 지키려는 강인한 의지를 지닌 존재이다.
그렇기 때문에 자신을 위기로 몰아넣는 세계에 복수하기 위해서 "주여 칼을
주소서./ 칼자루는 말고 그 날을/ 쥐면 손바닥이 나가는/ 그러나 피가 흐르지
않게/ 더욱 힘주어 쥘 수밖에 없는 그것을(「古典的 祈禱」)" 간구하는 것이다.
    세계를 적의가 번득이는 어둠의 현장으로 파악할 때 이후에 남는 것이
고독과 허무라는 사실은 당연한 것일지도 모른다. 이형기의 파괴적 시학은
모더니즘적 시적 기법과 그가 추구하는 존재론과 맞물려서 독특한 깊이가
있다. 시적 기교로서의 파괴적 이미지 이면에는 우주 자체가 파괴의 연속이

라는 순환적 세계관 또는 윤회적 세계관이 배어있기 때문이다.

①너는 언제나 한순간에 전부를 산다.
  그리고도 또
  일시에 전부가 부서져 버린다.
  부서짐이 곧 삶의 전부인
  너는 모순의 물보라
  그속엔 하늘을 건너는 다리
  무지개가 서있다.
  그러나 너는 꿈에 취하지 않는다.
  열띠지도 않는다.
  서늘하게 깨어있는
  천 개 만 개의 눈빛을 반짝이면서
  다만 허무를 꽃피운다.
  오 순수, 냉담한 정열!
                              - 「분수」 전문

②어차피 헛되고 헛된 어제의 되풀이
  겨우 그것 바라고
  장난이 아니라서 장난만도 못한
  나의 가을맞이 연습
  내버려 두라니까
                      - 「가을맞이 演習」 부분

③눈송이는 바다에 녹지 않았다.
  녹기 전에 또다른 송이가 떨어졌다.
  사라짐과 나타남
  나타남과 사라짐이 함께 돌아가는
  무성영화 시대의 환상의 필름

덧없는 목숨을
혼신의 힘으로 확인하는 드라마
클라이막스밖에 없는 화면들이
관객 없는 스크린을 가득 채웠다.
                    - 「그해 겨울의 눈」 부분

①과 ③에서 보여주는 파괴는 곧 소멸이면서 동시에 새로운 생명으로 피어나는 것이다. 분수의 이미지와 바다에 내리는 눈의 이미지가 서로 연관되어 있으며 그의 허무의식의 성취를 엿볼 수 있다. 존재와 소멸이 연출하는 삶의 순간은 허무의 순간이며 덧없는 목숨이다. 그러나 그 허무한 존재의 실상이 인간 삶의 근간을 구축하는 핵이다. ②에서처럼 가을을 맞이하여 그것이 얼마나 '헛되고 헛된 일'인가를 역설하고 있다. 이형기 시의 허무 이면에는 고대 그리스 신화에 나오는 우보로우스라는 환상동물의 이미지와 연결되어 진다. 입으로 자신의 꼬리를 물고 원형을 이루는 한 마리 뱀인 우보로우스는 존재의 무한한 변화와 순환의 상징이다. 이와 무관하지 않게 그의 마지막 시집『절벽』에서 들려주는 허무를 향한 아포리즘은 시인의 삶을 응시하면서 이루어진다. 이 시집은 그가 1994년 7월 뇌졸중으로 쓰러져 투병 중인 1998년 강한 정신으로 쓰인 응전의 기록이다.

　인간은 한 번밖에 죽지 않는다. 삶의 일회성은 너무나 당연한 귀결이다. 그러나 시인은 열 번도 죽고 백 번도 죽는다. 그처럼 시인은 자신의 죽음조차도 허구화할 수 있는 인간이다. 모든 존재는 필경 티끌로 돌아간다. 이 사실을 자각하고 있는 자가 인간이다. 그리고 이 사 실을 영광스럽게 노래하는 존재는 시인이다.

이형기는 치유하기 어려울 정도로 단절된 세계를 바라보면서 그리고 그 속에 살고 있는 자기 자신마저도 자아분열을 일으키며 단절된 현실을 직시

하면서 삶의 본질을 허무로 단정 짓고 만 것이다. 따라서 그가 「자연 연구-제 4장 겨울」라는 작품에서 아예 다음과 같이 말한 것인지도 모른다. "어차피 혼자./ 저마다 혼자./ 도대체 누가 누구를 기대리오"라고 한편 작품 「허무의 빛깔」에서는 '영구혁명주의자'의 당당한 이미지와는 달리 조개껍질에 각인된 시간의 의미를 탐색하여 아름다운 허무의 빛깔을 그려내고 있다.

> 파도가 일어서고 부서져 내리고
> 거기 햇빛과 달빛
> 그리고 어둠의 속살까지 속속들이 비쳐들어
> 십억년 또는 이십억년 까마득한 시간이 쌓인다
> (중략)
> 십억년 또는 이십억년
> 덧없는 시간의 되풀이가 아무 뜻 없이
> 아름답게 녹아들어 하나된 그것은
>
> 없음이 만들어낸 없음의 빛깔
> 그래 그렇다 허무의 빛깔이다

이형기는 시집 『절벽』의 화두가 죽음이라고 말한다. 왜냐하면 그는 『죽지 않는 도시』 출판 이후에 뇌졸중과 당뇨 등으로 건강이 악화되었으며 죽음을 가까이에서 느껴왔던 것이다. 늙음과 질병의 고통과 고독감이 짙게 배어있는 후기 시에서의 허무에 대한 인식은 아주 견고하다.

> 아무도 가까이 오지 말라
> 높게
> 날카롭게
> 완강하게 버텨 서 있는 것

아스라한 그 정수리에선
몸을 던질밖에 다른 길이 없는
냉혹함으로
거기 그렇게 고립해 있고나
아아 절벽!

- 「절벽」 전문

그 누구도 대신해 줄 수 없는 죽음과 사랑이 함께 있다. 모든 외적 관계망을 끊고 자신의 내면 깊숙이 칩거해서 자기단련에 나서는 화자의 모습을 통해 우리는 이 시인이 나아가고자 하는 길을 짐작하게 된다. 현실을 넘어선 현실을 붙잡으려고 하고 있는 것이다. 비천한 환상을 진단하면서 '절벽'에서 끌어올리고자 했던 사랑의 기교를, 자유의 방법을, 쉽게 얻어질 수 없는 살아있음에 대한 확신을 나는 본다. 이제 저편으로 밀려난 그의 삶이 우리에게 말을 걸어올 때 그것은 슬픔이거나 쓸쓸함이 된다.

4. 문명비판의 종말론적 상상력

시집 『죽지 않는 도시』에 실린 대부분의 시들은 무분별한 인류문명의 진보로 진행된 문명의 부산물에 대한 질타와 인간의 어리석음에 대한 비판적 상상력으로 씌어져 있다. 1960년대부터 70년대에 이루어진 근대화의 결과들이 1980년대로 접어들면서 전통가치의 붕괴, 물질문명의 폐단으로 이어져 1990년대에 들어서서는 후기 산업사회의 여러 징후들과 맞물려 지구의 온난화 현상이 오존층의 파괴는 물론이려니와 자연의 순리를 거역함으로써 초래되는 근원적인 생명력의 고갈 등은 인간의 존재상황 자체를 위기로 몰아가고 있다. 따라서 시인의 어조는 냉소적이 될 수밖에 없으며 시인의 상상력도 종말론적으로 기울어지게 되는 것이다.

　작품 「죽지 않는 도시」는 영원한 생명의 환희를 구가하는 도시가 아니라 현대문명의 칼날과 모순에 찌든 장소이다. 죽고 싶어도 죽지 못하는 도시인의 서글픈 초상화이며, 왜곡되고 뒤틀린 공간에 부품처럼 살아가는 덧없는 인간 군상이다.

　　　　이 도시의 시민은 아무도 죽지 않는다
　　　　어제 분명히 죽었는데도
　　　　오늘은 또 거뜬히 살아나서
　　　　조간을 펼쳐든 스트랄드브라그 씨의 아침 식탁
　　　　그것은 위대한 생명공학의 승리
　　　　인공합성의 디엔에이주사 한 대가
　　　　시민들의 영생불사를 확실하게 보장하고 있다
　　　　(중략)
　　　　스스로 개발한 첨단의 생명공학이
　　　　죽음에의 길마저 차단해버린 문명의 막바지에서
　　　　시민들의 소망은 하나밖에 없다
　　　　아 죽고 싶다

　그러므로 죽을 수 없는 사람들에게 성장만을 다그치는 성장 이데올로기의 현실은 작품 「병아리」에서 다음과 같이 표현되고 있다.

　　　　달걀의 꿈은 병아리이다
　　　　그러나 이 도시에서는
　　　　병아리로 부화될 수 없는 달걀만이 달걀이다.
　　　　(중략)
　　　　태어날 때부터
　　　　병아리로 부화될 꿈의 염색체가 제거된 달걀,

유해한 콜레스테롤의 함량의 극소화
하얗고 깨끗하게 표정도 지워진
우량품 달걀

생산과 이윤만을 추구하는 철저한 자본의 논리에 의해 지배되는 현실
속에서는 꿈꾸면서 사랑을 나눈다는 것은 하나의 불온사상이 되고 마는
것이다. 달걀은 생명의 원형이다. 그런데 이 달걀은 생명으로 태어날 수
있는 '꿈의 염색체'를 제거 당했다. 그러므로 화자가 처해있는 현실은 생명
을 잉태할 수 없는 "아 활짝 열어만 놓고/ 아무것도 받아들일게 없는 그녀들
의 자궁(「石女들의 마을」)"인 것이다. 「화형」, 「전쟁놀이」, 「우리 시대의
소」, 「메트로폴리스의 공룡들」 등의 시편들에도 기계화된 삶의 조건들에
대한 비극적 인식을 무겁게 드러낸다.

이제 화자에게 자신의 정체성을 지키면서 오직 자신만이 할 수 있는 일은
죽는 일 뿐이다. "아 안심이다/ 그래도 꼭 나라야만 되는 일/ 마지막 희망
하나 아직 남아있으니!"라고 「마지막 희망」을 냉소적으로 표출한다. 시인
이 원하는 꿈의 도시건설을 정반대의 이미지로 나타내고 있음을 간과해서
는 안 될 것이다.

5. 꽃잎 진 자리에 다시 피는 꽃

남연(南沿) 이형기 시인, 73세를 일기로 2005년 2월 2일 영면하였다.
그의 시집 『꿈꾸는 한발』의 해설에서 허만하 시인은 "우리의 시에 영구
히 신록과 같은 기념비"로 남을 것임을 시사한 바 있다.
필자는 이형기 시인을 사석에서 몇 번 뵌 적이 있었는데 언제나 문학으로

시작해서 문학 이야기로 시종일관하던 모습이 퍽 인상적이었다. 더군다나 시집『절벽』에 남아있는 시인의 서명을 마지막 시집으로 간직하게 됨 또한 가슴 서늘해지는 여운으로 안게 되었다.

끊임없이 세계를 허무화한 이형기가 걸어간 길을 따라 총 8권의 시집, 『적막강산』을 비롯하여『돌베개의 시』, 『꿈구는 한발(旱魃)』, 『풍선심장』, 『보물섬의 지도』, 『심야의 일기예보』, 『죽지 않는 도시』, 『절벽』을 세심하게 읽어 볼 수 있는 소중한 인연을 가질 수 있었다. 이 8권의 시집에서 드러나는 이형기 시인의 세계관을 크게 자연섭리에 순응하는 수용의 미학, 파괴와 소멸과 허무의 시학, 문명비판의 종말론적 상상력으로 나누어서 살펴보았다. 거칠고 더딘 발걸음으로 무수한 세계를 가진 이형기 시의 면모를 훑은 감이 없지 않았다. 그러나 의미 있는 질문은 이형기가 추구하는 시학이 시인으로서 나아가 한국현대시문학사에서 어떤 의미를 가지는가 하는 점일 것이다. 그의 어떤 시기, 어떤 시를 들추어 보아도 파괴와 소멸과 허무로부터 독특한 미학을 구축해내고 있다.

11년에 이르는 육체적 불운 속에서도 새로운 세계와 만나는 방랑의 걸음은 눈물겹도록 아름답기까지 하다. "반드시 패배한다는 사실이 필수적으로 전제되어 있는 싸움만이 시인의 도전의욕을 촉발시킨다. 왜냐하면 시인은 스스로 불꽃 속으로 뛰어드는 부나비의 정신을 소유하는 인간이기 때문이다."라는 자신의 신념을 처절하도록 살아낸 시인이 이형기이다.

T. S. 엘리어트의「전통과 개인의 재능」을 읽고, 25세 이후에도 계속 시인이 될 수 있는 시를 써야겠다는 생각으로 시와 문학이 무엇인가를 처음부터 10여 년에 걸쳐 다시 공부했다는 이형기는 20대의 자연발생적 서정과 작별한 이후부터 허무를 쌓는 꿈꾸기를 계속할 수 있었다고 문학적 고백을 들려주었다. 갈지 자 걸음이 있기는 해도 그의 시문학적 행로는 한국시문학사에서 간과할 수 없는 한 줄의 역사를 그었다고 말할 수 있다.

굳은 땅을 치며 기력을 되찾는 발을 가진 춤의 시인
- 장순금 시인과 그의 시읽기 -

1

깊은 동굴 속에서는 아무 소리도 울리지 않았다. 캄캄한 동굴 벽에는 선사시대 짐승들의 발굽이 소리 없이 매달려 있었다. 한 떼의 짐승들이 도 다른 짐승 떼를 향해 비스듬히 매달려 있고, 앞을 다투어 달아나는 짐승들의 발굽 소리는 시간의 빙하 속에 얼어붙었다.

야생마, 돌진하는 들소와 발 빠른 사슴들은 1만 7천 년 전에 경주(競走)가 중단된 순간에 멈춰선 바로 그대로 채색된 동굴 벽에 저마다 제자리를 차지했다. 이 장면을 그린 것은 고대인의 손이었다. 암벽에는 화가의 서명 대신 손자국이 남았다. 다섯 손가락을 활짝 펼친 손의 모양이 검은 색과 붉은 색 물감으로 그려진 것이다. 그 손은 얇은 부싯돌 조각을 망치로 두드려 돌날을 만든 손이었다. 어둠을 밝히고 고기를 그슬린 저 마법의 불을 처음으로 만들기도 했다. 1만 년 넘는 세월이 흐르는 동안 모닥불은 꺼지고 재도 차갑게 식었지만, 한때 활활 타오르는 불을 담았던 돌 등잔은 아직도 테두리에 검댕이 묻은 채 여기저기 흩어져 있었다. 다른 곳에는 젖가슴이 풍만하고 엉덩이가 펑퍼짐한 여인들이 돌에 새겨져 있었다. 만삭이 되어 배가 보름달처럼 부풀어 오른 채 비스듬히 누워있는 이 얼굴 없는 여인들은 부족을 강성하게 해줄 어린 사냥꾼들을 낳았다. 이들이 장성하여 난생 처음으로 사냥을 나가야 할 때가 되면, 그들은 이 동굴로 들어와 부족의 신성한 전리품 앞에서 투지를 다졌을 것이다. 그리고 젊은 여자들은 이 동굴 속에서 돌에 새겨진 임부상을 움켜쥐고, 아기를 갖게 해달라고 빌었을 것이다.

동굴에서는 선사시대 사람들의 시체도 발견되었다. 그들의 유골은 마치 새우잠을 자고 있는 것처럼 모로 누운 채 몸을 웅크리고 있지만, 화석이 된 그들의 두 개골을 밀물처럼 지나갔던 꿈은 이제 흔적도 없이 사라졌다. '호모 사피엔스'가 출현한 이후 문자가 발명되기까지는 2만 7천 년 이상의 세월이 흘러야 했다. 그 사이에 문자로 기록되지 않은 수많은 세대가 힘겹게 살다가 죽어갔다. 그러나 지금까지 없어지지 않고 우리 앞에 남아 있는 것은 동굴 벽에 줄무늬로 남아있는 손가락 자국과 캄캄한 동굴 속에 윤곽만 그려져 있는 채색된 손 뿐이다. 이것이 인류의 가장 오래된 서명이다. 이 서명이 아직도 살아 남아있는 까닭은 눈에 보이지 않는 마음을 눈에 보이는 형태로 표현하고자 하는 인간의 욕구 때문이다.

기계와 대포로 죽은 세계에 생명의 리듬을 누가 가르쳐 줄 것인가. 시인 된 자들의 몫이 아닐 수 없다.

'지구를 떠받치는 '슬픔의 힘'은 시의 무대를 형성한다. 심리적 관점에서 생각해 보면 정체성 탄생의 알레고리라 할 수 있다. 생텍쥐페리가 수백 개의 별 가운데 지구를 '우리들의 풍경과 우리들의 친근한 집들과 우리들이 애정'을 간직하고 있는 유일한 별로 인식한 것처럼 장순금 시인 또한 뼈저린 행로 끝에 비로소 '슬픔의 힘'으로 떠받쳐야 할 진정한 별임을 인식하는 것이다. 마치 동굴 속에 남겨진 전체가 글씨이며 침묵과 부재로써 잊어버린 의식의 또 다른 세계로 그녀의 발끝에서 '나의 죽어감을 생활할 줄 아는 자'의 부활로 교직되어 떠오른다.

2

장순금은 1985년 월간 시전문지 『心象』으로 등단한 시인이다. 올해로 시력 열아홉 해를 맞이하는 그는 첫 시집 『걸어서 가는 나라』(1988년)를 상재한 후 『비누의 슬픔』(1992년)에 이어서 『조금씩 세상 밖으로』(1998)를 출간한 바 있는 시인이다.

그는 첫 시집 서문에서 "詩作의 작업은 곧 세상에서의 깨어있기 위한 노력인 것이다………시는 글자 그대로 외자인 것처럼 고집스럽게 쓸쓸한 길을 가야 한다. 그 나라는 문명의 이기를 빌어 비행기나 제트기를 타고 갈 수도 없는 곳이며 바닷길이라 배편을 이용할 수도 다리 아프다고 대중교 통을 이용할 수도 없는, 죽을 때까지 묵묵히 걸어서만 갈 수 있는 기다림과 인고의 나라이다."라고 표현하면서 "시에서 탈출치 못하도록, 시 이외의 것에 집착치 못하도록 굵고 단단한 사슬로 굴레를 씌워 멍에를 만든 것"으로 시작의 길을 단언한 바 있다.

이번에 발표하는 「슬픔의 힘」 외 9편의 신작시를 정독하면서 나는 장순 금 시의 본질을 슬픔의 제의, 가장 단순하고 순수한 곳에까지 침입해 있는 슬픔, 그로부터의 도망, 슬픔의 드라마로 읽어 보고 싶다.

나는 장순금 시인의 시에서 슬픔과 혈족적인 기표들, 혹은 그 대리물인 기표들을 발견한다. 풀, 풀잎, 꽃, 꽃잎, 나무, 나뭇잎으로 이어지는 기표들은 신화적 기원으로 소급되는 신비한 끈이다.

> ①바람이 풀밭에 방목되는 동안
>   나는 조금식 흔들리면서
>   네 향기의 정체를 깨달아 갔다.
>   -「슬픔의 힘」 부분

②꿈 같은 환상
  떨쳐 버리고
  누군가
  뒷덜미 잡아채는 큼지막한 손
  모른 체 하며
  태연히
  몸 속 깊이 들어온
  겨울을 느낀다
                        - 「겨울 단풍나무」 부분

③그늘 속에서
  한 세상
  고요히 살아내는 일
  어찌 꽃 몇 송이로
  대신할 수 있을까?
                        - 「음지식물」 부분

④햇살의 따가운 시선에
  영문도 모르고 시들어 간다
  운명처럼 날을 세우고
                        - 「풀 」 전문

⑤한사코 매달릴 수밖에 없다
  내 식성에 딱 맞는 너에게
  이미 알코올처럼 중독 되어
  완강히 밀어내도 어쩔 수 없다
  (중략)
  오오! 유칼립투스나뭇잎이여.
                        - 「코알라」 부분

인간은 생물학적으로 동물과 관련되지만, 한편 동물과 다른 생리 구조 곧 위를 지향하는 몸짓은 나무, 관목, 풀잎과 매우 밀착된다고 생각해 왔으며 이런 점에서 인간은 하늘을 나는 새를 제외하고는 동물보다 우월하다고 생각해 왔다. 말하자면 인간은 동물의 생리 구조가 보이는 수평성이 아니라 수직성을 지향하기 때문에 동물보다는 식물과 밀착된 존재로 자신을 의식해 왔다. 특히 격렬한 죽음을 맞이할 수밖에 없는 존재들은 죽어서 식물의 형태로 변형된다. 신성을 상징하는 오시리스, 아티스, 아도니스 등은 식물과 밀접한 연관성을 띠고 있다.

　　③에서 그녀는 음지식물에 비유된다. 이런 비유가 가능한 것은 그녀가 정신적 비옥을 추구하기 때문이며, 이 정신적 비옥이 삶의 기쁨에 자극을 주기 위한 현실의 빛 -꽃 몇 송이 -보다 강함을 의미한다. 그리하여 그녀가 노래하는 정신적 비옥에는 ②와 ④에서 드러나는 것처럼 외로움이 내재되어 있어 가슴 시린 슬픈 음영이 드리워져 있지만 또한 사랑이 내재되어 있어 항상 더운 열기를 뿜어낸다. ⑤에서 예민한 생래구조를 지닌 코알라의 생존은 유칼립투스 나뭇잎에 절대적으로 연결되어 있다. 잎살(葉肉)에 작은 기름점이 산포되어 코알라는 하루의 대부분을 잠에 취해 살아가지만 유칼립투스 나무에서 떨어지는 일은 없다. 유칼립투스 나뭇잎은 코알라에게 있어 '지구를 떠받치는 슬픔의 힘'인 까닭이다.

　　일찍이 "매일매일 쓰다둔/ 둔한 칼날로는 곤란해요/ 불면의 밤을 갈은 시퍼런 날이어야 해요/ 예사로운 일처럼/ 태연히 수술하려 들지 말아요/ 당신 말대로/ 나는 마취가 잘 듣지 않아요(「수술」)"에서 시인이 그토록 이성적인 삶의 논리에서 위로 받을 수 없었던 존재론적인 원형질로써 외로움을 코알라의 분별화되지 않은 본능의 힘으로 옮겨 놓은 형국이다.

　　세상을 비극적으로 인식하지 않는 시인이 어디 있겠는가.

시란 고통과 결락의 자리에서 움트는 것이 그 생리이기 때문이다.

장순금 시인은 섬세한 시적 직관의 렌즈를 통해 사물을 포착한다. 그녀는 꿈이란 현실로부터 끊임없이 유예되는 것, 영원한 부재가 그 숙명임을 이미 냉정하게 인식한 채, 삶의 길을 떠난다. 그래서 그녀의 시세계는 우수가 어려 있지만 통절한 슬픔과 비탄의 울림이 넘쳐 나지는 않는다. 그녀의 시적 정서의 흐름은 항상 슬프지만 냉담하고, 뜨겁지만 절제하는 이중성의 샛길을 간다.

> 행간 속에서
> 은밀하게 활활 타오르는 여자를
> 무심히 내려다 본다
> 꿈이다.
>
> 꿈 밖에는
> 차가운 몸에
> 소금 한 짐 실려 있다.
>
> ─「비보호 좌회전」 부분

비극적인 일상성의 회로에서 벗어날 수 있는 출구란 애초부터 부재하는 꿈임을 자각하고 있기 때문에 자신의 꿈으로 희석시키며 지고 가야할 짠 인생을 관조할 수 있는 내성의 힘을 지닐 수 있었는지 모른다. 시 쓰기가 결국 "뚱뚱한 언어의 군살을 벗기"기 위해 끝이 어디인지 모르는 시간의 등, 허공에 대고 광을 내는 그녀의 삶 속에는 은밀한 비상이 욕망이 투영되어 있다. 신생의 언어를 발견하기까지 "수없이 헛손질 해가며/허공에 대고 광을 내(「광(光) 내다」)"는 것으로 내성의 힘을 키워 나간다.

하지만 "수밀도 같은 것만/먹고 싶"은 마음과 발목에 감겨드는 "씀바귀 엉겅퀴 칡넝쿨(「詩」)"이 교차하면서 그녀의 눈시울을 적시는 슬픔을 "혼자/

먼 길 떠나는 여인/ 외롭지 않게/ 가슴 속에 채워준/ 은장도/ 하나(「초승달」)"
에서 자신의 내면세계로 치환시키는 역동적인 에너지로 삼는다. 이러한
과정을 통해 그녀는 더욱 성숙하고 따스한 포용력을 일구어 나간다.

이러한 내성의 추구는 모든 외적 발현의 열정과 욕망을 부정한 내적
침잠과 응축의 "제 멋대로 나를 옮기고 유린하는/저 보이지 않는 길/둘둘
말아 소지를 올린다/풀 풀 풀/나를 빠져나가고 싶어(「소지(燒紙)」)"와 「겨
울 단풍나무」에서 생명의 심연에 깃들인 우주적 영성을 동시적으로 살아
내는 것이다.

지금까지 장순금 시인의 시 속에 내재되어 있는 슬픔의 드라마를 읽어
보았다. 슬픔의 행간 마다 매순간 '침묵의 무한 장력'이 작용하는 것을 볼
수 있다. 이를테면 그녀가 슬픔의 힘을 일구어 내기까지 기, 맥, 신명 등과
같은 신비적 직관의 세계를 혼신으로 체험하여 존재론적 화음에 귀를 기울
이는 것이다. 동굴에서 발견된 고고학적 예술품의 대부분은 놀랄 만큼 어려
운 환경에서 제작되었다. 입구에서 수백 미터나 들어간 곳, 소용돌이를 지나
거나 빠져나가기 어려운 통로를 지나간 곳, 안으로 쑥 들어가 있어서 화가가
엎드린 자세로 작업할 수밖에 없는 후미진 곳, 화가가 고양이처럼 기어
다니거나 굴뚝 청소부처럼 힘겹게 올라가야 하는 나선형 굴 속 같은 곳에
있는 작품이 대부분이지만 우주와 삶의 의미를 처음으로 구성하고 표상해
내려는 인간의식의 대장정을 모른 체 할 수 없다. 굳은 땅을 치며 다시
비, 대지, 다산, 창조의 힘을 불러내야 하지 않겠는가. 장순금의 시는 자아를
불사르면서 끝없이 침묵과 바꿈 하는 언어들을 통해 창조의 자궁으로 들어
가는 슬픔의 제의적 도정을 보여준다. 굳은 땅을 치며 기력을 되찾는 발을
가진 장순금 시인의 詩作 행로를 따라가고 싶은 이유가 여기에 있다.

은자(隱者)의 길 황제(皇帝)의 길

— 정공채론 —

1. 정공채 따라 읽기

"시인이란 보는 사람이다." 소년 랭보가 시인으로서 익힌 것은 바로 이 명제이다. 시인이 보는 사람이라면 시는 당연히 '보는 일'이 되어야 한다. 본 결과를 말로 옮긴 것은 시의 핵이 될 수 없다. 롤랑 바르트의 말투를 빌린다면 기록된 것으로 남는 시, 본 결과로서의 시는 빈 껍질인 '시니피에' 에 불과하다. 시는 그보다 훨씬 더 근원적인 곳에서 기능하는 움직임이다. 가리키는 말, 나타나는 말과 그것에 의해 가리켜지는 대상을 통틀어 만들어 가는 작용이며 그 과정에 시가 있다. 아니 거기 시가 움직이고 있다. 시는 언제나 만들고 구성하고 잉태한다. 아니 구성해 나가는 잉태가 곧 시다.

시인이 본다고 할 때, 보이는 사물 또는 세계가 그 눈길 없이는 일찍이 존재한 적이 없었던 것처럼 그 자신을 비로소 드러낼 때, 시인은 사물들의 그 같은 '자기현시'를 시인 자신의 마음의 거울에 비쳐서 이미지의 형상으로 구현하고 구체화 한다. 사물이 요긴하고 시인이 귀한 것은 그 둘이 만난 그 현장, 그 상황, 즉 컨텍스트(CONTEXT) 때문이다. 시인에게 있어 역사성, 사회성이란 뜻의 현장성도 이 컨텍스트를 벗어날 수 없다. 이 상황을 비집고 사물과 시인이 다로 떨어져 나가서는 안되는 것이다. 그리고 그 관계가 쌓아 올리거나 엮어 놓고 있는 구조가 물어져야 한다.

오랜 우리의 문학사가 가르쳐 준 것이 있다면 작품을 두고 사회제도의 법률 잣대로 해석하는 일은 작품의 예술성을 해체하게 된다는 것이다. 굳이 일제 강점기로 소급해 가지 않아도 전국민적으로 근대화의 깃발을 사회 곳곳에서 게양할 무렵 검열로 고통을 치른 시인 대열에 정공채 또한 예외가 아니다.

이 글에서 다루고자 하는 정공채의 시집은 "언어예술로서의 문학의 매개체는 문자이고, 이 문자는 활자화로 누워있어도 생동해야 한다. 바로 '움직이는 시'가 돼야 감동을 주게 된다(『시문학』2004년 9월호「시인의 산문」)."는 그의 시의 목표를 확인해 준다.

정공채는 1957년『현대문학』을 통해 스승인 박두진 추천으로 등단한 시인이다. 그의 시작 경력은 금년으로서 47년의 성상을 헤아리게 된다. 그동안 그가 발행한 시집은 총 6권이다. 첫 시집『정공채 시집 있습니까』(1979)를 비롯하여『海店』(1981),『아리랑』(1986),『사람소리』(1989),『땅에 글을 쓰다』(1990),『새로운 우수』(2000) 등이 그 구체적 실례에 해당한다.

이 6권의 시집을 통해서 정공채 시세계를 살펴볼 수 있는 하나의 근거를 마련해 보고자 한다. 그러나 정공채의 시에 대한 글을 쓰기 위해서는 먼저 첫 시집을 상재하기도 전에 시인으로서 그가 겪어야 했던 불협화음의 긴 시간을 따라가지 않으면 안 된다. 그 시간들은 그의 시가 감상에 떨어지지 않을 수 있게 하는 가장 중요한 인식이다.

2. 더 깊은 어둠으로 달려 간 '미 8군의 차'

정공채는 등단 22년 만에 첫 시집『정공채 시집 있습니까』를 상재한다.

등단과 첫 시집 사이의 긴 공백에 앞서 "어차피 詩의 길을 한가닥으로 가는 詩人의 삶은 더러는 살이 찢겨지고 피도 흘리는 荊棘의 길이기도 하다. 이만한 苦行없이는 내 스스로가 거짓이기도 하다. 괴로움도 오히려 달게 알면서 가고 있는, 外面 당하기 일쑤인 이 길이 나의 天職이다."를 책머리에서 밝히고 있다. 이후 여섯 번째 시집『새로운 우수』에 이르기까지 외곬으로 시의 길을 가고 있다.

정공채는 1963년『현대문학』12월호에 長詩「미 8군의 車」를 전재하였다. 이 시는 작품 번호가 31번까지 붙어 있고, 모두 1500행이나 되는 드문 장시이다. 그런데 이 장시가 일본의 문학지『신일본문학』을 비롯해『신작가』,『현실과 문학』, 그리고 오다미노루(小田實)라는 일본의 저널리스트가 편집한『제 3세계의 문학』,『한국인』, 또 대판 외국어대학의『기념논총작품집』등 모두 11군데 誌紙에 완역 혹은 抄譯이 되어 게재되면서 당시 이 작품에 대한 중앙정보부의 내사가 깊이 있게 되었다. 1964년부터 시작된 반공법 피의자로서 햇수로 3년 동안 신문된「미 8군의 車」필화사건은 시인의 뇌리에서 노이로제 증상을 겪게 하였다. 강산도 변한다는 십수 년이 흐른 1979년 첫 시집에 수록한 후, 다시『사람소리』(1989)에 재수록하고, 『땅에 글을 쓰다』(1990)에 문제가 된 몇 편의 시를 재수록 하는가 하면, 이어서 같은 해『미 8군의 車』를 단행본으로 발간하기에 이른다. 시간의 흐름에 안주하지 않고 비문학적 문학관이 가져오는 오류에 대한 시인의 예술혼의 집념이라 할 수 있는 그의 투혼을 읽을 수 있다.

①駐屯
버드나무에 말을 맨
주둔.
18년의 江河와 그
일월.

옛날에는 힘센 장수가
무딘 손으로
말고삐를 매었다.
버드나무가 줄줄이 늘어선
우리 조선 땅에

큰 사발에 가득한 술
단숨으로 마시고
주먹으로 수염을 닦음.
털어버리는 戰鹿
그리고
노오란 황토가
연기처럼 흩어진다.

겁을 먹은 조선 땅에서.
겁을 먹은 조선 땅에서.

-「미 8군의 車1」부분

②중심에서 번져가는 여파
　이것을 조심하세요.
　아무렇게나 생각하고 있는 동안
　아무렇게나 되어가고 있는 동안
　중심에서 번져나온 여파
　……
　불안의 꽃이 핌을.
　(중략)
　어느 날
　이 마을에도 무언가 하나
　굴러 떨어진 게 있었다.
　갑자기

마을 사람들의 관심은
낙하물에 모여 들었다.
머언 舶來
버드나무에 말을 맨
주둔병들에게.
                                    - 「미 8군의 車4」 부분

③빈 나뭇가지는 한국.
내가 태어난 나라, 숙명의
어머니.
당신에게 바칠게 일을 하면서.
내 피와 내 정열이 마르고 닳도록.
지금은 빈 나뭇가지에 달린 청춘이지만
일하면서 아들을 낳을게.
풍요한 수목에 피는
찬란한 꽃을
내 아들-청춘을 바칠게
아마 그때면 다시는
미 8군의 차가
바퀴를 굴리는 일이
그때면 아마 절대로
                                    - 「미 8군의 車10」 부분

  ②에서 정공채는 어떤 예감과도 같이 노래하고 있다.
  「미 8군의 車」에서 그가 담고 싶었던 것은 조국광복과 38선으로 인한
양단, 그리고 흐려지는 민족정신을 시화해 보고 싶었음을 밝힌 바 있다.
「미 8군의 車」는 ①에서 엿볼 수 있는 것처럼 미군이 주둔하고 있는 1963년
현재, 해방 뒤 18년의 미군 주둔하의 역사적 상황을 시인이 환유적 수사법을
동원해서 시화하고 있는 작품이다. 환유는 인접성, 통사적 국면, 통시적

차원, 구성관계, 수평관계 등 문맥형성의 한 양식으로서 환유적 시가 역사적 사실의 진술과 구분할 수 있는 변별적 자질은 이탈이다. 「미 8군의 車」가 시간적 공간적인 인접성으로 무조건 미군 진주를 비난하는 시라든가 제국주의의 팽창을 개탄하는 정치적 메시지의 시라고 결론짓는 일은 시의 다의성을 배제한 비문학적 시선이다. 역사는 시의 근본적 소재이자 제재가 된다. 「미 8군의 車」는 필자가 태어나기 전 암울한 시대적 공간 속에서 체험하게 된 비극적 자아를 내 삶의 퍼소나(PERSONA)로 변주하여 의식하게 한다. "인동의 매운 파를 생각하면서/ 마음에 잔인을/ 칼로 새겨 놓는다(「미 8군의 車」25)."로 좀더 시대의 어둠에 대응하지 못했다는 반성이 정공채 시인을 다그친다. 전편에 일관된 이러한 반성의식은 그의 시가 섣부른 달관과 해탈의 경지에 빠져들지 않도록 하는 힘이다.

이것은 "나와 백년의 열차를 타야할/ 그 여자는/ 그 사람이 운전하는/ 미 8군의 차를 탔다(「미 8군의 車」24)."고 말함으로써 자신이 알게 된 것들, 불길한 예감과 어둠의 폭력들을 주위 사람들에게 알리고 싶어 한다. 밤새워 시를 쓰면서 해일이 일어나는 것처럼 언젠가 세상이 한번 바뀌어 주기를 간절히 소망한다. 그의 시쓰기는 굴욕을 견디고 쌓인 고통을 견디는 행위이다. 오직 그것만이 시인이 말하는 이유이다.

3. '움직이는 시'를 찾아 움직이는 시인

시인의 자전적 진술에 의하면 「시작 노트」(『아리랑』)에서 다음과 같은 그의 시론을 추적하게 한다.

'움직이는 시'를 제작키 위해 나는 언제나 마음이 아프다. 그리고 가슴 벅차다. 그러나 이 아픈 마음, 이 바쁜 가슴을 天幸으로 여긴다. 오랜 기간을 바쁘게 아파오면 한 편의 시가 제작되므로, 마치 오래 묵힌 포도주가 지상에서 잘 익어 있듯이. ……… (중략) ……… 그러니까 나는 비교적 아름다운 풍경, 화려한 장소에선 시를 찾지 않는다. 표면보다 裏面을 더욱 살피며 내부를 찔러 본다. 그래서 언제나 쓰러진 戰後를 거닐며, 현실의 쓴잔을 마시면서 즐겨 별종이 되어 있다.

위의 진술 속에는 그의 여섯 권의 시집이 어떻게 태어났는가를 엿볼 수 있는 시인된 자로서의 품성을 발견하게 된다. "정말 시는 내게 있어 생활의 가난은 일으킬지언정 생명의 환희를 내내 뿌듯이 해줘서 고맙고 목숨 같다 (『아리랑』)."는 그럼으로써 숙명을 깨닫게 되는 일인 것이다.

> 내 사랑하는 나라의 정부는
> 우리들에게 고운 꽃다발을 배급하지 못한다.
> 아직 입을 벌린 창고는
> 전기불빛 발그라한
> 따뜻한 사랑의 가정을 주지 못한다.
>
> 우리들의 사랑
> 우리들의 조국은 언제쯤 안녕할까요
> 정부는 언제쯤 꽃이 가득한
> 풍요의 창고를 만들까요
> ─「우리나라 1950년대에 띄운 두 편의 시」 부분

제목이 시의 모든 것을 말해준다. 꽃다발, 가정, 창고 그것들 하나하나에 얽힌 애환과 소망들이 깊이 각인된다. 다음의 시는 1957년 그의 등단 작이다.

나도 하늘을 말갛게 흐르는
鍾을 한번만 치고 싶다
마을에 잠시 들려
언제나 바뀌지 않는 친구들을
발길로 차서 깨워

내가 왔다고
고함 치고는
나란히 林間에 숨은
湖水로 간다

鍾소리 속에 자라서 늙고 싶다
아아, 영원히 鄕愁를 묻혀 가는
鍾소리 속에 있고 싶다.

-「鍾이 운다」부분

    종소리는 창조력을 상징하는 것으로 시인에게 매력 있는 대상이다. 종은 높이 매달려 있기 때문에 하늘과 땅 사이를 잇는 모든 사물들이 암시하는 신비한 의미를 환기한다. 형태상으로 종은 둥근 천장의 모양을 나타내고, 따라서 하늘의 세계, 곡 천상의 세계를 상징한다. 일제 강점기에 태어나 이어서 청소년기에 한국전쟁을 겪은 정공채에게 시간과 공간의 비약을 불러오는 이 시는 일반 사람들보다도 더 밑바닥에 있는 가장 슬프고 가난한 존재, 그 자체가 되어버리는 것이다.

    시간만 나면 우우 몰려다니는 어둠, 그들에게 유쾌한 손 흔들며 돌아서지 못하는 시인은 '성스러운 시'의 비밀을 알고 있다는 황제의 오만함에 사로잡혀 있는 것은 아닐까? 시인만이 이 세상이 연옥임을 알고 스스로를 태워 정화의 불길을 피울 줄 안다.

어쩌다 우리 인생들처럼 바닷가에 쌓여 있다.
埠頭는 검은 무덤을 묘지처럼 이루우고
그 위로 바람은 흘러가고, 검은 바람이 흘러가고
아래론 바닷물이 惡友처럼 속삭이고
검은 물결이 나직히 속삭이고
어쩌다 우리 人生들처럼
바닷가에 쌓여 있다.
 (중략)
귀머거리 되고, 눈머거리가 되고 검은 沈黙에
죽었노라
검은 沈黙에 生成하는 꽃이었어라
 (중략)
우리가 돌아갈 故鄕은
온통 딸기밭으로 빨갛게 빨갛게 불타 오르는

强烈하게 딸기가 完全히 익는 끓는 밭
煉獄이다.

　　　　　　　　　　　　　　　　- 「石炭」 부분

　"석탄은 본래가 태고 때의 식물질이 땅 속 깊이 묻히어 오랫동안의 지압, 지열을 받아 점차 분해 되어 생긴 함수탄소 물질의 화석연료인 것이다(『사람소리』)." 석탄의 상징적 의미는 숯이 그렇듯이 불의 상징적 의미와 관계된다. 그러나 석탄의 상징성에는 양가적 의미가 존재하는데 그 이유는 석탄이 불을 집중적으로 표현함에 반해 때로는 이와 대립되는 검고 억압된 신비한 에너지를 암시하기 때문이다. 이 시는 석탄을 인간 실존의 존재로 봄으로써 석탄의 생태적 조건을 통하여 우리(석탄과 인간)가 불로써 단련하여 그 영혼을 정화한다는 연옥으로 가야할 존재임을 형상화한 작품이다.
　한편 그는 강원도 정선 「아우라지」 두 줄기 강물이 합수하는 것을 보며

"사내여/ 얼굴이나 다시 씻겠나."라는 말을 남기는가 하면, 한산도에서 여수항까지 눈부신 다도해 바닷물길을 따라 "한려수도(閑麗水道) 감돌아/ 그대를 찾으며/ 사무친 내 가슴 애닯아/ 아름다운 그대 부르네.// 그대 오지 않아도/ 사랑하리아(「한려수도」)."라고 노래한다. 시인의 귀에 들리는 소리, 눈에 보이는 생명들은 임의 목소리를 고루고루 나누어 가진 임의 흔적들이다. 그가 추구하는 '움직이는 시'는 과거와 현재, 그리고 미래가 교차하는 지점으로써 새로운 씨앗을 품고 있는 중간 항이다.

4. 떠나는 자의 새로운 우수(憂愁)

정공채는 일찍이 스승인 혜산으로부터 "천의무봉(天衣無縫) 일품(逸品)"이란 시천후평(詩薦後評)을 받으며 문단의 주목 하에 등단한 시인이다. 다음 시는 그를 잘 말해주는 자화상이라 할 수 있다.

> 선점(先占)된 언덕을 돌고 또 돌아 목마르게
> 애타게 찾아가면
> 아니 있으랴
> 남들이 미처 못 본 깊고 푸른 숨은 강이
> 무심세화(無心世華)엔 듯 잠잠하게 흘러가고 있구나.
>
> 옳아, 산영(山影)도 어려드는 산자락 이 강기슭에
> 띠집 한 채를 짓는다, 그래놓고
> 세속(世俗)에서 많이 써 온 진땀 배인 온갖 말씀도
> 흐르는 물에 씻고 씻고 말끔하게 씻어
> 거듭 가나해도 빛이 고운
> 한 채 정결(淨潔)한 집주인으로 선다.

그러므로 때론
이 강산(江山)이 죄다 그의 소유가 되기도 하지만
그게 아니야
한 뼘의 기슭땅에 잠시 누워도 좋고
한 그릇 찬물로 은혜로워 반갑도다
옳아, 그는 선점(先占)의 나루터도 다시 돌아
낯선 어부(漁夫)로 또 멀리 떠나는구나.
- 「강기슭에 집 한 채」 전문

"선점된 나루터도 다시 도"는 시인 그가 바로 정공채이다. 시인이 정녕 숨을 돌릴 수 있는 곳은 어디일까. 지침과 외로움에서 더 움직일 수 없을 때까지 즉 죽음에 이르기까지 계속 떠나야 하는 것이 시인의 숙명이다. 그러나 시인은 이러한 자신의 숙명을 비관하지 않는다. 시인의 삶이 고난 속에 있기 때문에 긴장된 아름다움이 있는 것임을 보여주는 것이기도 하다.

정공채 시인, 삶의 저편에 있는 냄새들을 감지하며 그가 떠나는 길을 따라 6권의 시집, 첫 시집 『정공채 시집 있습니까』를 비롯하여 『海店』, 『아리랑』, 『사람소리』, 『땅에 글을 쓰다』, 『새로운 우수』 등을 꼼꼼히 읽어볼 수 있는 소중한 인연을 가질 수 있었다. 거칠고 더딘 발걸음으로 정공채 시의 면모를 훑은 감이 없지 않았다. 그러나 의미 있는 질문은 정공채가 추구하는 시적 진실이 시인으로서 나아가 한국현대시문학사에서 어떤 의미를 가지는가 하는 점일 것이다. 그의 초기 시는 어디를 들추어 보아도 잃어버린 자아와 민족의 주체성이 배어 있다. 물론 이러한 부분은 시대를 달리 하여 또 다른 자의성으로 해석될 수 있는 광범위한 사유망을 거느린다.

일제 강점기 불온한 시인으로 지목받아 후쿠오카 형무소에서 유명을 달리한 윤동주를 비롯하여 근대화 이후 가치관이 붕괴되는 격동의 역사 앞에서 금서 혹은 불온한 책으로 낙인 되어 신문과 감옥행을 한 김지하를 비롯한

몇몇 시인들이 적지 않은 숫자를 헤아림을 한국시문학사는 기억해야 할 것이다.

그의 『미 8군의 차』를 통해서 표현의 자유는 시인의 강인한 의지가 수반될 때에 모든 장애물을 건널 수 있다는 평범한 진리를 불러일으킨다.

정공채가 추구하는 시적 진실 나아가 서정시가 도달할 수 있는 미학적 층위는 한국현대시문학사의 맥락에서 계승, 발전되고 있음을 찾아볼 수 있다.

시적 진실을 향한 떠나는 자에게 어리는 새로운 우수를 정공채 시인을 통해서 지켜보고 하는 이유가 여기에 있다.

존재의 시원(始原)으로의 회귀
- 최승자 시에 나타난 죽음에 대하여 -

1. 들머리

시인은 자기 자신의 죽음으로부터 출발하여 존재한다.

시인은 강렬하게 자기의 죽음과 밀접한 관계를 맺는다. 이 관계의 심판관은 자기 자신이다. 그럼으로써 무언가 이루는 능력을 스스로에게 부여하고, 그가 하는 일에 의미와 진실을 부여한다. 존재함이 없이 존재하고자 하는 결심, 이것이 바로 죽음의 가능성이다. 만족하게 죽을 수 있어야만 시인은 시를 쓸 수 있다. 동서고금의 많은 신화와 문학작품이 일러주듯이 진정한 삶은 죽음의 시련을 통과하고서만이 이루어질 수 있으므로 시인은 여전히 또 다른 출발선상에 서게 된다.

시인의 무기는 고립이다. 세계만을 살펴보는 삶이라면 그것은 수천 개의 다른 형식을 가졌다 할지라도 결국 같은 것이다. 고립은 더 이상 밖의 것이 그에게 어떤 힘도 행사하지 못하는 순간이다. 그것이 고립의 감정이고, 시의 근원적인 정서다. 자신을 둘러싼 모든 것으로부터 단절된 순간, 이 세계를 바라보는 일은 바로 그 자신의 낯선 안쪽을 들여다보는 것이다. 이것이 내면으로 갈 필연성이다. 얇은 책장 뒤의 창백한 얼굴들, 시인은 그의 영혼에 손바닥을 댄다. 내면 속에 고립된 시인은 내면에서 모든 것을 점검한다.

이에 따라 이 글은 1980년대에 발간된 최승자 시집의 작품들을 대상으로 한다. 최승자는 1979년『문학과 지성』가을호에「이 시대의 사랑」외 4편을 발표함으로써 시단에 등장했다. 1981년 첫시집『이 시대의 사랑』, 1984년 『즐거운 일기』, 1989년『기억의 집』을 발간하여 1980년대 시단의 시인으로 주목을 받았다.

1980년대 현대시는 시적 전략화에 대한 여러 논의들 속에서 새로운 시적 응전력을 추구하였다. 1980년대의 보편적인 시문법[1]의 하나는 바깥에 있는 적을 찾아내고 그것을 비판하는 것이었으며, 바로 비판의 적을 구세주가 출현하여 제거하거나 그렇게 되기를 믿고 바라는 내용이었다. 1980년대 시단의 특징을 간략하게나마 언급한 것은 이 글의 논의 대상인 최승자의 시세계가 1980년대 시단의 일반적인 특성과 얼마나 방향을 달리하고 있는가에 관심을 모아보기 위해서이다.

세 권의 시집에서 수없이 죽음을 이야기하며 "어머니 나는 어둠이에요" 인 어둠 속의 자식이 아니라 세상의 어둠 자체, 빛과 행복이 스며들 여지가 없는 존재태, 그것은 선택된 어둠으로 그 모습을 드러낸다. 소멸되어 가는 것들에 집착하며, 기억하고, 억압된 타자들의 귀환 통로로 자신을 내어주려는 자, 이제 그의 입을 빌려 묘지에 매장된 주검들이 말하기 시작한다. 육체 전체가 하나의 응시의 눈이 되는 가운데 그들에게 삶과 죽음은 나누어지지 않고 하나로 섞여든다. 본디 육체란 삶과 죽음의 상반되는 기의를 지닌 이중적인 기표, 그러면서도 결코 분리될 수 없는 하나의 기표이기 때문이다. 여기서 최승자 시세계에 침윤된 죽음의 서정성을 읽는 일은 우리에게 죽음

---

1) 이성복, 황지우, 박남철, 김혜순 등의 시에서 볼 수 있는 내용의 과격성과 형태의 과격성을 지적할 수 있다. 이를테면 내용의 과격성은 크게 "문학의 메시지"의 과격성 이다. 그것은 정치, 경제, 사회, 현실의 모순과 비리를 고발하고 개혁을 주장하는 데에 직접성이 크게 개입하는 경우이다. 형태의 과격성은 기존 문학 수법을 깨뜨리며 창작 수법에 실험성을 부여함으로써 현실 인식과 그 수정을 간접화 시키는 노력으로 표현된다.

이란 화두를 새로운 각도에서 성찰하게 해 줄 것이다.

2. 상처와 죽음의 변증법

아주 멀리 거슬러 올라가면 울며 지아비의 죽음을 자기의 것으로 껴안는 여인이 있다. 백수광부의 아내. 남편은 말리는 아낙의 말을 들은 체 만 체 물 속으로 막무가내 철벅거리며 들어가고, 물가에서 안타까이 지아비를 부르던 여인은 그가 기어이 물에 빠져 죽은 것을 알고 공후를 끌어 당겨 한 수 슬픈 노래를 부르고는 자기도 물 속으로 들어가 빠져 죽는다. 중요한 것은 이 노래의 완성을 지켜 본 이가 있었다. 곽리자고라는 뱃사공이다. 이 설화는 죽음을 이기는 모성의 원형이 되고 있는 이집트의 이시스 여신의 신화에 비교될 수 있다. 이 신화에서 중요한 것은 바라보는 자의 존재가 첨가되어 있다는 것이다. 이시스는 남편의 시신을 찾아다니는 동안 한 어린 왕자를 구하게 되는데 , 그녀는 그가 보는 앞에서 찢어진 남편의 시신을 배 위에 싣고 배 안에서 남편에게 생명을 불어 넣는다. 배는 생명이 잉태되는 자궁을 상징하고 있다. 왕자는 그 장면을 지켜보다가 너무 끔찍해서 기절해 버리고 만다. 하이딩은 이 왕자의 역할을 '심혼의 역할'이라고 규정하고 있다. 차마 감당하기 어려운 죽음의 장면을 바라보는 자, 그것이 곽리자고의 역할이다. 그 바라보는 자는 이제 그것을 전할 의무를 가진다. 노래와 시인은 그렇게 해서 탄생한다.

최승자는 남의 죽음을 대신 겪고, 그리고 울어주며 스스로를 보면서 보여지는 존재이고자 한다. 김치수[2]는 이러한 상처와 죽음에 대한 인식을 철저한 긍정의 바램 때문에 가능하며, 자기 삶의 비관주의적 방법론이 진정한

---

2) 최승자, 『이 시대의 사랑』, 문학과 지성사, 1981, 「해설」.

행복에 도달하는 적극적인 의미를 가진다고 본다. 정과리[3]는 방법적 비극으로 무(無) 혹은 자아를 통해서 나 그리고 우리라는 변증법적 세계관의 단초로 이행함을 논하였으며, 진형준[4]은 긍정에 감싸인 방법적 부정 혹은 그 역으로 평가하였다.

한편 1990년대 들어오면서 여성적 글쓰기를 통해 자기 정체성을 찾으려는 육체와 말 등의 테마를 중심으로 최승자 시세계를 주시하는 작업이 이루어졌다. 허혜정[5]이 피력한 남근적 구조 안에서 짜여지는 삶의 파행성은 공적 영역에서 뿐만 아니라 사적 영역에서도 작용하는 이중적 억압에 대한 인식을 통해 탄핵되고 있다는 견해는 이은정, 김현자[6]에 이르러 논의의 공동성을 이룬다. 시에서 여성들은 어머니와 아내, 그리고 여자라는 이름으로 구성된 여성의 몸을 거부한다. 그것은 자신의 진정한 몸이 아니라 허구화된 몸이기 때문이다. 거짓 욕망과 거품 같은 욕망으로 부추겨진 몸에 저항하기 위해 시인들은 육체에 대한 자해와 가사(假死), 통과의례적 죽음이라는 상징적 방법을 적극 끌어안는 것이라고 의견을 제시하였다.

이남호를 비롯한 그 외 많은 평자들에 의해서 최승자는 우리 여류시(재래적 의미에서)의 절정[7]이라고 지칭되기도 한다.

---

3) 최승자, 『즐거운 일기』, 문학과 지성사, 1984, 「해설」.

4) 최승자, 『기억의 집』, 문학과 지성사, 1989, 「해설」.

5) 허혜정, 『시의 연대기와 예언적 기대』, 『문예중앙』, 1997, 여름호.

6) 김현자, 김현숙, 이은정, 황도경 공저, 『한국여성시학』, 깊은샘, 1997.

7) 타자화된 것을 끌어안는 것은 시의 기본 문법이다. 그러나 최승자는 우리 주변에 산재한 다양한 양태의 타자들을 내재화된 휴머니즘에 의해 형상화 시킨다. 내재화된 휴머니즘이란 결코 인정스런 목소리로 말하지 않는다는 것이다. 무심하고 비정한 목소리 속에 대상에 대한 애정을 감춘다.

2-1. 자기인식과 고아의식

최승자의 시는 철저한 자기인식으로부터 출발한다. 첫 시집 『이 시대의 사랑』을 열면 「일찍이 나는」이 기다리고 있다.

일찍이 나는 아무 것도 아니었다.
마른 빵에 핀 곰팡이
벽에다 누고 또 눈 지린 오줌 자국
아직도 구더기에 뒤덮인 천 년 전에 죽은 시체

아무 부모도 나를 키워주지 않았다.
쥐구멍에서 잠들고 벼룩의 간을 내먹고
아무데서나 하염없이 죽어 가면서
일찍이 나는 아무 것도 아니었다.

떨어지는 유성처럼 우리가
잠시 스쳐갈 때 그러므로,
나를 안다고 말하지 말라.
나는너를모른다 나는너를모른다
너당신그대, 행복
너, 당신, 그대, 행복

-「일찍이 나는」 부분

최승자의 자화상은 "아무 부모도 나를 키워 주지 않았다"는 말이 암시하듯이 탄생의 원천이며 동시에 성장의 양분인 부모를 거부하고 부인하는 데서 비롯되거니와 "우리가 잠시 스쳐갈 때" "나를 안다고 말하지 말라"는 명령조의 단호한 전언이 의미하듯이, 타자와의 관계를 일체 부인하는 것으로 시작된다. 그렇다면 그가 자화상을 그리면서 인정하고 있는 것은 무엇일까.

나는 아무의 제자도 아니며
누구의 친구도 못된다.
잡초나 늪 속에서 나쁜 꿈을 꾸는
어둠의 자손, 암시에 걸린 육신

어머니 나는 어둠이에요.
그 옛날 아담과 이브가
풀섶에서 일어난 어느 아침부터
긴 몸뚱어리의 슬픔이에요.

- 「자화상」 부분

최승자에게는 부모도 조상도 스승도 핏줄도 존재하지 않는다. 다시 말해
그는 어떤 구세주도 자신의 머리 위에 두기를 거부하는 것이다. 이러한
고아 의식은 「두 편의 죽음」을 비롯하여 「Y를 위하여」에 "너는 날 버렸지/
이젠 헤어지자고/ 너는 날 버렸지/ 산 속에서 바닷가에서"라고 쓴 것처럼
실연의 슬픔이 되기도 한다. 그리고 「197X년의 우리들의 사랑」에서 "죽음
이 죽음을 따르는 / 이 시대" "제 아무리 집중사격을 가해도 현실은 요지부
동이었다"는 암시가 전해주듯 고아의식 그 자체가 암울한 시대 상황의 은유
일 수 있다. 그는 작품 「파괴의 집」에서 다음과 같이 말하고 있다.

사방팔방으로 바람, 바람 소리
바람 파도에 포위된 집
누울 곳 없는 삼십 칠 세

없는 꿈과 있는 현실
그 사이에서 바람-
바람 소리가 날 흔들어 댄다.

영원히 뿌리 없는
허공의 방, 허방의 집
허망하고 허망하여
이 집을 파괴합니다.
이 집을 복원하지 마십시오.
행여, 이 위에 기념 건물을 세우지 마십시오.
명실공히, 이 집은 파괴의 집입니다.
                              - 「파괴의 집」 전문

　여기서 최승자는 자신의 집이 "사방팔방으로 바람, 바람소리"만 들리는
"허공의 방" "허방의 집"이라고 말하며, 이 허망하고 허망한 집을 파괴하지
만, 그 집조차도 복원하지 않기를 바란다고 역설한다. 파괴 그 자체를 위한
집, 아니면 부재를 위한 집이 그의 집인 것이다.
　부랑하며, 떠밀림을 당하는 고아의 갈 데 없는 마음은 "가만히 비집고
들어갈" 데, "흙 위에 괴는 빗물처럼" "네 속으로 스며들(「비 오는 날의
재회」)" 안식처를 찾는다. 오줌, 강물, 눈물, 뇌수, 구정물, 피, 술, 비, 파도,
양수, 땀 등 마치 물이 만물을 형성하는 원소라고 믿었던 희랍의 철학자
탈레스처럼 그의 고아의식은 지상의 모든 물이 모이는 '바다'를 향해 간다.

2-2. 모성의 결핍과 불모성
　최승자의 시에는 세계의 근원에 대한 결핍감을 표현하기 위해 오염된
자궁, 낙태와 사산(死産)의 자궁 이미지가 자주 등장한다. 시인은 세계를
남성 중심의 폭력적 세계로 파악한다. 세계가 병들어 있다는 생각은 그것으
로 열려있는 자궁 자체도 전염되고 병든 것으로 확산되고 거기엔 병든 아이
가 등장하고 어머니와 아이는 끊임없이 도시의 시궁창 속으로 흘러 들어가

는 것으로 나타난다.

> 어머니의 어두운 뱃속에서 꿈꾸는
> 먼 나라의 햇빛 투명한 비명
> 그러나 짓밟기 잘하는 아버지의 두 발이
> 들어와 내 몸에 말뚝 뿌리로 박히고
> 나는 감긴 철사줄 같은 잠에서 깨어나려 꿈틀거렸다.
> 아버지의 두 발바닥은 운명처럼 견고했다.
> 나는 내 피의 튀어오르는 용수철로 싸웠다.
> ─ 「다시 태어나기 위하여」 부분

　어머니의 자궁 속에서 머물고 있는 태아는 먼 나라의 햇빛이 고여 있는 모태 안에서 꿈을 꾸지만 곧 아버지의 중심의 세계와 맞서 싸워야 한다. 끝없이 자궁 속으로 침입해 드는 아버지는 태아가 어머니 중심의 세계 속에서 존재할 수 없도록 만드는 폭력적 존재이다. 아버지는 군화발로 모태와 태아를 짓밟아 버리기 때문에 어머니의 자궁은 이미 아버지에 의해 파괴되고 오염된 자궁이 된다. 낙태 수술대 위에서 의사 체험을 노래하고 있는 「Y를 위하여」는 아이와 내가 도시의 시궁창 속으로 흘러 들어가는 이미지가 등장한다. 여자의 자궁은 땅이며 무덤이 된다. 끊임없이 남성에 의해 파종과 경작지로 수동적으로 버려지면서 죽음을 반복하는 여자의 자궁 속에서 아이는 잠시 머물다가 다시 하늘나라로 떠나기를 되풀이 한다. 회전하는 자궁, 순환하는 자궁은 생명으로 열려있지 않고 죽음의 바다와 늪, 시궁창으로 열려 있다. 「겨울 바다에 갔었다」도 동일한 시적 인식을 보여준다.

> 열려진 자궁으로부터 병약하고 창백한 아이들이
> 바다의 햇빛이 눈이 부셔 비틀거리며 쏟아져 나왔다.
> 그들은 파도의 포말을 타고

오대주 육대양으로 흩어져 갔다.
죽은 여자는 흐물흐물한 빈 껍데기로 남아
비닐처럼 떠돌고 있었다.
(중략)

야밤을 틈타 매독을 퍼뜨리고 사생아를 낳으면서
간혹 너무도 길고 지루한 밤에는 혁명을 일으킬 것이다.
언제나 불발의 혁명을
겨울에 바다에 갔었다.
(오염된 바다)
                                    -「겨울에 바다에 갔었다」부분

자궁이 열리면서 태아와 어머니는 분리된다. 모태는 행복한 지반이 되어
주지 못하며 아이들이 빠져 나가는 순간 "흐물흐물한 빈 껍데기"가 되어
비닐처럼 떠돌아다닌다. 이 시에 나타난 오염된 바다는 곧 오염된 자궁과
연결된다. 모태를 벗어난 아이들은 세계를 떠돌아다니면서 언제나 파행과
실패를 낳는 행각을 벌인다.

여자들은 저마다의 몸 속에 하나씩의 무덤을 갖고 있다.
죽음과 탄생이 땀 흘리는 곳
(중략)
모래바람 부는 여자들의 내부엔
죽음의 잔해가 탄피처럼 가득 쌓여 있다.
모든 것들이 태어나고 또 죽기 위해선
그 폐원의 사원과 굳어진 죽은 바다를 거쳐야만 한다.
                                    -「여성에 관하여」부분

여성의 몸이 지니고 있는 죽음과 생명의 순환성에 세계의 비밀이 숨겨져
있음을 인식하고 있다. 여성의 자궁은 "눈먼 항구" "굳어진 죽은 바다" "폐

허의 사원" 등의 부정적 공간항들과 결합하여 불모의 공간이며, 생명의 흐름을 멈춘 정지성과 고착성으로 나타난다. 그러나 "굳어진 죽은 바다"가 부정적 의미항으로만 남아 있지는 않는다. 오히려 삶 본능의 에너지가 생겨 나고 「昏睡」에선 오염된 자궁을 분만의 자궁, 생산성이 넘치는 자궁으로 되돌려 놓고자 하는 욕망이 나타난다.

> 이제 곧 그가 다리를 절룩이며
> 예언 속의 길을 찾아오고
> 붉은 달 아래 소리 없이 땀 흘리며
> 나는 거듭 낳을 것이다.
> 이 세계를
> 거대한 암흑 덩어리를
> 그리하여 내 태초의 남편아 받아라.
> 이 세계
> 이 거대한 핏덩어리를
>
> ─「昏睡」 부분

이때 분만은 단순히 한 아이를 낳는 것이 아니라 하늘과 땅이 맞닿는 근원적인 출산의 경험이며 황폐하고 비극적 세계에서의 생산의 가능성을 모색하는 일이라 할 수 있다. 인간의 이성이 낳은 질서와 그 속에 내재되어 있는 폭력성을 거슬러 올라간 태초의 시간은 암흑과 혼돈의 시간이다. 혼돈 은 죽음과 삶이 덧붙여진 상태에서 발생하는 것이며 남자와 여자가 몸을 섞는 것도 혼돈에 해당하며 이는 강한 분만의 상상력과 연결된다. '거듭'이 라는 말이 주는 강세는 분만에 대한 화자의 결연한 의지로 공포, 불안, 고통 속에서 여성적 생산성은 억압적 현실을 이겨내고 나아가서 죽음에 대한 불안을 이겨내는 힘이 된다. 최승자에게 있어 자궁은 무덤과 순환적 구조를 이루는 구체적 공간이다. 이곳은 죽음과 탄생이 만나는 교차적 이원적 의미

를 지닌다. 오염된 자궁이지만 불모성의 세계에 맞서 생산할 수 있는 가능성
의 세계가 되는 것이다.

2-3. 죽음이 살아가는 생(生)

최승자는 자신의 생(生)을 다음과 같이 말한다.

　　　슬픔이여 보라.
　　　네 리듬에 맞추어
　　　내가 춤을 추느니
　　　이 유연한 팔과 다리
　　　평생토록 내 몸이
　　　얼마나 잘
　　　네 리듬에 길들여졌느냐
　　　　　　　　　　　　　　- 「고통의 춤」 부분

　　　일찍이 세계는
　　　내 실패들의 전시장
　　　내 상처들의 쓰레기 더미
　　　그리하여 지금 알 수 없는 곳에서
　　　흐르는 모두가 나의 피
　　　　　　　　　　　　　　- 「일찍이 세계는」 부분

　　　다스려야 할 상처가 딱히 또 있어서
　　　내가 이곳에 온 것은 아니다.
　　　세계가 일평생이 상처였고
　　　그 상처 안에 둥우리를 튼
　　　나의 현재 또한 늘 상처였다.
　　　　　　　　　　　　　　- 「다스려야 할 상처가」 부분

죽음을 만나며 상처를 키우고, 슬픔의 리듬에 맞추어 고통의 춤을 추며 살아온 삶, 이것이 최승자가 인식한 자신의 이력이며 여정이다.

최승자에게 죽음은 어떤 방식으로 존재하는가. 죽음의 문제는 그의 전작품을 지배하고 있거니와 그에게는 죽음이 삶과 한 몸을 이루고 있는 경우가 대부분이며, 나아가서는 죽음이 삶의 주인 자격을 갖고 살아가는 경우도 적지 않다. 그는 자신의 과거상을 "아직도 구더기에 뒤덮인 천 년 전에 죽은 시체"로 표현하고 있다. 여기서 탄생 이전부터 죽음 이후까지, 그에게서 생의 주체로 작용하는 죽음의 실체와, 탄생한다는 것은 죽음이 태어난다는 의미이며 죽는다는 것 역시 죽음이 죽는다는 의미와 같다는 사실을 만나게 된다. 「그대들이 나를 찾을 때」는 자신이 죽어 있을 것이라는 사실과 죽지 않을 수 없다는 사실을 이야기한다. "나는 무덤의 따뜻한 실내에 있을 것이다"라는 표현에서 드러나는 것처럼 적극적인 수용의 형태를 띠고 있다. 그에게 죽는다는 사실은 "따뜻한 실내"에서 사는 일과 마찬가지가 된다.

다음에 인용될 작품은 삶의 본능을 앞지르는 죽음의 본능이 시인의 정신을 지배하고 있는 실례를 보여 준다.

> 오늘 저녁이 먹기 싫고 내일 아침이 살기 싫으니
> 이대로 쓰러져 잠들리라.
> 쥐도 새도 모르게 잠들어 버리리라.
> 그러나 자고 싶어도 죽고 싶어도
> 누울 곳 없는 정신은 툭하면 집을 나서서
> 이 거리 저 골목을 기웃거리고
> 살코기처럼 흥건하게 쏟아지는 불빛들
> 오오 그대들 살아계신가.
> (중략)
> 그러나 돌아와 방문을 열면
> 응답처럼 보복처럼, 나의 기둥서방

죽음이 나보다 먼저 누워
두 눈을 멀뚱거리고 있다.

-「오늘 저녁이 먹기 싫고」 부분

시인은 음식을 거부하고 삶을 거부한다. 그러나 누울 곳이 없어서 죽지
못한다는 변명과 함께 죽음의 본능은 그 욕구를 또한 좌절당하고 만다.
시인은 자신의 내면에서 살아 움직이는 이런 욕구를 "기둥서방"이라 표현
한다. 죽음은 시인의 의사나 감정과 상관없이, 그의 전존재를 움직이며 그
속에서 살아가는 것이다. "죽고 싶음의 절정에서/ 죽지 못한다, 혹은/ 죽지
않는다(「비극」)"를 통해서 최승자는 자신의 실존을 바라보면서, 이것이야
말로 "내가 견뎌내야 할 비극"이 아니냐고 생각한다.

내가 더 이상 나를 죽일 수 없을 때
내가 더 이상 나를 죽일 수 없는 곳에서
혹 내가 피어나리라

-「이제 가야만 한다」 부분

죽음이 나를 더 이상 죽일 수 없는 시간과 공간이 온다면 나는 다시 삶의
본능에 따라 살아날 수 있다고 말한다. 이 말 속에서 죽음의 세력이 아무리
대단하여도 그 이면에는 삶의 본능이 숨어 있다는 의미가 담겨 있다. 「끊임
없이 나를 찾는 전화벨이 울리고」에서 "궁창의 빈터에서 거대한 허무의
기계를 가동시키는/ 하늘의 키잡이 늙은 니힐리스트여/ 당신인가 나인가/
누가 먼저 지칠 것인가"라고 말하며 자신의 살아온 생애가 "헛되고 헛됨을
완성하기 위하여" 혹은 "헛되고 헛됨을 다 이루었다고 말하기 위하여" 존재
한다는 의미를 담는다.

수없이 죽음과 허무와 상처를 이야기하면서 최승자의 삶을 존재하게 하

는 근본 동인으로 「문득 詩가 그리워」, 「자칭 詩」, 「詩 혹은 길 닦기」, 「돌아와 나는 詩를 쓰고」와 같은 작품에서 "길"을 발견할 수 있다.

> 그래, 나는 용감하게
> 또 꺾일지도 모를 그런 생각에 도달한다.
> 詩는 그나마 길이다.
> 아직 열리지 않은
> 내가 닦아나가야 할 길이다.
> 아니 길닦기이다.
> 내가 닦아나가 다른 길들과
> 만나야 할 길 닦기이다.
>
> － 「詩 혹은 길 닦기」 부분

최승자는 죽음과 상처를 통과하며 가장 본원적인 자신에게 귀착한다. 거대한 죽음의 제의야말로 시시각각 글쓰기 속에서 일어나는 가장 본원적인 사건인 셈이다.

3. 맺음말

시인은 자신의 침묵과 죽음 속에 무언가를 말하는 자다.

이러한 의미에서 글쓰기와 죽음은 불가결의 관계에 놓여 있는 것이다. 시인은 죽어가는 것이 아니라 처음부터 죽은 자였다. 끊임없이 고립되고 떠나는 자이므로, 자신을 부인하며 자신을 찾아가는 자이므로, 모든 것을 버린 자이므로, 이렇게 세계로부터 발가벗겨진 자로부터 목소리가 나타난다. 일찍이 불가나 도가 진영에서 논의된 동양의 시학을 통해 보면 시는

'자연'으로부터 상징되는 마음의 대지에서 오는 것이며, 어둡고 신비로운 '현(玄)'으로부터 비롯되는 것이며, 모든 것이 쓰여도 여전히 시는 그대로 여백으로 남겨진다.

최승자는 과감하게 돌진해 들어갔던 生으로부터 다시 돌려받은 어쩔 수 없는 비극성을 그 출발점으로 삼아 더욱 치열하게 비극적 인식의 순례를 보여준다. 그는 현실과 환상의 경계를 자유롭게 넘나들며 비인간적 논리에 포박당한 근원적 세계를 풀어주고 그곳의 신음, 독백, 웅얼거림에 귀 기울이고 있는 시인이다. 언제나 자신이 놓여있는 체제의 극단적인 가장자리, 어쩌면 불가능한 바깥까지 기어나가려 애쓴다.

지금까지 최승자 시에 나타난 죽음을 1980년대 발간된 『이 시대의 사랑』, 『즐거운 일기』, 『기억의 집』을 통해서 살펴보았다. 자기라는 존재의 실존을 확인하고 그것에 의미를 발굴하고 부여하려는 작업이 어디 최승자에게만 나타나는 것이라고 말할 수 있겠는가. 그럼에도 불구하고 1980년대 최승자의 시세계를 탐구하는 자리에서 '죽음'의 문제를 가장 큰 비중으로 접근하는 것은 최승자 시의 정신적 출발점이면서 동시에 귀결점이기도 하다는 점에서 특별한 관심을 부여하는 것이다. 여기에서 얻어진 결론은 다음과 같다.

첫째, 고아의식에서 상처와 죽음의 변증을 찾아 볼 수 있다.

둘째, 모성결핍과 불모성을 통한 세계의 근원에 대한 결핍감을 찾아 볼 수 있다.

셋째, 죽음과 상처를 통과하며 가장 본원적인 자신에게 귀착함을 볼 수 있다.

따라서 1980년대 최승자가 추구한 자아와 세계에 대한 진입은 죽음까지 꿰뚫어가야 하는 곳이기에 논리 저 쪽의 무한한 침묵을 길어 올리는 여성성의 깊고 넓고 어두운 심연과 결연될 수밖에 없음을 깨닫게 한다. 또한 「공무도하가」로부터 쉼 없이 쓰인 여성시를 관류하는 정신과 그 변주는 어떠한 양상을 갖는가를 살핌으로써 스스로 제어할 수 없는 언술행위, 무의식의 자리를 떠올리게 된다. 엘렌 식수는 『메두사의 웃음』에서 "여성적 글쓰기, 여성적 빠롤 속에서는 우리를 살짝 스쳐온 것, 깊숙이 우리에게 영향을 계속 미치는 최초의 음악, 모든 여성이 보존시키고 있는 그 노래가 끊임없이 울리고 있다."고 말한다.

이 세계의 불가사의성에 대한 감각을 여성은 생래적으로 지니고 있지만, 여성적 글쓰기라는 패러다임 속에서 여성시인을 중심으로 그들의 시가 뿜어내는 '죽음'에 대한 천착은 한국여성시의 향방을 돌아볼 수 있는 의미 있는 작업이 될 것이다.

삶의 시간을 통해 가닿는 존재의 뿌리
- 한광구론 -

1. 한광구 따라 읽기

　자연은 한국시문학사 뿐 아니라 인류 문학사에서 가장 보편적인 제재라 할 수 있다. 시대의 변화에도 불구하고, 더군다나 오늘날 산업화와 도시화가 범지구적으로 진행되고 있는 상황에서도 자연이 그 중요성을 상실하지 않은 채 지속적으로 문학의 대상이 될 수 있는 것은 그것이 인간과 필연적 관계 속에 있기 때문이다. 즉 자연은 인간의 생명을 보육하는 근원적 에너지일 뿐만 아니라 우주의 질서와 섭리를 가르쳐주는 진리의 저장고라는 점, 그리고 그 자체가 심미적 대상일 수 있다는 점에서 인간에게 본질적인 것이다. 따라서 향가와 고려가요, 조선의 강호가도를 거쳐 지금의 생태시에 이르기까지 자연시의 위상은 위축됨이 없이 우리 시의 큰 줄기를 형성해 왔다.

　그런데 인간의 의식과 정신의 외부에 존재하는 자연은 그것을 지각하는 주체의 시각에 따라 다양하게 정의될 수 있다. 즉 예술가와 자연과학자가 보는 자연은 각기 관점에 따라 다르게 나타날 수 있다. 우리의 관심사인 문학적 대상으로서의 자연은 객관적 사물로서의 자연도 아니며, 신의 창조물로서의 자연도 아니다. 그것은 "작가의 상상력에 의해 여과되고 굴절된 내면화"[1]된 자연이다. 다시 말해 시인은 자신의 주관적 의식 즉 감정, 관념,

이념 등에 따라 자연에 의미를 부여함과 동시에 자신의 정감의 세계를 표출한다. 시적 자연은 다분히 개인의 주관성에 의해 변형된 미적 상관물인 것이다. 이처럼 객관적 세계를 내면화하는 과정, 주관성을 실현하는 과정이 곧 시인의 세계 인식의 태도라 할 수 있다.

한광구는 1974년 박목월 시인의 추천으로 『心象』 신인상에 당선되어 문단에 등장하였다. 그때부터 지금에 이르기까지 30년을 넘어서는 시의 성상 속에 자연을 시의 중심으로 삼고 있다는 점에서 그리고 자연을 다만 소재 차용의 차원이 아니라 자기 인식의 근원으로 삼고 있다는 점에서 자연시 전통을 잇는 중요 시인이라 할 수 있다.

그동안 그가 발행한 시집은 총 8권이다. 1979년 첫 시집 『이 땅에 비오는 날은』을 상재한 이래 『찾아가는 자의 노래』(1975년), 『상처를 위하여』(1984년), 『꿈꾸는 물』(1985년), 『서울 처용』(1988년), 『깊고 푸른 중심』(1993년), 『산으로 가는 문』(2001년), 『산마을』(2004년) 등이 그 구체적 실례에 해당한다. 이 8권의 시집에서 일관되게 추구해 온 한광구 시의 주된 정서라 할 수 있는 자연성이 본질적으로 어디에서 기인한 것인가. 그리고 자연성을 통해 사물들 사이에서 소통을 담는 존재의 누수, 고통에서 생성되는 물의 시적 변용, 말씀의 햇살을 찾아가는 자의 노래 등을 절제된 미로 승화시킬 수 있었던 의식의 작용은 무엇인가에 대해 초점을 맞추어 그의 자연 인식의 태도를 밝혀 보고자 한다.

---

1) 이숭원, 「한국근대시의 자연표상 연구」, 서울대학교 대학원 국문학과 박사학위 논문, 1989. p13.

2. 사물들 사이에서 소통을 담는 존재의 누수

조남현은 한광구가 30대 중반에 상재한 첫 시집 『이 땅에 비오는 날은』에서 "아직도 펄펄 뛸 줄 알고 펑펑 울 줄 아는 감성의 시인"으로 그의 천진성의 현현을 예기한 바 있다. 시인 자신도 "시를 삶의 전인적인 수용양식으로 받아들여야 할진대 내게서는 시는 절망"이라고 세계를 읽어내는 태도를 첫 시집 후기에서 보여준다. 천진성과 절망은 그의 손길을 거치면서 어떤 대상도 인간적인 온기를 지닌 부드러운 시적 질료로 순치된다. 무료할 만큼 평이하고 일상적인 느낌을 주는 까닭도 여기에 있다. 그러나 무의미하게 느껴지는 그의 시적 특성은 거듭될수록 점차 그의 시세계를 우리들의 체내에 더욱 친숙하게 스며들도록 하는 미덕으로 전환된다.

> ①(중략)
> 어릴 때였어.
> 어머니는 한밤중에 깨어 우는 나에게
> 무서운 꿈을 꿨다고 냉수를 줬어
> 琉璃盞에다.
> 나이를 먹을수록
> 나는 실제로 무서운 꿈을 꿨어.
> 그때마다 갈증은 깊어지고
> 琉璃盞도 커졌어.
> (중략)
> 요즘은 목이 말라 깨어나는 밤마다
> 서늘하게 빛나는 琉璃盞을 잡고 있어
> 채울 수 없는 갈증으로.
> 　　　　　　　　　　-「琉璃盞」 부분

> ②(중략)
> 마지막은 絶望도 이렇게 아름다워

琉璃窓마다 붉은 비늘이 쏟아지고
돌아가는 새떼들의 재잘거림에도 불이 붙어
나무마다 타오르는
서쪽

- 「저녁놀」 부분

③멀리서 출렁이는구나
퍼렇게 살아서 스스로 용트림하는 파도야.
나의 땅은 울고 있고
주름지는 모래톱에
휩쓸리는 感情으로 한고비씩 넘기며 잔을 따른다.
눈물이지, 눈물이지, 눈물로 취하여
하나씩 옷을 벗는다.
인연을 벗는다
떨어지는 햇살, 반짝이는 낱말들의
모래밭이구나.
취하여, 취하여 배창자가 헛헛한
노래나 부르자, 구역질이나 하자.

- 「나무의 노래(Ⅶ)」 전문

①에서 시적화자는 유리잔과 결합하여 나이면서 동시에 유리잔이 되어 사물의 꿈을 실현시키고자 한다. 유리잔의 갈증은 ②에서 마지막 절망이 아름다운 '서쪽'의 상상력 속으로 뻗어간다. 그러나 시인은 다시 지상으로 하강할 수밖에 없다. 그 역시 운명으로부터 한치도 벗어날 수는 없기 때문이다. 마치 시간이 지나면서 꿈과 알코올의 취기에 빠졌던 육신이 차갑게 깨어나듯이 그는 다시 대지로 추락하여 현실의 질서 속으로 재편입할 수밖에 없다. 이때 시인은 자신에게 다짐하듯이 ③에서처럼 "노래나 부르자" 혹은 "노래를 불러다오"를 되뇌인다. 그는 사물을 잘 아는 방법이 "사랑하는 법"임을 풀어 놓는다.

이보게, 귀를 기울인다고 아무나 듣는게 아닐세.
버리고 가는 자는 듣지 못하네.
발길에 채이는 돌멩이 하나라도
아닐세, 아닐세
사랑하는 법이라네, 사랑하는.

                                        - 「사랑하는 법」 부분

한광구는 사랑의 가장 잘된 표현은 노래이고, 그 노래가 신나게 흘러다닐 수 있는 세상이 좋은 세상이라고 생각한다. 작고 초라한 생을 노래하면서 서정적 울림을 간직할 수 있는 것은 그 속에 현재적 삶에 대한 고민과 모색이 깊게 자리하고 있음이다. 시인 백석이 "나는 이 세상에서 가난하고 외롭고 높고 쓸쓸하니 살아가도록 태어났다(「흰 바람벽이 있어」)."고 고백할 때, 그것은 가장 작고 낮고 비루한 생임을 직감하는 순간이 세상만물을 바라보는 순수하고 진실한 눈을 획득하는 순간임을 말하는 것과 같다.

3. 고통에서 생성되는 물의 시적 변용

한광구의 반도시적, 반문명적 기질과 진취적, 도전적 성향의 결여는 필연적으로 그를 '자연' 공간으로 거듭 귀환하게 하는 주요 요인이라 할 수 있다. 유성호의 지적처럼 한광구가 자신의 관념을 가탁(假託)하는 상관물로서 그의 시적 공간이 자연이라는 뜻도 되지만, 이 문명사회의 극점에서 자연이라는 물상의 세계가 함의하고 있는 가치들 이를테면 생명성, 신성성, 시원성 같은 것을 시인이 적극적으로 옹호하고 있다는 것을 의미하기도 한다. 그러면서도 그의 자연은 "마음이 여린 자는 눈물도 많은 법./ 온 天地가 눈물로 젖으면서 이제 和色이 도는군(「온 天地가 눈물로 젖어」)"라는 생활세계의 한 모습으로서 인간의 삶을 반복적으로 형상화하고 있다.

> (중략)
> 하느님.
> 이 땅의 모든 말씀을 물로 씻어 내리십시오.
> 그냥 눈물로만 살아 있게 하십시오.
> 마를 수도 마르지도 않는 이 땅의 샘물을 퍼내어
> 뜨거운 말씀이란 말씀을 모두 녹여서
> 이 땅에 물풍년이 돌게 해주십시오.
>
> - 「상처를 위하여 18」 부분

서정시는 인간존재의 근원에서 흘러나오는 기원과 간구의 목소리를 감지하는 일이거니와 동시에 스스로의 부끄러움에 대한 진솔한 고백이라 할 수 있다. 시인이 물 이미지를 통해 충만과 결핍, 채움과 비움 사이를 오가는 것은 말씀이라는 근원적 상처를 환기하지만 동시에 '눈물'로 살아있다면 혹은 '비'에 젖는다면(「비에 젖어야」), 이 땅의 '샘물'을 만나 상처를 치유한다는 점에서 존재론적 열림을 향하고 있다고 볼 수 있다.

> ①갑자기 어두워지는 하늘
> 하늘이 내려와서 이 땅에 뿌리내린 수풀들을
> 마구 흔들고 있네.
> (중략)
> 그대는 왜 이렇게 나를 찾는가.
> 소낙비 되어 오는가.
>
> - 「소낙비-살의 노래24」 부분

> ②매화꽃이면 어떻고
> 장미꽃이면 어떻겠소.

그냥 눈과 팔로 껴안고 궁글다 보면
언젠가는 깊은 노래로 살아나겠지.
그대, 이렇게 흐르는 게 우리들의 강울음이 아니겠소.
- 「강울음-삶의 노래3」 부분

③젖어드는 강물에
설핏설핏 스치우는 당신을
꿈결인가 확인하려 손을 뻗으면
당신은 잠결에 강물로 만져지는구려.
그대, 어느새 모두 벗고 강물이 되었구려.
- 「강물이 되어-삶의 노래1」 부분

④애야,
이 할미는 봐서 아느니라
깊고 푸른 바다 속을 빙글빙글 돌면서
식식거리던 이 물구덩을
애야, 얼른 받아 안으렴
(중략)
애야, 이 물구덩에
늘 맑은 샘물 철철 넘치게 사랑하여라
사랑
사랑
피워내면 온땅이 풍요롭단다
애야, 어서 품어 고이 간직하렴.
- 「이 물구덩은-삶의 노래34」 부분

   ①~④에 걸쳐 보여주는 물은 잠시 머물다 가는 우리 삶의 비유이면서 만남과 이별의 연속인 생의 운명성을 상징한다고 할 수 있을 것이다. 삶의 가공할 만한 속도와 그 속도로 인한 숨 막힘이 삶의 보편적인 형식이 되어버린 오늘날, 시인은 잠시 삶을 반추하고 성찰할 수 있는 휴식의 시간을 물을

통해 기억하고자 한다. 그것은 바로 격정적인 소낙비→깊은 속내의 강울음
→강물→ 물구덩으로 변용되면서 경쟁과 타율적 삶의 경영에서 한 걸음
떨어져 나온 자가 보여주는 자기성찰의 시간이며 이러한 시간이야말로 시
인이 가져다주는 선물이라 할 수 있다. "온땅이 풍요로"워지는 강물로 흘러
가는 사랑이야말로 그의 시가 자의식에 함몰되지 않고 세계를 향해 자기를
열어 놓는 원천이 된다고 하겠다. 그의 또다른 시를 보아도 "별 하나의
말씀을 꿈꾸며 출렁출렁 흐르(「꿈꾸는 물1」)"는 무욕한 맑음의 서정을 담고
있다.

4. 말씀의 햇살을 찾아가는 자의 노래

한광구는 지천명을 갈무리하면서 인간과 시와 신앙이 일체가 되는 소박
한 경지를 조용히 염원한다. 시집 『산으로 가는 문』과 『산마을』에서는 수도
원과 풍경소리, 근원적인 어머니가 자아내는 단정하고 절제된 기품이 드리
워져 있다. 시집 『깊고 푸른 중심』을 상재할 때에 "어머니 재발견"에서의
그의 말이 인상 깊다.

> 목월 선생의 시세계에서 어머니는 일종의 通過祭儀의 의식과 같은
> 것이었다. 선생이 50이 넘어서 어머니를 찾았을 때 그 어머니는 육친으
> 로서의 모성일 뿐만 아니라 神性을 지닌 母性으로서의 어머니를 만나게
> 된다. (중략) 감히 이 자리에서 목월 선생님을 상기하는 이유 는 내게도
> 어느날 갑자기 어머니의 존재가 새삼스럽게 다가왔기 때문이다.

초기부터 지금에 이르기까지 전시집에 걸쳐 드러나던 인간과 시와 자연

혹은 인간과 시와 신앙의 형상은 지천명의 한가운데에서 변화에 위협받거나 동요되지 않은 채 오히려 끊임없는 변화에 의해 가동되는 "이 세상에서 가장 아름다운 건 슬픔(「청옥 반지」)"이라는 신비함이 보태지기도 한다.

산길을 오르는데 한 소년이 소를 끌고 옵니다.
소를 따라 짐을 가득 실은 마차가 뒤따르고 있습니다.
마차의 바퀴는 땅에 깊은 자국을 남기며 소의 발자국을
따라 힘겹게 굴러가고 있습니다. 그럼데도 소년의 발걸음은
너무 가볍고 뒤따르는 소도 힘들이지 않고 소년을 유유히
따라갑니다. 소년이 슬며시 내게 고삐를 내어주어 받았습니다.
이게 웬일입니까, 잘 가던 소 꼼짝 않고 소년도 간 곳 없이
사라졌습니다. 아하, 이제 보니 마차가 아니라 바위였습니다.
나는 바위를 끌겠다고 헛수고를 했던 겁니다.

갈, 갈, 갈(喝, 喝, 喝)
허, 허, 허(虛, 虛, 虛)

웃음 소리에 고개를 들어보니 소년은 바위에 앉아서 모든 일
은 마음으로 이루어지는 것이니 바퀴가 소의 발자국을 따르듯
소도 그림자처럼 그대를 따른다고 일러줍니다.
- 「수레바퀴」 전문

시집 『산으로 가는 문』과 『산마을』에 실린 가장 지배적인 정신은 아마도 생의 근원이자 궁극적 거처이기도 한, 또한 주체의 욕망이랄까 범속한 가치들이랄까 하는 것이 소진되어버린 어떤 신성한 공간에 대한 소망이 될 것이다. 위의 작품은 시인의 신성을 향한 열정과 해탈에 이르려는 욕망의 상상적 전개과정이 오직 시인의 내면에서 발원하는 특징을 갖는다. "모든 일은 마음으로 이루어지는 것"은 결국 시인의 내면에서 완성되는 상상적이고 미학적

인 지성소(知 聖所)이다. 세상 어디에나 편재해 있는 '허(虛)'를 걷는 행위는 갈, 갈, 갈(喝, 喝, 喝)의 연속적인 자기 꾸짖음의 어떤 원리임에 틀림없다.

"나를 다듬는 정(釘)과 망치(「어떤 조각」)"로 당신을 만나 "산마을에 다다르니 함박눈이 내리(「함박눈」)"는 진경을 맞게 된다. 이어서 한광구는 "사랑한다고/ 사랑한다고" 속삭이는 말씀을 들으면서 자신만의 생의 비의를 완성해 가고 있는 것이다. 가족이 모두 산마을의 집으로 이사하게 된 계기 역시 "햇살이 가득히 내리(「산마을의 집」)"고 "영원히 누릴 말씀을(「부활」)" 읽어 주기 때문이다.

기독교적 세계관에서 발원하는 그의 상상적 세계가 "산마을"을 암시하는 매개적 언표라고 볼 수 있다. 어찌 보면 그의 시에 드러나는 산마을을 언어화 한다는 것이 불가능할지도 모른다. 그것은 산마을의 비밀이기도 하다.

5. 사랑의 시학을 위하여

한광구는 "좋은 시를 어떻게 쓰나? -창작과정-(『시창작 이론과 실제』, 시와 시학사, 1998)"에서 영국의 시인 스티븐 스펜더(Stephen Spender)가 권한 다음과 같은 과정을 거치라고 피력한 바 있다. (1)정신집중 (2)영감 (3)기억 (4)신념 (5)노래가 그 과정이다. 이 가운데 첫 번째의 정신집중은 모든 창작의 근본이다. 시인들은 자신의 정신을 집중하기 위해 저마다 다른 버릇을 가지고 있지만 근본적으로는 자신의 생명 깊은 곳에서 자신이 표현하고자 하는 본질에 도달하고자 하는 수단이다. 이 집중의 과정을 통해 얻어지는 것이 영감이다. 스펜더는 영감이야말로 시의 시초이며 최후의 목표라고 말한다.

마지막으로 노래를 들고 있다. 이 노래는 영감이 우리의 몸속에 떠오르는 상태를 말한다. 즉 영감이 우리의 몸속에 육화(肉化)되는 상태이다. 그래서 시를 쓰는 행위는 신과의 싸움이라고 표현하고 있다.

이렇듯 한광구는 스펜더의 시작과정에서 자신의 경험을 은유하고 있는 것이다. 하지만 무엇보다 그의 천진한 천성에서 폭발하는 삶의 생명형식이 반영되면서 그 생명이 상징적으로 영원을 지향하게 하는 것임을 필자는 익히 보아왔다.

한광구가 걸어간 길을 따라 총 8권의 시집, 『이 땅에 비오는 날은』, 『찾아가는 자의 노래』, 『상처를 위하여』, 『꿈꾸는 물』, 『서울 처용』, 『깊고 푸른 중심』, 『산으로 가는 문』, 『산마을』를 세심하게 읽어 볼 수 있는 소중한 인연을 가질 수 있었다. 이 8권의 시집에서 드러나는 한광구 시인의 세계관을 "삶의 시간을 통해 가닿는 존재의 뿌리"로써 사물들 사이에서 소통을 담는 존재의 누수, 고통에서 생성되는 물의 시적 변용, 말씀의 햇살을 찾아가는 자의 노래로 나누어서 살펴보았다.

그렇다면 한광구가 추구하는 시학이 시인으로서 나아가 한국현대시문학사에서 어떤 의미를 가지는가.

1970년대에 등장한 한광구는 연세대학시절에 혜산(박두진)의 가르침을 받게 되고, 문학 벗들과 어울리면서 한양대에 재직하던 목월(박영종)한테서 시에 대한 깊은 인상을 받게 된다. 모든 사물의 생명을 담아 그것을 저 무한한 우주의 세계로 상승시키는가 하면 우주의 맑은 정기를 지상으로 연결시키는 하강이 어우러지면서 "생명의 원형이 사랑의 이미지로 승화되면서 인간화되는 과정을 '시'라고 믿(시집『깊고 푸른 중심』)"었던 그의 시적 실현의 토대를 이루게 된다. 지금도 그가 소중히 간직하는 시인으로서의 인연 중의 하나는 목월을 가까이에서 모실 수 있었다는 것과 그가 창간한 『心象』으로 등단하면서 시에 대한 엄격함으로 평생을 살아가고자 하는 처음의 마음을 환기시킨다는 것이다.

그의 30년을 넘어서는 시의 성상 속에서 이루어진 혜산, 목월로부터 전통의 계승은 청록파 3인(조지훈, 박목월, 박두진) 이후 1950~60년대에 등장하였던 전통시파, 즉 서정주와 김관식, 이동주, 박재삼 등 전통 서정시인들의 시적 상상력과 감수성을 내면적으로 계승한 것으로 보인다. 그러나 이러한 일군의 시인들이 일구어낸 1950~60년대 전통주의적 시창작은 한국전쟁이 초래한 정신적 위기를 극복하기 위한 시적 대응이었다. 그들은 청산으로 상징되는 근원적 자연세계나 신라정신으로 대변되는 동양적, 한국적 사유와 제의를 탐색하였으며, 고려청자와 같은 민족문화의 유산이나 전통적인 설화와 고전을 모티브로 수용하였다. 1990년대에 이르러 한광구가 보여주는 전통주의적 시창작에 있어서 정신적 요체는 인간과 자연의 합일, 자연을 통한 전통적 서정성의 표출, 동양적 사유와 인식의 수용, 신과 사랑 등으로 변별되는 요소를 갖고 있다.

바로 이러한 요소들이 시인으로서의 그의 건재를 확인하게 해준다.

한광구 시인, 그의 시세계를 들여다보면서 정작 언급해야 할 많은 작품에 눈길을 주지 못해 아쉽다. 그는 새로운 삶을 꿈꾸고 있다. 그리고 그 꿈이 빚어내는 언어는 한국현대시문학사의 자연시 전통을 이어가는 발걸음이 될 것이다.

이제 필자는 겨울의 발밑에서 바스락거리는 낙엽 속에 남아있을지도 모를 그의 발자국을 찾아보게 된다.

사랑, 그 처녀지의 영원한 재생
- 허영자론 -

1. 허영자 따라 읽기

지우고 또 지우면서도 끊임없이 그리는 모래 그림. 파도에 휩쓸려 가는 그 모래 그림은 언제나 새로 패이고, 새 물기를 머금고 선열(鮮烈)한다.

삶의 궤적이 물깃의 모래톱에 난 발자국이듯 죽음 또한 그와 다르지 않다.

거울 앞에서 수없이 옷을 갈아입는 여인, 입었다 벗고 벗었다 입기를 거듭하는 여인들, 옷의 모양이 달라지고 빛이 달라지면서 몸매와 얼굴은 물론 감정까지 아니 정신과 영혼까지도 달라지는 그 현장의 아름다움, 그 새로움을 위한 잇따른 동작들.

그같이 하나의 죽음의 몽상을 벗고는 또다른 몽상의 죽음을 걸치고······. 이 반복에 의해 삶이 새로워지는 것만큼 죽음 또한 새로워지는 것이다.

내 것인데도 내가 소유할 수 없는 죽음, 내 몫인데도 내가 내 현실로서 못 지닌 죽음, 그러기에 죽음은 자신에게 있어 순수한 꿈, 순연한 몽상이다. 문학이 꿈꾸는 일이라면 시가 죽음을 꿈꿀 때 가장 시다와질 것은 너무도 분명하다. 시는 스스로의 존재를 위해서도 '시의 자궁' 안에서 다른 무엇이 되기 위한 죽음을 꿈꾸는 것이다.

이 글에서 다루고자 하는 허영자의 시집은 생명이 순간뿐임을 알기 때문에 긍정하고 사랑하는 시적 진실을 확보하고 있다. "무엇을 어떻게"라는 예술의 명제 앞에서 "무엇을 쓰든지 시가 되어야 한다(제 5시집『조용한 슬픔』-시를 위한 산문-에서)."는 그녀 혼자만의 대답은 시력 40년의 성상을 가열차게 걸어 온 중심을 이룬다.

허영자는 1962년『현대문학』을 통해 박목월 추천으로 등단한 시인이다. 그동안 그녀가 발행한 시집은 모두 7권이다. 첫시집『가슴엔 듯 눈엔 듯』(1966)을 비롯하여『친전(親展)』(1971),『어여쁨이야 어찌 꽃 뿐이랴』(1977),『빈들판을 걸어가면』(1984),『조용한 슬픔』(1990),『기타를 치는 집시의 노래』(1995),『목마른 꿈으로써』(1997) 등이 그 구체적 실례에 해당한다. 이 7권의 전시집을 한데 묶어 1998년 화갑 기념집으로 간행한 바 있다. 2003년 시조집『소멸의 기쁨』은 물론 최근까지 계속적인 신작시를 발표하고 있지만, 이 글에서는『허영자 全詩集』(1998)을 텍스트로 삼아 그녀가 절대적 믿음으로 추구해온 사랑의 시세계를 살펴볼 수 있는 하나의 근거를 마련해 보고자 한다.

2. 어둠의 나르시스

허영자는 첫시집『가슴엔 듯 눈엔 듯』이후 일곱 번째 시집『목마른 꿈으로써』에 이르기까지 산다는 것은 어둠과 만나는 일이었다. 밤을 몇 번인가 보내는 사이 밤이 가고 또 오고하며 소녀는 자라왔을 것이다. 어둠을 밝히는 경험은 모습을 달리할 뿐 줄곧 그녀의 삶을 따라다녔다. 아니 그 경험이 그녀의 삶에 붙어 다닌 것이 아니라 그녀의 삶이, 쌓아지는 그 경험을 따라 키가 크고 살이 오르고 한 것이다. 시인의 자전적 진술에 의하면「나의 시, 나의 시론-어여쁨이야 어찌 꽃뿐이랴」에서 다음과 같은 유년기를 추적하게 한다.

………(중략) 그 위에 연년생으로 남자 동생을 보게 되어 더욱 사랑을
받게 된 모양이다. 그러나 그로 인하여 나는 어머니의 품을 떠나 할머니
슬하에서 자라는 아이가 되었다. 그때 우리 집에는 할머니의 어머니 되
시는 증조할머니를 모시고 살았는데 그것은 할머니가 외딸이셨기 때문
이다. 나는 증조할머니와 할머니의 사랑을 독차지하며 자랐다. 처음 태
어난 동생의 얼굴을 할머니 등에 업혀 한 번 들여다 본 이후 다시는
어머니 곁에 가지 않았다고 한다.

………(중략) 나는 또 아버지를 남성을 보는 기준으로 삼았다. 그러나
많은 세월을 나는 아버지와 떨어져서 살았다. 젊은 시절에는 공부하느라
떠나계셨기 때문이었고 중년에는 아버지에게 사랑하는 연인이 생겨 우
리-어머니와 나-와는 별거하였기 때문이었다.

………(중략) 아버지에게 그 여인이 등장한 것은 내가 열살 때였다.
………그러나 아버지가 떠난 아름다운 정원은 폐원보다도 더 황폐하고
비극적이어서 만리향 나무 그늘에 앉아 열살짜리 나는 죽음을 생각하였
었다.

이 고백적 진술 속에는 그녀가 잠들지 못하던 두려운 어둠의 경험
이 동경과 그리움이 섞인 어둠의 날개깃에 덮여서 생명을 얻는다.

①먹어도 먹어도
배고픈 시장기

죽은 나무도 생피 붙을 듯
죄스런 봄날

피여 피여

새파랗게 얼어붙은
물고기의 피

새로 한 번만
몸을 풀어라

새로 한 번만
미쳐 달려라

- 「봄」 전문

②그 이름을
　살 속에 새긴다
　암청(暗靑)의 문신
　(중략)
　'사랑합니다'

　참으로 큰
　슬픔일지라도
　어리석은 꿈일지라도

　살 속에
　그 이름 새기며
　이 봄밤
　눈뜨며 새운다.

- 「친전(親展)」 부분

③나무들이
　울음을 삼키고 있다

　돌들이

울음을 삼키고 있다

조그만 귀또리도
울음을 삼키고 있다

가을
어느 다 저녁 때

울구 싶은 나도
울음을 삼키고 있다

                                        - 「가을 다 저녁 때」 전문

　사랑은 "신비한 사랑의 문양"으로서 각인되어 있으며, "땅 속에 묻혀서도/ 썩지를 않을/ 저승에 가서도 지워지지 않을(「떡살」)"과 같이 영원성을 간직하게 된다. 사랑이 그 과정에서 절망과 회의를 ①에서와 같이 "먹어도 먹어도/ 배고픈 시장기"를 내포하기도 하고, ②에서 "참으로 큰 슬픔", "어리석은 꿈"이라 할지라도 그것은 이미 운명적인 것 또는 운명 그 자체로서 의미를 지니는 것이다. 열 살짜리 소녀가 죽음을 생각할 정도로 충격적인 정신외상의 체험은 그와는 전혀 다른 경로로 이동, 승화시킴으로써 육체와 영혼이 합일된 사랑을 꿈꾼다. ③은 자연의 대상을 마주하며 인내의 모습을 발견하는 시인의 눈으로 "고통이/ 얼마나 조용한 것인가를/ 참으로 고통이/ 얼마나 크나큰 참음인가를/ 호수를 본 사람은 알리라(「호수」)"에서처럼 고통을 참음으로써 아름다운 질서의 세계를 유지하는 듯 보여준다. 또한 "젊은 날/ 떫고 비리던 내 피도/ 저 붉은 단감으로 익(「감」)"어 단감이 익듯 농밀하게 원숙되어 가는 삶을 해석하는 시정신을 감지할 수 있다. 이 모든 것은 그녀의 어둠을 밝히려는 '눈물겨운 어여쁨'으로 발현되고 있음을 보여준다.

3. 사랑의 먼 길

허영자 시인에게 있어 사랑은 삶의 운명의 별자리이다. 끊임없이 유예되는 부재를 통해 사랑은 눈부신 그리움의 절대적인 대상이 된다. 그녀는 '절대적 사랑'을 믿는다.

> "인간을 비롯한 모든 것이 값이 달라지고 윤리니 도덕이니 하는 인간이 세운 모든 규범의 푯대가 하루아침에 무너지는 그런 물구나무 선 세상을 본다는 것은 참으로 경악스러운 일이 아닐 수 없었지요. 그럴 때마다 저는 바닥이 없는 뿌우연 나락 속에 빠져있는 것 같은 느낌이 들었습니다. 언젠가 다른 자리에서도 한 말이지만 저는 '절대적 사랑'을 믿습니다. 그것은 단순히 감상적인 차원의 이야기가 아닙니다. 거의 공포에 가까운 '가치의 전도' 현상을 목도하면서 이 세상에 믿을 것이라고는 아무 것도 남아 있지 않게 되었는데, 그럼에도 그런 세상을 견뎌가며 살아야 하는데, 우리가 과연 사랑 없이 살아 갈 수 있을까요?"
> (『허영자의 삶과 문학』-강진호 · 허영자 대담-, 2003. 6. 12)

위의 글은 허영자 시인이 사랑을 통해서 존재의 의미를 발견하고 힘을 받게 된다는 점에서 사랑은 생명의 원리가 된다. 바로 여기에서 사랑은 운명적인 것으로 받아들여지게 된다. 그 안에는 안타까움과 허무, 좌절과 방황, 슬픔과 통한, 용서와 화해, 기다림으로 이어지는 끊임없는 파장이 정면으로 얼굴을 보여준다.

> ①이 봄날
> 복사꽃 지키듯
> 내 사랑과 사랑하는 이를
> 한숨으로 지키거늘……
>
> - 「복사꽃」 부분

②애달파라
　저 황홀한 꽃
　종이처럼 흩어져 날리다니

　애달파라
　이토록 사랑하는
　너의 살과 뼈
　한낱 흙으로 무너져 내리다니
-「애달픈 사랑」 전문

③한 여인이
　그 영혼을
　송두리째 드린다 하면

　한 여인이
　그 살을
　피를
　내음을
　송두리째 드린다 하면

　아아
　그대의 고독은 풀릴 것가

　차갑고 어둡고 말없는 얼굴
　그대 마음을 풀길 없는
　크나큰 이 슬픔

　울먹이며 떨며 머뭇대는
　나의 사랑아
-「바위」 전문

④ '뼈 속까지 시리다'

이 말의 참뜻을
가을에야 깨닫는다

그것도 인생의 가을에
- 「무제 I」 전문

⑤저 빈 들판을
걸어가면
오래오래 마음으로 사모하던
어여쁜 사람을 만날 성싶다

꾸밈없는
진실과 순수
자유와 정의와 참 용기가
죽순처럼 돋아나는
의초로운 마을에 이를 성싶다

저 빈 들판을
걸어가면
하늘과 땅이 맞닿는 곳
아득히 신비로운
신의 땅에까지 다다를 성싶다
- 「빈 들판을 걸어가면」 전문

①에서 ⑤에 이르는 시적 분위기 속에서 시인의 엄격성을 만날 수 있다. 허무의식을 뛰어넘어 침묵으로 여운을 남기는 자아성찰은 고통의 아름다움으로 드러난다. 이러한 이미지는 시 속에서 굳고 빛나는 세계를 암시한다. 융은 연금술사 미카엘 메이에르의 설명을 인용한 바 있다. 그에 의하면

태양은 백만 년 동안이나 지구 둘레를 돌면서 그 주위에 황금실을 감았다. 금은 햇살의 이미지이며, 성스러운 지성을 상징한다. 죄악과 후회를 상징하는 검은 색, 용서와 무지를 상징하는 흰색, 그리고 승화와 격정을 상징하는 붉은 색의 순서로 나타나는 최초의 세 단계 이후에 해당하는 넷째 단계가 금을 상징한다. 다음 시를 통해서 또 하나의 의도가 내재되어 있음을 발견할 수 있다.

> 변치 않을 순금의 말씀으로
> 기도하게 해 주세요
>
> 변치 않을 순금의 몸짓으로
> 이 세상 살아가게 해 주세요
>
> 변치 않을 순금의 가락으로
> 노래하게 해 주세요
>
> 변치 않을 순금의 눈물로
> 사랑하며 미워하며……….
>
> 마침내 변치 않을 순금의
> 씨앗 몇 톨 남기게 해 주세요.

시 「원(願)」의 전문이다. 이 시에서 '순금의 말씀' '순금의 가락' '순금의 눈물' '순금의 씨앗'은 순금이라는 이질적 요소가 배제된 순수로 보아줄 수 있고, 이때의 순수는 물신시대의 오염되지 않은 금에 값하는 정신적 순수를 의미한 것으로 보아줄 수 있다. 이 부분에 대해서 시인은 "인간의 내면을 투사, 황폐한 인간정신, 오염된 양심, 정신적 가치가 퇴화하고 물질적 가치관이 지배하는 물신주의에 대한 절망을 극복하고자 한 나름대로의 시관을 발상원리로 했습니다"로 이해를 돕는다.

거칠고 소리 높은 일상의 담론을 연가풍의 어투에서 새로운 감성의 메시지로 들려주는 시적 언어용법의 힘을 우리는 시인 허영자에게서 발견할 수 있다.

4. 사랑의 산조(散調)

허영자는 사랑의 시인이다. 주체할 수 없는 사랑의 감정도 절제와 극기의 태도로 감싸며 보여 준다.

> 사랑은
> 눈 멀고
> 귀 먹고
> 그래서 멍멍히 괴어있는
> 물이 되는 일이다
>
> 물이 되어
> 그대의 그릇에
> 정갈히 담기는 일이다
> 사랑은
> 눈 뜨이고
> 귀 열리고
> 그래서 총총히 빛나는
> 별이 되는 일이다
>
> 별이 되어
> 그대 밤하늘을

잠 안자고 지키는 일이다
- 「그대의 별이 되어」 부분

인생에 있어서 가장 중심적 주제를 사랑으로 보는 그녀에 의하면 사랑은 인간의 정수이며 불가사의한 힘인 동시에 불가해한 감정이기도 하다. 무조건적이고 헌신적인 태도 뒤에 뜨거운 정열의 사랑을 엿볼 수 있는 다음 시가 있다.

휘발유 같은
여자이고 싶다

무게를 느끼지 않게
가벼운 영혼

뜨겁고도 위험한
가연성의 가슴

한 올 찌꺼기 남기지 않는
순연한 휘발

정녕 그런
액체 같은
연인이고 싶다
- 「휘발유」 전문

피어오른 술국으로
떠는 신열로
나도 나도………손을 드는
끓는 용광로

　어이하리까 꽃이 집니다
　물 불 가리지 말고 그냥 뛰어들 것을………그 몰약의 내음새에 영
영 취해 자빠질 것을………

　온전히 자기 자신을 불사르는 사랑의 진실성을 드러낸다. 그러나 사랑의
문밖에서 그 문턱 안으로 들어서지 못하는 자리에 그녀는 서있다. 그 끝없는
머뭇거림과 방황이 사랑의 속살로 배어난다. 그렇기에 시인의 의식 속에
가득차있는 부끄러움은 "부끄러워라/ 무거운 살의 욕망/ 걷잡을 수 없는
피의 열기(「정갈한 뼈」)"라는 고백을 통해 자신의 정서를 정화해 낸다. 그녀
의 시를 관류하는 "부끄러움의 정서는 다름 아닌 정직한 삶을 겨냥하는
한 징표(한영옥, '울림'의 시·울게 하는 시. 1997))"로써 논평된 바 있다.

5. 허영자 시의 첫새벽

　한국시사의 첫새벽은 사랑과 죽음, 사랑과 이별로 동이 튼다.
　문헌에 기록되어 온전한 모습이 남겨져 있는 삼국시대 초기 또는 그 이전
의 시작품으로 단 세 편이 있을 뿐인데, 그 가운데 「공후인」은 사랑과 죽음
을, 「황조가」는 사랑과 이별로써 남녀의 애정을 노래한다. 몇 해 전 '뉴
밀레니엄'을 맞이하는 들뜬 흥분이 사회를 한차례 축제의 분위기로 흔들고
간 적이 있다. 그때 필자는 천 년의 신비로움을 노래로 증거하고 싶었다.
시인 역시 다른 인간처럼 백 년도 못되는 시간을 사는 유한자이지만 시를
씀으로써 영원히 존재하는 뮤즈가 될 수 있으며, 사랑을 함으로써 밤하늘의

별처럼 수천만 년을 반짝일 수 있는 존재가 될 수 있다. 천 년 세월의 비바람에도 꿋꿋하게 서서 그들의 영혼과 피땀을 후세에 전할 수 있게 한 것은 바로 '사랑'을 노래함으로써 시도 신화나 설화의 일부가 되고, 그럼으로써 '영원'을 향한 고대인의 마음과 허영자 시인의 마음은 이처럼 닮아있다는 것을 감지하게 된다.

허영자 시인, 그녀가 감아올리는 사랑의 실타래를 따라 7권의 시집을 한 권으로 묶은 『허영자 전시집』(1998)을 읽어볼 수 있는 소중한 인연을 가질 수 있었다.

그렇다면 허영자가 추구하는 사랑의 시세계는 시인으로서 나아가 한국 현대시문학사에서 어떤 의미를 가지는가. 등단 이후 현재에 이르기까지 끊임없는 사랑을 위한 기도로써 걸어 온 여정을 7권의 시집은 섬세하게 드러낸다.

허영자는 평생의 작업인 시를 통해서 시가 무엇인가를 짚어 본다. 시를 쓰는 이유는 "티 한 점 없는/ 순수한 기쁨/ 순수한 슬픔과/ 만나기 위해서"이거나 "참으로/ 아프게 뉘우쳐서/ 더러움을 깨끗이/ 씻어내기 위해서"이거나 "사랑하는 당신을/ 사랑한다고/ 정직히 서슴없이/ 말하기 위해서(「무제」)"이다.

스승인 박목월이 리듬과 의미의 절제된 균형미를 추구하고, 자연과 인생의 일원화를 향하여 시심을 집중했음은 문학사에서 회자되는 사실이다. 박목월을 굳이 떠올리지 않아도 허영자가 추구하는 사랑의 시관, 나아가 서정시가 도달할 수 있는 미학적 층위는 한국현대시문학사의 맥락에서 시인 김명순을 효시로 노천명·모윤숙·김남조·홍윤숙·김후란 등에 이어 여성시의 맥을 계승, 한 걸음 나아가고 있음을 찾아볼 수 있다.

이 땅에 태어나 모국어로 시를 써 온지 40년의 성상을 헤아리는 허영자 시인. 여전히 시는 과연 무엇이 되어야 하는가 라는 질문 앞에 처음처럼

서있는 준엄함으로 사랑, 그 처녀지의 영원한 재생을 치열한 언어로 펼쳐
보일 것이다.

Ⅱ. 시를 위한 담론

시는 박살이 난 사금파리이다
- 이근배와의 만남 -

대담 / 허금주(시인, 문학평론가)

허 : 선생님, 안녕하십니까? 아시아 시인대회 참석과 실크로드 일정으로 중국을 다녀온 후 처음 뵙습니다. 선생님께서 문학에 대해 보여주는 열정은 이번 중국 여행을 함께 한 후학인 저에게 깊은 인상으로 남았습니다. 제가 선생님의 시 「노래여 노래여」로 시낭송 장원을 한 지가 어제일 같은데 선생님을 멀리서 혹은 가까이에서 뵈온 지도 어느새 18년이 되어 갑니다. 그래서 더욱 기쁜 자리인 것 같습니다. 오늘은 선생님의 시를 사랑하는 독자가 되어 혹은 생소한 독자들을 위해서 선생님께서 평소에 가지고 계시던 생각들에 대해서 여쭈어 보겠습니다. 선생님께서는 '시를 미지의 나에게로 가는 싸움'이라고 표현하신 적이 있으시지요?

이 : 우리가 사는 이 시대가 시를 필요로 하는 그 무엇이 있는가 하는 생각에 부딪힐 때 나는 올바른 답을 가지고 있지 못합니다. 시인이 처한 사회의 개혁을 위하여 시를 쓴다거나 자기 자신의 영혼을 구원하기 위하여 시를 쓴다는 말을 들을 때 나는 부끄러움을 느낍니다.

시인이 그 시대를 살면서 접근된 감수성과 사회에 대한 질문 도는 해답을 가질 수 없다거나 자신의 삶에 대한 의미의 수단으로 삼아서는 안 된다는 말은 아닙니다. 시가 태어난 이후 오늘까지 인류에게 나누어 준 힘은 결코 저버릴 수 없이 큰 것임을 알고 있습니다.

다만 나 자신을 돌이켜 볼 때 무슨 '까닭'과 어떤 '값'을 먼저 머리 속에 넣고 시를 쓰기 시작했던 것이 잘못되었고 지금도 시를 쓰는 일이 나를 바로 일으켜 세울 수 있다든가 더구나 내가 숨쉬는 이 사회를 나의 붓끝이나 목소리로 감동시킬 수 있다든가 하는 생각에는 어림도 없기 때문입니다. 그렇다고 유희나 도락으로 시를 쓴다는 것은 아닙니다. 이왕 들어선 길이니까 무작정 가겠다는 것은 더욱 아닙니다. 시를 쓰는 일이 지위나 명예나 그밖의 어떤 보상도 따르지 않으면서 처참한 고통의 작업인 것은 이 땅에서 나와 함께 시를 쓰는 시인들은 한결같이 느끼는 일입니다.

무엇이 나를 고통 속으로 몰아넣는가, 왜 패배만 있고 승리가 없는 싸움을 계속해야 하는가. 이러한 물음 앞에 내가 겨우 찾아낸 것은 내가 모르는 나를 찾아내는 방법으로써 나는 시를 쓰고 있다는 것이었어요. 그러나 더 거슬러 올라가서 내가 시를 서야만 했던 까닭은 아무래도 저 조개가 진주를 만드는 비유를 빌려 쓸 수밖에는 없군요. 분명히 내 안에서 노출되지 않은 의식의 작용이 '시라는 진주'를 형성시키는 것과 같은…

다시 말해 내가 시를 쓰는 것은 나에 대한, 말에 대한, 체험과 지성에 대한, 자연과 감수성에 대한, 모든 사물에 대한 '경이로움'을 더욱 넓고 깊게 눈떠가는 일일 뿐입니다.

허 : 선생님께서는 서라벌예술대학을 마치고 시집 『사랑을 연주하는 꽃나무』를 등단에 앞서 상재하셨습니다. 학교에 오래도록 있다보니 도서관에서 직접 시집을 펼쳐볼 수 있었는데 저에게는 등단 이전 선생님의 감수성을 접할 수 있었던 행운이었어요.

서문에서 "근배가 시를 나하고 같이 하려 책상을 마조한지 벌써 두 해가 된다. 그동안 그는 시와 정신을 가지고 누구 보다도 애쓴 사람 중의 하나였고 또 이 밖의 어느 외도도 하지 않은 사람 중의 하나였다 ……… 이어 부디 무병하시어 정진하시기만을 빌 다름이다."라고 쓰신 미당 선생님의 말씀과 어느 문학모임에서 소설가 김주영 선생님을 "내 친구 김주영"이라 부르시기도 하고 또 주위에서는 "어, 저기 근배가 온다"라고 말씀하시는 모습이 선생님 시대의 정서를 단박에 환기시켜 주었어요 두 분께서는 대학 동창이신데요, 대학을 중심으로 이루어졌을 문청(文靑)시절의 주변상황에 대해 듣고 싶습니다.

이 : 고3 때 할아버지께서는 교사가 되기를 바라면서 공주사대를 권하셨지만 서라벌예술대학 문예창작과에 장학생으로 진학하였죠. 고1 때 동아일보 기사에서 15세 소녀의 『슬픔이여 안녕』이 세계적인 베스트셀러가 되었다는 기사를 접하고 내 이름이 나와야 할 자리에 이국 소녀가 나온 것에 대한 묘한 라이벌 의식을 느끼면서 세계적인 소설가를 꿈꾸었어요. 그러나 소설은 습작기를 가져보니까 한 작품을 완성하기까지 앉은 자리에서 오랜 지구력이 필요했는데 나는 조금만 호기심이 발동하면 두리번거리고 오래 앉아있지를 못해요.

시는 축적된 경험과 갈고 닦은 감수성을 극도로 집중하면서 한 편을 쓰게 되는데 그것이 내 생리에 맞고, 그러면서 시라는 장르는 시조로, 시가 있는 국토기행으로 뻗어나갈 수 있었습니다.

더욱이 서정주, 박목월, 김동리, 안수길 등의 교수진은 서라벌예술대학이 가졌던 프리미엄이었어요. 불행하게 요절했지만 "일출봉에 해 뜨거든 날 불러주오. 월출봉에 달 뜨거든 날 불러주오……(「기다리는 마음」)"의 김민부, 학원문학계의 스타 이재령을 비롯하여 천승세, 송상옥, 유현종, 김주영, 박경용, 박이도, 홍기삼, 조상기, 오찬식, 김문수, 조대현, 오재철 등이 모두 한반이었어요. 그 무렵 시를 읽으면 특별히 외우려는 노력을 하지 않아도 저절로 외워지는 경우가 많았어요. 미당 선생님의 시도 수 십 편을 외우고 다녀서 벗들을 놀라게 한 적도 있어요. 미당과 목월 선생님의 시편들은 아직도 내 가슴에 남아 있답니다.

　동국대의 박열아, 최원, 고려대의 정진규, 숙명여대의 허영자, 김윤희, 이화여대의 김하림, 성균관대의 강우식 등과 1958년부터 본격적인 범대학생 문학운동을 전개하면서 눈을 뜨고 눈을 감으면서 문학을, 시를 이야기하며 참으로 가열한 정신의 치열성을 지녔던 때였어요. 그때로부터 지금까지 계속적인 교우관계를 유지할 수 있는 문학도들과의 만남은 어쩌면 내 인생에서 행운이랄 수 있습니다.

　허 : 그무렵 영향 받은 외국 시인이 있었습니까.

　이 : 많은 국내외 시인들의 시를 접해 보았지만 내 마음이 크게 영향을 받을 정도는 아니었는데 '예세닌'이라는 러시아 시인의 시가 기억 속에서 떠나질 않았었어요. 농민의 아들로 태어나 러시아 혁명기에도 고국 러시아에 대한 한결같은 자연에 대한 사랑을 노래하거든요. 서른 정도의 나이에 스스로 목숨을 끊은 시인인데 그의 시 속에 등장하는 '어머니'라든가 '신작로' '조국' '풀과 나무' 등에서 내 삶의 정면을 보는 것 같았어요. 뒷날 내시 속에 등장하는 '리야잔'이라는 명칭은 그의 고향이랍니다. 무용수 '던컨'과의 정사(情事)로도 유명한데 그의 사랑과 향수가 시를 공부하는 그 시기에 나를 깊이 매료시켰어요. 지금 서점에 가면 오장환 번역으로 출판되어 있지요.

　허 : 1961년부터 1964년까지 5개 일간지 신춘문예 3개 부문으로 시, 시조, 동시에서 신춘문예사상 6번의 석권을 이룩한 후에야 문학적 방랑벽은 종지부를 찍으셨는데요, 등단하셔서 근 40년 가까운 세월을 시에 정진해 오셨습니다. 제가 알고 있는 것만 해도 『노래여 노래여』(1981년), 『동해바닷속의 돌거북이 하는 말』(1982년), 『한강』(1985), 『시가 있는 국토기행1, 2』(1997)을 비롯하여 시선집, 수상록 등 책으로 묶여지지 않은 시의 행보를

가지고 계시지요. 주목하게 되는 것은 각각의 서문에서 밝히는 역사의식이었습니다.

이 : "사월은 잔인한 달(「황무지」)"이라고 노래한 T. S 엘리어트의 말을 인용하지 않아도 20세 이전에는 풍부한 감정만으로도 시가 이루어지지만 25세 이후에도 계속적인 시를 쓰고자 할 때에는 준열한 역사의식이 수반되어야 합니다. 시는 삶이기 때문에 역사의 앞에서 역사를 끌고 가야 합니다. 우리의 역사는 시의 무한량한 광맥이에요. 나는 20대 초반까지 조국이란 낱말에 괜히 눈물 고이는 버릇을 가졌고 그래서 시를 쓸 때는 항상 맨 먼저 떠올려서 너무 많이 그것에 이끌렸던 적이 있었어요. 분명한 것은 내가 이 땅에 태어난 이상, 모국어로 시를 쓰는 이상 우리의 역사 속에서 사상을 추출해서 그것을 현대적으로 재구성해서 오늘의 삶의 인식수단으로 삼는 일 - 언젠가 내가 구현하고자 하는 시세계라고 공언한 일도 있습니다. 그 역사가 어둡고 참담했으면 참담했을수록, 찬란한 문화유산을 가졌다면 찬란한 빛깔들이 주는 것으로 오늘의 나를, 사회를, 역사를 조명해 내는 거울로 부족함이 없지요. 언제 그것을 해치울 수 있을까마는………

허 : 선생님의 말씀을 들으니 그것은 어쩌면 선생님께서 우리 현대사의 가난한 시절을 거쳐 오신 특이한 세대이시기 때문이 아닌가도 생각해 봅니다. 일제 말기에서 한국동란, 4·19, 5·16 등 굵직한 사건들이 선생님이 생을 가로지르고 있는데요, 저희가 알지 못하는 선생님 개인적 생애의 한 면을 듣고 싶습니다.

이 : 나의 아버지는 동네 사람들이 사상가라고 불렀지요. 일제 강점기에 사회주의 운동과 독립 운동은 하나로 묶여졌었는데요, 아버지는 해방 전후에 감옥에 드나드시느라 나는 얼굴도 모르고 자랐지요. 반면에 할아버지는 절대 우익이었어요. 전쟁이 일어나고 7월인가 아버지 심부름으로 재너머 친구 아버지에게 가니 인민공화국 국기를 꺼내 주었어요. 며칠 지나지 않아

고향 당진 마을에 인공기가 올라갔어요. 인공치하가 돼가고 우리 집은 위험한 상황에 놓이게 되었어요. 조부모님은 덕산으로 피하고, 아버지는 지하운동의 본거지였던 온양으로 가셨지요. 제일여관에서 구두와 겨울옷을 보내라는 9월의 편지를 끝으로 연락이 끊겼어요. 할아버지는 당진에서 알아주는 한학자로 애비 없는 나를 몹시 귀여워 하셨지만 내색은 하지 않으셨어요. 오히려 더욱 엄하게 「천자문」이며 율곡 선생이 지은 『격몽요결』 등을 가르치시며 붓을 쥐어 주셨어요. 지금까지 붓을 잡고 글을 쓸 때면 정신을 다스리던 필력이 무의식 속에서 혹 그때 싹튼 것이 아닐까 생각할 때가 있습니다.

아버지의 실종은 어머니의 당장 살길을 막막하게 했어요. 아흔 하나까지 사시다 작년에 돌아가셨는데……… 어머니의 땀과 눈물을 잊지 못해요. 겨울이면 홍시처럼 빠알갛게 익은 언 볼과 청솔가지를 태워 군불을 피울 때 나는 매운 연기는 지금 세대들이 체험하는 '퓨전문화'의 시각으로는 상상할 수 없는 상처와 아픔입니다.

결국 이러한 금이 간 개인사를 통해서 인간 누구나 공감할 수 있는 보편성을 이끌어 낼 수 있는 광맥의 역할을 역사는 안고 있습니다.

허 : 제가 문학도 시절 선생님께서 시가 추구하는 사랑을 뒤집으면 한(恨)이라고 말씀하신 적이 있는데 시인에게 있어 시대는 항상 불행한 것이라는 생각을 해 봅니다. 선생님의 시가 '우러나는 시'로서 감동을 가져오는 이유 중의 하나로 빼놓을 수 없는 부분이 한(恨)의 못물 속에서 끝없이 깊고 끝없이 푸르고 끝없이 맑은 물을 흘려보낸다는 것입니다. 사람의 한 생애가 더없이 행복하기를 바라겠지만 선생님은 오히려 가장 많은 상처가 자신에게 주어지기를 원하고 계십니다. 상처에 살이 허물고 또 허물어서 더 이상 허물어질 살이 남아있지 않는 영혼의 가벼움으로 마침내 시 한 편 쓰고 싶다는 말씀은 제가 문학도로서의 길을 가는데 잊을 수 없는 행복한 시간이

었습니다. 『사랑을 연주하는 꽃나무』에서 '삼가 어머님께 올립니다'라고 하면서 시가 시작되었는데 선생님 삶의 한 부분 속에서 이해가 되어집니다. 사랑을 뒤집은 한(恨), 혹은 한(恨)을 뒤집은 사랑은 1981년에 발간하신 시집 『노래여, 노래여』와 1982년에 발간하신 시조집 『동해바닷 속의 돌거북이 하는 말』에서 가장 집약적으로 표출되고 있는 듯 합니다. 이 대담이 선생님의 시세계와 시에 대한 전반적인 생각들을 독자들에게 부각시켜 보려는 것이 중요한 목적 중의 하나라고 생각되는데요. 시작의도랄까 하는 것을 여쭈고 싶습니다.

이 : 사실 시에 어떤 이념이나 의미를 부여하기보다는 내 삶의 가장 치열한 아픔에 부딪칠 때마다 나는 그것을 시로 쓰고, 또 시로 썼습니다. 시집 『노래여, 노래여』는 몇 번이고 나를 일으켜 세울 때마다 쓰인 시라고 볼 수 있어요. 시조집 『동해바닷 속의 돌거북이 하는 말』을 내놓을 무렵에는 내가 이땅에 태어난 이상 그리고 모국어로 시를 쓰는 이상 조국을 떼어버릴 수 없듯이 내 나라의 오랫동안 지켜 겨온 단 하나의 시형식인 시조를 버리고 시를 쓰거나 말할 수는 없다는 생각이었죠. 시조는 어떤 시대적 상황 속에서도 이 나라 시의 원류로서 도도하게 흐를 것을 확실하게 믿고 있습니다. 김수환 추기경이 성화를 보면서는 몇 분 못 서있었는데 석굴암 앞에서는 30분도 더 있었다는 고백을 하신 적이 있어요. 미당 서정주 뒤에 신라의 향가가 있는 것처럼 민족의 원형질로서 역사의식은 한국시의 정체성을 일깨워줍니다.

조금 다른 이야기가 되겠지만 '해방에서 5·16까지 시로 쓴 한국현대사'라는 부제를 붙이고 한국일보에 연재한 작품 『한강』은 나로서는 처음 시도했던 서사시였습니다. 아직 우리 문학사에서 서사시가 정립되었다고는 볼 수 없지만 시가 역사를 수용하고 그것을 형상화시켜 나갈 책무가 있는 이상, 시인의 노력은 끊임없이 이어져야 합니다. 『시가 있는 국토기행1, 2』은 그러한 길 떠남에서 자연에 대한 목마름, 역사에 대한 목마름, 지식에 대한 목마름, 시에 대한 목마름으로 가슴이 갈라지는 것을 느끼며 한 회분의 글을 쓰기 위해 밤을 새우며 쓰인 작품들입니다. 덥고 춥고 비가 오고 눈이 오고 이런 것들은 시를 쓰는데 아무런 장애가 되지 않았어요. 그 시들을 쓸 때 금강산을 밟을 기회가 오기를 바랐지만 꿈은 멀기만 했고 나는 금강산을 오르는 날 제 3권 째 『시가 있는 국토기행』의 끝을 맺을 생각을 하고 있습니다. 처음 연재하면서 북녘 땅까지를 구도로 잡았거든요.

허 : 선생님의 시적 집념을 듣는 것 같아 숙연해집니다.

선생님의 시 속에서 추구하는 '사랑'은 '사람을 사랑하는 정신에서 나의 시는 태어났다'라는 작은 샘이 마침내 큰 바다로 합쳐지는 느낌을 갖게 합니다. 때로 그 사랑은 여성의 몸을 빌려 신생의 역사를 간직하기도 하지요 중국 명사산 안에 있는 월아천을 선생님 시가 품고 있는 사랑이라 해도 좋을 듯 합니다. 언젠가 명사산을 '여자의 알몸'같은 시라고 표현한 적이 있으신데 선생님의 시안(詩眼)이 발견한 이미지라는 생각이 들었습니다. 그곳의 모래는 아주 가늘어서 바람에 쉽게 날리더군요 그래서 많은 사람들이 오르내려 발자국이 흩어져 있어도 하루만 지나면 깨끗하게 지워지고 다음날에는 다시 뾰족한 능선을 과시하는 산들이 일어서지요. 모래산에 둘러싸인 채 수 천 년 동안 내려오면서 잠시도 물이 마르지 않았다고 하는 신비한 샘, 월아천을 볼 수 있었던 것은 제 삶에 값진 체험이었습니다.

화제를 조금 바꾸어 보겠습니다.

선생님께서는 글감 찾기의 광맥으로 벼루를 찾고 계신데요, '벼루'에 대한 시쓰기는 첫 시집에서 몇 편 볼 수 있었지만 최근 천착해서 시의 깊이를 더하고 계십니다. 이번 중국 여행 일정에서도 좋은 벼루를 만났다면서 흥정이 끝난 후 소년처럼 좋아하시던 모습이 인상적이었는데 벼루에서 문향(文香)의 정신적 유산을 느끼는 선생님의 생각을 듣고 싶습니다.

이 : 문방사우(文房四友), 붓·종이·벼루·먹은 어릴 때부터 나에게는 친숙한 것들이에요.

할아버지에 의해 붓을 잡아 제사 때 축문도 쓰곤 했지요. 세월이 흐르면서 서른 무렵 좋은 벼루 하나쯤 갖고 싶은 것이 지금 이렇게 벼루를 찾아 나서는 욕심으로 바뀌었어요. 양전일천(良田一千)이란 말이 있는데, 조선이 낳은 추사 김정희에게 가르침을 준 청나라의 거유(巨儒)가 벼루를 일컬어 '좋은 밭 일 천'이라 한 것처럼 벼루는 내 글감 찾기의 광맥입니다. 벼루는 글농사를 짓는 논밭이에요. 앞으로 추구해 볼 방향을 바로 이 벼루사랑이라고 할 수 있습니다.

허 : 지인(知人) 혹은 독자에게 책을 주실 때 짙고 흐리면서 날렵하게 서명을 해 주시던 모습이 새롭게 느껴집니다. 마지막 질문을 올리겠습니다. 시 쓰기가 장구한 시간과의 싸움이라고 한다면, 지치지 않는 열정이 필요하다면, 오랜 구닥다리를 새롭게 인식하자면, 시가 지닌 천성의 아름다움을 싱싱하게 간직하자면 어떻해야 하는지 시 쓰기를 시작하는 문학도와 젊은 시인들에게 선생님의 견해를 들려주십시오.

이 : 우리가 시를 쓰는 재료는 언어잖아요. 시 작품 하나하나는 언어가 지닌 처녀성으로 태어난다고 생각해 보면 자신만의 화두(話頭)를 갖는 것이 좋아요. 화두를 갖기까지는 개인의 삶이 지니는 다양성만큼이나 체험이 안겨주는 인스피레이션이 있다고 봅니다. 나 같은 경우는 역사라든가 벼루를 생각할 때면 무언가 자꾸 중얼거리게 되거든요. 그 무언가 자꾸 중얼거림에 사로잡혀 있을 때 좋은 시가 써진다고 봅니다. 끝없이 나를 뒤척이게 하는 것에 가만히 귀를 기울이면 자신만이 해결할 수 있는 혹은 자신만이 싸워야 하는 정체성과 만나게 되죠. 그리고 그것은 곧 거대한 삶의 보편성으로 흘러들면서 공감을 얻는 화두를 다시 또 던져주고 인간의 삶을 계속적으로 연결시켜 준다고 생각합니다. 시의 언어를 얻기 위해서는 조각가가 최상

의 조각품으로 완성하기까지 작업실에서 고된 낮과 밤을 맞이하며 끌과
정을 놓지 않는 것처럼, 소리를 하는 사람이 피나는 소리 훈련 끝에 득음에
오르면 그 길을 벗어날 수 없는 것처럼 자신의 에너지를 다 쏟아 붓는 시의
시간을 가져야 합니다. 시로 태어나기 위해서 시 이외의 것들은 아주 박살이
나야 해요. 물론 평생 이러한 자세로 시에 임해야 하겠지만.

허 : 시력(詩歷) 40년을 헤아리는 선생님과 시와 삶에 관한 대담을 하면서
저 자신이 새롭게 출발하고 싶은 열정을 자극 받습니다. 오랜 시간 대담에
응해 주셔서 감사드립니다.

특별좌담
- 인터넷 시대의 글쓰기 -

　　20세기 한국문학 도정의 100년 위에서 이제 21세기를 살아내는 우리는 '시대가 변했다'라고 말한다. 인터넷이 급속하게 정치·경제·사회·문화 속으로 영향력을 행사함에 따라 문학 역시 예외는 아니어서 문학의 달라짐을 상정하여 본지에서는 기념 좌담회를 갖기로 하였다. 참석한 이는 이승복 교수(홍익대 국어교육학과 · 시인), 김명석 교수(명지대 교양학부 · 평론가), 허금주(한양대 강사 · 시인)였다.

　　일시 :2003. 10. 10. 금요일

　　장소 :프라자 호텔 커피숍

새로운 형태의 문학을 향해서

　　허금주 - 안녕하십니까. 서로 초면인 것 같은데 뵙게 되어서 반갑습니다.

　　이승복 - 아까부터 반가웠는데요. (웃음)

　　허금주 - 오늘 좌담회 테마를 인터넷 시대의 글쓰기로 잡았는데요, 지금은 가정마다 PC를 두 대 이상 있는 구비하고 있는 실정이 보편화 되어 있지요. 그래서 많은 사람들이 글을 쓰는데 있어서 가상공간에 노출되어 있습니다. 그렇다면 인터넷 시대를 살아가고 있는 우리가 글쓰기에 있어서 점검하고 넘어가야 할 몇 가지 문제가 있지 않을까 해서 두 분 선생님을 모셨습니다. 먼저 원고지 세대로서 글쓰기-1980년대 중반까지-를 어떤 정신과 어떤 실제적인 작업으로 해오셨는지 말씀해 주시면서 모니터 세대로서의 달라진 환경 속에서 그리고 원고지 세대와 모니터 세대가 만나서 어떻게 새로운 모습을 창출할 수 있을까로 이야기를 풀어 나갔으면 합니다. 두 분 선생님 젊으시지만 그래도 학번이 제일 높은 이선생님께서 이야기를 풀어 주십시오.

이승복 - 먼저 인터넷 시대에서 인터넷 시대라는 말이 함축하고 있는 바를 이해했으면 합니다. 1980년대 중반까지를 원고지 세대로 단절시켜서 말씀하셨는데 그 말 속에 인터넷 시대는 갭이 있다는 전제가 타당한지 점검해 볼 필요가 있어요 만약 인터넷 시대가 그렇지 않다고 한다면 먼저 인터넷 시대에 대한 개념을 정리하고 들어가는 것이 좋을 것 같은데요.

김 선생님 말씀해 주시겠습니까.

김명석 - 저는 인터넷 시대라는 말에 대해서 특별히 생각해 본 바는 없습니다. 인터넷이라는 매체가 가장 큰 영향력을 가지고 있다는 전제가 될 수 있을 것 같고 그것은 문학 내에서만 사용하는 것이 아니라 일반적으로 사용하는 예이기 대문에 특별히 비중을 두고 접근해야 할 필요가 있을까를 생각하면서, 또 저는 근본적으로 인터넷 시대를 긍정적으로 보기 때문에 긍정적인 사람은 문제를 삼는 부정이 아니기 때문에 이 선생님 말씀을 들어보고 제 의견을 말씀드리고 싶군요.

이승복 - 그러니까 지금 긍정이라는 것 속에는 구분된 세대가 있고, 모니터 세대가 우위를 차지할 것이라는 긍정이 있을 것이고, 아니면 말씀하신데로 인터넷 시대라고 했을 때 비중 있게 말할 수 있는 것이 통신문학이 가지고 있는 성격이라고 할 수 있는데, 통신 떼고 문학이라는 말만 남았을 때 지금가지 문학이란 개념을 그대로 가질 수 있을 것인가 아니면 기존 전체적인 개념이 통신문학으로 전이될 것인가, 오늘의 관건은 통신문학이 서자취급으로 남을 것이냐, 불현듯 나타난 사생아일 뿐이고 언젠가는 사라질 것이라고 한다면 주도권 문학과 통신문학, 이 둘의 사유체계는 전혀 다르거든요.

인터넷이란 가장 중요한 매체라고 하셨는데, 문학을 넘어선 자리에서까지 어떤 의미에서는 주도권을 일단 준 것이지요 컴퓨터가 작품을 제공하는 것을 독자가 단지 수용, 일반적 수용으로 볼 수 있거든요.

글쓰기를 문학적 글쓰기로 제한을 두고 말씀하신 것 같은데 만일 그렇다면 인터넷 시대의 글쓰기라는 말에 대해서는 두 분 말씀처럼 인터넷이 큰 비중을 차지하고 있고, 이의를 가질 수 없고 막연하게 흐름은 그쪽으로 가고 있는 것이 사실이라고 전제를 하고 출발하면 훨씬 편하지요. 그런데 그렇지 않다고 생각하는 이들이 분명히 있거든요. 다만 인터넷은 더이상 없어지지 않는 중요한 정치·사회·문화적 요인임에 틀림없다는 전제는 가능하다고 봅니다.

김명석 - 선생님께서 말씀하신 거에서 시대와 세대의 구별인데요, 시대의 일반적 성격은 우리의 논의를 벗어나는 거고 인터넷 시대를 일단 대세를 인정하는 범위에서 글쓰기가 어떻게 달라질 것이냐, 세대 개념을 따로 갖고 생각하는 것이 아니라 누구에게나 적용되는 것인데, 작가적 입장에서 세대 구분으로 나오는 거 같군요. 저는 독자적 입장에서 보았을 때 종이책과 인터넷에서 유통되는 E-BOOK으로 나누어 볼 수 있을 거 같습니다.

인터넷이라는 매체로서의 영향력

허금주 - 범위가 어느 정도 이해가 된 거 같습니다. 인터넷 시대를 문학적 범주에 두고 작가, 독자, 매체로 이야기를 끌고 갑시다. 인터넷 시대 이전과의 구별은 확연히 있지요 종이책 세대에서는 자신이 글을 쓰더라도 발표지면이 없기 때문에 익명으로 사라지는데 1980년대 후반기에서부터는 익명으로 올릴 수 있고, 인터넷 시대는 프로작가(여기서는 전문적인 작가)가 아니라도 작품 발표의 공간을 마련할 수 있다는 점에서 차별을 둘 수 있겠습니다. 두 범주 사이를 이어주는 매개로 매체로서의 영향력을 말씀해 주십시오.

김명석 - 인터넷 시대에서 인터넷이 어떤 관계에 놓여 있는가, 여기서 얘기를 풀어 나가자면 인터넷은 문학의 자리를 위축시키는 자리로서 이중적인 상황에 놓여 있는 것 같습니다. 하루의 일과에서 아침에 출근하면 메일을 확인하죠. 다음엔 자신의 커뮤니티로 들어가서 활동을 하고 인터넷을 이용해서 신문을 읽고, 등으로 인터넷이 차지하는 비율이 매우 높은데요, 문학이 끼어들 틈조차 없을 정도로 문학을 바깥으로 내쫓은 결과이기 때문에 적과 같은 존재가 되기도 하고, 그러면서 한편 인터넷 내에 문학 사이트가 넘쳐나고, 인터넷 연재소설을 통해서 종이책으로 나오면 어떤 출판보다도 인기를 모으는 경우를 보는데요, 인터넷은 문학의 든든한 후원자이면서 이중적인 성격으로 작용하면서 작가에게 엄청난 부담으로 때로는 든든한 후원자로 역할을 해준다는 생각이 들고, 독자의 측면에서는 새로운 문학적 경험을 향유할 수 있는 새로운 계기가 되었다 할 수 있겠지요.

이승복 - 제가 1996년 경 지금과 비슷한 작업을 한 적이 있었는데……, 새로운 문학적 경험을 향유하게 된 컴퓨터와 문학의 관계를 네 가지로 나누어 살펴볼 수 있겠습니다.

먼저 컴퓨터의 등장을 들 수 있겠는 데 이것은 사회생활에서 이슈가 부각되는 형태였다고 본다면 두 번째 PC의 등장은 글쓰기가 모니터에 의한 등장으로 볼 수 있겠고, 세 번째로는 통신망의 등장으로 문학의 개념이 인터넷으로 창작되었다고 볼 수 있는 단계지요 이 단계는 우리에게 있어서 빨라야 1989년 정도이고 1990년대에 들어서 활성화 된 부분인데 여기서 네 번째 단계인 제 3세대의 출현을 가져오게 됩니다. 문학작품을 어떻게 접점할 것인가에서 문학을 소개하는 코너, 나도 작가 코너가 등장하고, 독자 일 수밖에 없는 사람들끼리의 커뮤니티가 발생했습니다. 이들이 전문작가 를 필요로 하지 않으면서 작가는 문학의 위기를 느꼈고 독자는 작가가 사라 져도 상관없다고 보는 것이지요. 기존 문학적 양식을 포기하거나 비유를 하지 않는다는 글쓰기가 등장하고 채택되면서 기존문학에서 포기해야 할 부분이 사실 글 읽기, 글쓰기에서 함의되고 있지요. 전환점이라고 하면 거기 쯤 와 있다고 봅니다. 바람직하냐고 하면 대답은 못할 것 같아요. 하지만 현상에 대한 자각은 충분한 시점에 와 있다는 생각이 듭니다.

김명석 - 같은 문제라고 보는데 PC나 통신망 등장 이후 문학의 신화, 신성함은 사라졌다는 생각이 듭니다. 독자도 기존의 절차를 거치지 않고 글을 발표하고, 작가 비평가를 대신하는 독자가 등장하여 조회수를 통해서 평가하는 것으로 사람들에게 영향을 미치고 있지요. 그런데 이런 것들의 저변에 기본적인 생각의 변화를 의미한다고 볼 수 있지요.

익명으로 글쓰기의 영향력

허금주 - 많은 사람들이 익명으로 글쓰기로써 놀이를 하는 것은 이러한 흐름의 변화를 이 시대 문화가 가지고 있는 폭력적인 것으로부터도 설명되 어 질 수 있겠습니까.

이승복 - 아, 물론입니다. 익명성은 인터넷 문학을 얘기할 수 있는 최우선

입니다.

사회가 가지고 있는 익명성의 힘은 긍정과 부정 모두 가지고 있어서 문제가 될 수도 있고 희망적이 될 수도 있지요. 익명성이 갖고 있는 위상과 역할의 비중을 얼만큼 크게 두느냐 에서 대중성과 만나고 멀티(MULTI)와 만나 활용되는 것도 다 그러한 이유에서 라고 봅니다. 그러나 구체적 자연이 아니라는 것이 내포되어 있어서 어떤 시대적 가상의 인물이 설정되고 그 인물이 폭력적으로 존재할 수도 있다는 점이 우려되지요. 누구도 책임지지 않는 그때의 폭력을 어떻게 감당할 것인가. 어떠한 제재를 가할 수 없는 것이지요.

김명석 - 오랜 문학의 전통은 익명성에서 유래되었다고 봅니다. 커다란 네트워크(NETWORK) 상태에서 실명과 익명이 생겨나는데 나에게 어떤 의미가 있는가. 조금 전 말씀처럼 그러한 것이 폭력에서 크게 말해질 것은 아니라는 생각이 드는데요.

이승복 - 묵시적인 폭력이 생겨나는데 그 영향력은 엄청난 파장을 일으킵니다.

김명석 - 그런 거 때문에 문학이 발목 잡힐 필요는 없지요. 온라인 또는 오프라인 상에서도 익명에 의한 폭력은 있을 수 있는 것이지요. 합리적 수준에서 조정될 수 있을 정도로 시간이 해결해 줄 수 있는 문제가 아닌가 생각이 들어요.

이승복 - 그런 점에서 네티켓(네티즌들의 에티켓의 준말)이 나온 것이 참 다행입니다.

문제가 되는 것이 폭력적이지 않으면서 문학을 하는 것이, 독자라는 편에서 글을 쓴다는 것 자체가 폭력이 됩니다. 우리가 두려운 것은 그 이전의 것들을 포기하고 이후의 것들만으로 이루어져 문학행위를 이룬다는 것이죠. 1980년대 후반부터 우리에게 던져진 질문은 문학적 글 읽기를 하는 것이 아니라 그러한 가치틀을 가지고 게임을 하고 있는 거란 말이죠.

단적으로 앞에서 지적한 4번 째 단계에서 3세대 글쓰기, 글 읽기가 타당한 것인가 라고 한다면 사실 두려운 것이거든요. 다시 질문해서 그것들을 중고등학교 교과서에서 다룰 수 있는가 라고 한다면 회의가 들거든요. 제 입장에서 지금 작가, 독자가 즉각적 반응을 보인 작품을 교과서에 넣는 것은 문제가 있다고 봅니다. 문학적 글쓰기라는 것이 교과서 따로 있고 향유하는 거 따로 있다는 것은 불가능한 것이거든요. 그 모두를 다 아우를 수 있는 것이 지금 필요한 것이죠. 어패가 있나요. 좀 불안합니다.(웃음)

김명석 - 처음엔 개방적인 것 같이 말씀하시더니 교과서에 넣을 수 있는가 앞에서는 회의적이시군요. 학교라는 것이 사회에서 갖고 있는 역할, 제도로서의 속성, 교육을 하는 것이 결국 기존사회를 유지, 강화시키려는 의미가 있다고 보는데 그런 기존사회에서는 이런 작품을 근본적으로 다루기가 힘듭니다. 그러나 시대가 흐르면 지금 작품도 교과서에서 다루어질 수 있다고 봅니다. 교과서 얘기를 꺼낸 것은 문학의 기득권층에 해당하는 사람들과 학생들 사이에 괴리가 있다는 것이죠. 자연스러움이 아니라 강제적인 성격이 있고 교과서 안과 밖에서 더 많은 호응을 얻는 것이 존재한다는 것이죠. 새로운 세대가 진지성을 가지고 있지 않다고 한다면 또 한편에서는 진지성을 가장한 문학적 권력을 유지하려는 것이 아닐까 하는 생각이 듭니다.

그리고 앞에서 글쓰기 변화의 네 단계를 설명하셨는데요, 저는 집의 아이를 데리고 박물관에 갔다가 새삼 인상적으로 느낀 것이 있었습니다. 글쓰기가 여러 매체에 기록되었다는 것을 확인할 수 있었어요. 글을 기록하는 방식의 차이, 이런 변화는 처음 있는 것이 아니라 오랜 세월을 두고 꾸준히 매체는 변해왔고 매체에 다라 기록되는 내용도 달라졌음을 박물관에서 발견할 수 있었는데, 더 큰 변화는 이제 인터넷을 통해서 소통되기 시작했다는 것이죠, 좀 쉬었다 합시다. (웃음)

전문 작가는 무엇을 어떻게 준비해야 할까

이승복 - 인터넷은 기존의 개념과 차이가 뭐냐 한다면 속도예요. 속도를 넘어서 가속의 개념으로 보아야죠. 소스 컬쳐(SOURCE CULTURE)로서 문화의 저변으로 작용한다는 것이죠. 문학의 변화 폭이 너무나 큽니다. 어떤 의미에서는 가속이기 때문에 감당할 수 없는 수준이라는 말입니다. 인터넷 문학의 경우, 우리나라에서는 빨라야 1980년대 후반인데 그것도 현상이 드러난 것이 15년 정도인데 교과서를 논의할 만큼 빠른 속도로 와있다는 겁니다. 때문에 매체의 변화가 아니라 문화적 변화라고 보아야 할 것 같아요.

허금주 - 문학 내에서의 변화와 가능성을 훑어보고자 합니다. 그러나 이런 변화 속에서 전문작가가 자신의 작품을 해킹 당하기도 하고 또는 독자의 감수성에 의해서 여러 형태로 편집되어 새로운 작품이 만들어지기도 하는데 그렇다면 전문작가는 이제 무엇을 어떻게 준비해야 할까요. 창작을 하시는 입장에서 이선생님 말씀해 주시겠습니까.

이승복 - 창작의 수준이 고루하야. (웃음)

김명석 - 새로운 창작집단이 등장하면서 이제까지와는 다른, 그렇다고 새로운 세대가 고스란히 채우는 것이 아니라 그 테두리 자체를 없애는 것이죠. 기존의 창작과 범위 내에서만 설명될 수 없는, 변신을 해서라도 살아남아야 하는 것을 여쭤 보고 싶습니다. 외곽에서 바라보는 저와는 조금 다를 거라고 보는데요.

이승복 - 문학이란 범위가 굉장히 넓어졌어요. 모두가 작가라는 개념입니다. 1990년 중반 경 '작가들이 학습을 해야 한다. 컴퓨터 시대에 맞는 모습으로'라는 말이 나오기 시작했지요.

물론 보수적이면서도 적극적인 작가 -이문열, 마광수, 이순원 등-들이 하이텔을 통해서 글을 썼어요. 기존의 작가이면서 통신문학에 관계하는 분, 이것들과 관계없는 새로운 작가들이 등장하면서 사이버 소설이 생겨나고 기존의 작가군에 해당하지 않는 사람들인데 어느 순간부터 경계가 무너지면서 1990년대 초반부터는 이들이 원고료를 받기 시작했고, 서점에서 인쇄매체로 전환되어 진열되었으며 학생, 젊은 사람들은 그 책을 사는데 주저함이 없었거든요.

　　김명석 - 모든 작가들이 인터넷 시대로 변한다면 아마도 배반감을 느낄 사람들이 또한 많으리라고 봅니다. 비중을 차지하는 작가에 독자들이 기대하는 것이 있기 때문에 그분들이 변한다고 하면 실망하지 않을까요 패러다임의 변화라는 것이 서서히 변화하는 것이고, 긴 역사에서 본다면 한 순간이겠지만. 일반적인 작가라는 고정된 개념은 근대 자본주의의 산물이죠 소유에 대한 개념이 생기면서 그러한 시기로부터 인터넷으로 바뀌면서 사람만 바뀐 것이 아니라 그러한 방식이 달라졌다는 것입니다. 제가 강조하고 싶은 것은 그에 역행하는 것이 동시에 작용하고 있다는 거죠. 과도기 상태라고 할 수 있습니다. 문학 사이트에 올리는 것도 돈과 관계된 어떤 부분에서 이율배반적인 상태입니다. 작가는 어떻게 대응할 것인가에서 출발한 문제인데 현재의 모습 그대로 있었으면 하는 작가가 아니라 현재 변화가 가능한, 막 출발한 작가를 지향한 사람들에게는 쌍방향에 있다고 보거든요 독자들과 함께 써가는 텍스트에 대한 이해와 관련해서 이야기 나눠 보고 싶군요.

　　허금주 - 아직도 작가 분들 중에는 자신의 고유한 방식을 주장하시면서 사이버 공간을 부정하기도 합니다. 유통 면에서 벌써 차단이 되기 때문에 독자와의 상호교환적인 면에서는 오히려 인터넷 시대가 가지고 있는 흐름에 역행하는 결과를 초래하기도 하거든요 그런 점에 대해서는 어떻게 생각하십니까.

　　김명석 - 소통하는 방식이 이원화 되어 있을 때 사이버 공간을 부정하면서도 종이책 공간을 통해 만날 수 있는, 지금은 문제가 되지 않지만 만약에 대세가 바뀌어서 문학의 소통구조가 문학의 네트워크로 된다면 계속 읽을 수 있을 것인가 그런 말씀이시죠.

　이승복 - 이렇게 얘기할 수 있을 것 같습니다. 원칙적으로 지금 우리가 얘기하는 인터넷이라는 걸 이용하는 작가와 거부하는 작가가 있는데 그것을 지금 논의할 필요는 없어요 그분들 살아가는 충분한 태도의 표현이라고 생각합니다. 오히려 문제는 상업주의가 개입하는 데서 저는 조금 우려되는 바입니다. 출판사가 종이책을 만드는 이유가 어디에 있는가? 라는 것이지요. 가치는 질의 문제가 아니라 구매자의 선호도에 달려 있다는 것이죠. 작품의 질을 클릭수에 따라 평가하는 기준이 생겼어요. 예를 들어 김소월, 무릎, 허벅지 했을 경우 김소월 보다 후자에 선 어휘들의 클릭수가 만 배 이상 차이가 납니다. 클릭해 보면 엉뚱하게도 '나쁜 생각 하지마', '깜짝 놀랐지' 이렇게 되어 있어요. 출판 상업주의라는 것이 어느 시점에 이를 때까지 생각보다 천천히 바뀔지는 모르겠지만 함부로 윤리적 재단을 하지 말고 자기자리를 지키면서 기다려야 할 거 같습니다.

인터넷 문학이 가지는 형태로써의 조건과 대안

　허금주 - 두 분 선생님의 말씀을 들어 보니까 '인터넷 문학'이라는 통칭이 새로 등장하는 문학을 일컫는데 적절하다는 생각이 드는군요 인터넷 문학이라는 그것이 가지고 있는 양식으로써의 문제는 무엇이며 대안이 있다면 어디로 가야 하는지 짚어야 할 거 같아요 인터넷 문학이 가지고 있는 맹점부터 지적해 주십시오. 김 선생님께서는 실제 수업에서 이 분야로 강의를 하시기 때문에 더 많은 생각을 가지고 계시지요.

　김명석 - 관심사가 주로 소설 쪽에 있고 그러다 보니까 주로 소설을 많이 봅니다. 처음 인터넷에서 문학이 만난 것은 E-BOOK이 등장하면서 인터넷에 의해 새로 씌어진 작품이 아닌 기존의 문학작품이 인터넷 작품으로 처음 등장하고 이어서 게시판을 이용해서 등장한 작품들이 있는데 결국 종이로 출판해서 보면 10대들만의 감수성과 사고가 나온다 해도 결국은 기존의 선형적 글쓰기에서 벗어나지 않는 것을 보게 됩니다. 인터넷에다 올리려면 하이퍼텍스트를 띄어야 하고 비선형적 구조로서, 아리스토텔레스에 의해 제시된 것이 아니라 수많은 작품이 네트의 상태로 연결되어 있는 그래서 여러 상태에서 열려야 한다는 것과 참여할 수 있도록 구상되어야 하고, 독자가 참여할 수 있는 쌍방향에서 멀티미디어 시대에 맞게 사운드, 영상과 만나는 작품을 기대하게 되지요. 그러나 거의 나오지 않았다는 것이 가장 큰 문제가 됩니다. 그런 작품으로 2001년에 나온 '하이퍼텍스트 2001'이 있었는데 거의 읽히지 않는다는 점이 결국은 기대하는 작품이 나와도 독자들과 거리를 갖게 되고 이것이 극복해야 할 과제인 것 같아요.

이승복 - 지금 말씀하신 것들, 동영상도 포함하는 것 같은데 우리가 멀티를 활용하고 있지만 그 멀티가 오히려 제한적이라는 생각이 들어요. 문자 중심 텍스트 상상력 촉발이 더 큰 것이 아닐까 하는 생각이 듭니다. 2001년에 평균적인 작품이 있다고 할 때 전체적인 질을 높여 놓았거든요, 하지만 독자들이 아직은 그런 것을 원하지 않는 것 같거든요 독자들이 정작 원하는 것은 유일한 방향이라기보다는 고려되어야 할 방향이라고 봅니다.

김명석 - 제가 말씀드린 세 가지를 추구하지 않는다면 굳이 인터넷 문학이라고 할 수 있겠습니까. 문학만 여전히 텍스트 위주의 글쓰기를 고집할 수 있는가 라는 생각이 들고 인터넷 문학이 미래를 점령한다는 것은 결국 현재의 독자들에 의해서가 아니라 미래의 독자들에 의해서 결정된다고 볼 수 있다면, 새로운 장르가 탄생해야 한다는 것이죠. 새로운 매체에 맞는 새 장르가 나와야 하지 않을까요.

이승복 - (웃음) 정말 어려운 것이 전인적인 능력을 가져야 한다는 거예요 인터넷 시대에 문학을 하는 데는 세 가지 능력이 필요합니다. 컴퓨터를 조작할 수 있는 능력, 문학텍스트를 구성할 수 있는 능력, 문장 구성 외에 동영상에 대한 시청각적 능력가지를 종합할 수 있는 능력까지 말입니다. 그러나 여러 사람이 참여한 경우 과연 개인의 창작품과 같은 등가성을 줄 수 있을까 회의가 들고 서로 성향이 다를 경우 이질적인 구조를 타당한 것으로 보아야 하는지 이런 문제가 생길 것 같습니다. 다만 인터넷 문학의 허용치. 반드시 있어야 한다는 부분을 쉽게 고정해야 할 부분으로는 아닌 것 같습니다. 그중 하나만 가지고 있어도 인터넷 문학이 성립되는 것이죠.

김명석 - 현재 없는 것에 대한 개연성으로 말씀드렸는데, 이선생님께서 한 작가의 작품이라고 말할 수 있을까 라는 것도 기존의 개념을 참조한 것이라는 생각-1인 작가-이 들고 공동작업을 통해서 만들어져야 할 거 같고요. 다른 차원에서 문학이 탄생되어야 하지 않을까.

이승복 - 그러한 요소를 갖추기에 대응할 가치는 가지고 있는가. 문학 내적인 욕구가 선행되어야 하지 않을까요.

김명석 - 선형적 사고에서 비선형적 사고로 그 흐름과 같이 문학 내적인 욕구가 나가는 것이라고 봅니다.

이승복 - 맞습니다.

김명석 - 기술적인 면은 전문가의 참여에 의해서 더 좋은 작품이 나올 수 있다고 생각합니다. 간혹 한 사람이 등장해서 모든 것을 다 할 수도 있겠지만, 최소한 두 부류 이상의 사람들이 작업을 통해서 해낼 수 있다고 봅니다. 문제는 전문가를 유인할 수 있는 유인책이 없다는 것인데 결국 인터넷을 통해서 수익, 창출 모델을 이루지 못한다면 또 다른 구조를 지향한다 하더라도 생활인인 작가들이 존재할 수 있겠는가

이승복 - 대체로 동의합니다. 지금 말씀하신 데로라면 사실은 생활인으로서의 문제는 논의될 필요가 없어요. 작가, 독자가 없는 상태에서 논의될

문제인데요.

인터넷 문학이 가지는 정서로써의 특징과 대안

허금주 - 지금 얘기하다 보니까 인터넷 문학이 주로 양식으로 가는데 정서적인 면에서도 논의되어야 하지 않을까요. 인터넷 문학은 이전보다 독특한 정서를 가지고 있다는 건 사실이지요.

김명석 - 짧게 얘기하면 진지성, 진정성이 떨어진다고 신문 등 여타에서 언급하는데 그것의 기준이 무엇인가. 어떤 특정한 사람들의 잣대로 그들을 말할 수 있겠는가. 진정성보다는 감수성, 정서의 차이라고 봅니다. 거기서 시작해야 할 것 같습니다.

이승복 - 감각적 상상력을 단순하게 얘기하면 모니터를 끝까지 보지 않고도 내용을 결정하는 사람들이라고 할 수 있을 것 같습니다. 이 화면에서 뜻하는 바를 감각적으로 알고 있으며 손가락은 비트화 되어 있어요. 그들의 감각적 정서를 설명할 기존의 문자기호가 없어요. 그래서 저를 포함한 적지 않은 사람들이 이해를 못하는 거 같아요. (웃음) 존재를 부정하는 것이 아니라 접근할 방식을 못 찾고 있어요. 여기 두 분 선생님 알고 계시면 그것을 저에게 가르쳐 주시겠습니까. (웃음)

김명석 - 모자이크라는 커뮤니케이션 방식으로 새로운 감성을 주목해 본 적이 있습니다. 이성적이 아니라 감성적으로, 시각에서 청각적인 것으로 변해간다는 것이지요. 세 번째로는 파편적인 것으로부터 통합적인 것으로 가고 있다는 것이지요. 저처럼 이성적인 방식에 길들여지고 파편화된 감각에는 길들여지지 않은 것들, 그런 차이가 있다고 봅니다.

이승복 - 이런 얘기를 할 수 있겠습니다. 산업사회가 끝나고 정보화 사회로의 차이가 뭐냐. 한 사람이 전체 과정을 다한다는 것이지요 창작→인쇄→독자에게 전달까지 무엇이든지 다 한다는 겁니다. 문학에 대한 개념이 굉장히 초장르적인 형태로 액티브 해졌어요. 그런 점에서 동의합니다. 그러면 인터넷 문학, 정보화 사회에서는 아주 비문학적 형태를 계속 강조해서 그것이 중요한 가치척도의 기준이 될 수도 있다는 것입니다. 예를 들어 사람들에게 영향력이 큰 포르노그래피를 띄어 놓고 작품을 올렸을 경우, 그래서 그것을 윤리적으로 제한할 수 없다면 인터넷 문학이 가지고 있는 문제가 될 수 있지 않을까요 인터넷 문학이 가지고 있는 시대, 양식, 자신을 조절하는 문제가 논의되어야 할 것 같습니다.

김명석 - 인터넷 문학이 살아남을 수 있을 것이냐 하는 것은 왜곡된 면이 많기 때문에 염려하시는군요. 윤리라는 것이 사회규범이니까 현사회가 가지고 있는 가치관, 세계관을 가지고 측정하는 면이 있어요.

이승복 - 인터넷 문학으로서 정체성이 지금 완성된 것이 아니라면 완성시켜 나가는 과정에서 적어도 제거 혹은 피해야 할 부분이 있을 텐데 지금으로서는 거세되어야 할 부분이 꽤 많다고 봅니다. 거세할 수 있다면 거세하는 것이 인터넷 문학을 성장시킬 수 있는 거 같습니다.

김명석 - 걸러주는 장치는 계속 존재해 왔습니다. 인터넷이 가지고 있는 독자의 판단이 이끌어 갈 것이고, 판단을 대신해 줄 수 있는 장치가 필요한 것이 아닌가 생각해 봅니다. 그것이 무엇일까.

이승복 - 기다려 봐야 하겠네요. (웃음)

김명석 - 좋은 아이디어가 있는지요. (웃음)

허금주 - (웃음) 인터넷 문학에서 항상 윤리적인 면을 많이 고민하는데요, 사이트에 들어가면 폭발적인 글들이 올라오거든요. 내용, 구성, 인물 면에서 그것을 어떻게 점검해야 할 것인가, 고민이 아닐 수 없습니다.

김명석 - 한참 제 얘기를 듣는 눈빛을 보이다가 저를 보고 웃으신 것처럼 방법이 없을 때 해 나갈 수 있는 절차는 이것은 방법이 아니었나를 하나씩 짚어 나가면 되지 않을까요. 가능성이 있다면 '귀연'이라는 여고생 소설이 인기인데 '안티귀연'이가 생긴 것처럼 독자들이 네트워크를 형성해서 일어나는 것이지요. 이것은 문학에서만이 아니라 사회 내에서 동시다발적으로 형성되고 있다고 봅니다.

이승복 - 지금 말씀하신 거에서 독자라고 했을 때 문학 독자가 맞는지 의문이네요. 차라리 네티즌이라 설정하는 것이 어떨지. 네티즌 속의 독자와 비독자를 구분할 수 있는 방법은 없다고 봅니다. 윤리 문제가 거론될 때 인터넷 문학과 기존의 문학의 틀거리가 다르고 여전히 남는 문제는 사람의 문제라는 것입니다. 사람이 갖는 기본적 윤리 면에서 유지되어야 할 부분이라는 생각이 듭니다.

허금주 - 두 분 선생님께서 말씀하신 가운데에는 문학의 틀거리가 다르기 때문에 오히려 자기조정 능력에 의해서 스스로 어디론가 가고 있을 것이며 시간을 필요로 할 것이라는 생각이 듭니다. 예측은 할 수 있는데 그것에 권한을 줄 수 없다는 말씀에 동의합니다. 인터넷 문학에 고정적인 틀거리를 한다는 것이 퍽 어렵고 어찌 보면 무모하기까지 하다는 생각이 드는데요. 예측을 한다면 어느 쪽으로 갈 것이란 걸 전문가이신 김선생님께서 말씀해 주시겠습니까.

김명석 - 전문가란 말 붙이고 어려운 것이 넘어 오는데요. (웃음)

앞에서 말씀 중에 귀에 솔깃 들어오는 것이 '사람'이라는 것인데 기계적 사람이 운영한다는 점에서 시스템이라고 볼 수 있지요. 물리적인 것만 가지고 기계와 사람을 배제시키기 보다는 정보화 시대를 네트워크라고 한다면 사람과 사람 사이를 연결시켜 주는 것으로 우리는 독자 면에 있어서 신뢰할 필요가 있다는 생각이 들어요.

이승복 - 동의합니다, 적극

문학과 놀기/ 싸우기의 간극을 넘어

김명석 - 저는 문학의 정의가 매우 텍스트적인 성격을 가지고 논의를 했다고 생각이 듭니다. 이후에 문학 자체를 가지고 논의한다면 독자와 작가를 통해서 매체 중심적이지 않을 수도 있다는 생각이 듭니다.

이승복 - 정의를 내리기보다 정의의 범주를 얘기하자고 한다면 매체의 정의라고만 할 수 없고 그 외에 그런 매체를 필요로 하는 문화적 속성은 있을 것입니다. 그 결과로 일반의 수준이라는 것이 대중화의 속성으로 들어 갔지요. 독자, 작가, 관찰자, 접속자 네티즌을 넘어서서 심지어는 비평가의 역할을 다하고 있기 때문에 그들이 그것을 필요로 하고 있다면 그러한 사람들이 인터넷 문학을 향유하고 필요로 하고 있다면 매체에 의한 정의가 가장 바람직한 정의라고 할 수 있지요.

허금주 - 어차피 살아남을 것은 긍정하면서(웃음). 이제 인터넷 문학에 대해서 부정할 사람은 없을 거 같고 동의의 폭에서는 저마다 원인이 다르다고 봅니다.

김명석 - 한 가지 궁금한 것은 작품을 들어 얘기하자면 이선생님께서는 어떤 예가 있습니까.

이승복 - 저는 모형을 설정하기가 너무 힘들어요. 지금 단정적인 언급이 오도될 가능성이 있기 때문이지요. 오도를 하게 되면 인터넷 문학이 가야할 방향이 잘못되지 않을까 우려됩니다. 인터넷 문학에서 처음 접한 것은 사이언스 픽션(SF)이었어요. 사이버의 최고 특징은 시공을 제한받지 않는다는 것이지요 학생들, 사회화 되지 않은 사람들의 시공 접근은 엄청나게 크더라고요.

김명석 - 저도 SF를 좋아하는데, 이선생님께서는 작품을 꼭 집어서 얘기하지 않으시네요. 위험성이 있지만 어떤 작품인가를 지적해 주지 않으면 방임의 상태로 가기 때문에 조회수나 판매수로 얘기되어 간다는 것이지요.

다음에 우리가 다시 만나 논의를 진전시킬 수 있다면 작품에 대한 언급을 하면서 점검을 해야 할 것 같습니다.

인터넷에서 문학과 놀기 작업이 진행되고 있고, 제 생각에는 더반이 놀아야 한다고 봅니다.

허금주 - 시 분야에서는 1996년에 멀티포엠이라는 신생장르가 선언된 바 있습니다. 그즈음 을 전후해서 시가 노래를 비롯하여 퍼포먼스 형태로 공연되기도 하고, 하이퍼텍스트의 비선형 구조로 릴레이 시쓰기가 계속적으로 현재에 이르기까지 다발적으로 행해지고 있어요.

저 또한 참여해 본 경험이 있지요. 시대는 문화를 낳는다고 기존의 문학공부-종이책- 위에 새로운 문학-멀티적 요소-을 접목시켜 놀면서 싸우면서 그 간극을 넘어 서고 싶은 새날을 마음에 품고 있답니다.

이제 오늘의 논의를 마무리해야 할 것 같습니다. 두 분 선생님, 냉정과 열정 사이를 오가면서(모두 웃음) '인터넷 시대의 글쓰기' 좌담을 이끌어 주셔서 감사합니다. 이미 기성 작가는 물론이고 막 등단한 작가이거나 작가가 되고자 하는 문학도들이 자신의 선 자리를 치밀하게 들여다보고 문제의식을 가질 수 있는 계기가 될 수 있을 것입니다. 그 문제의식을 트는 방향 설정은 스스로의 몫이겠지요. 고생하셨습니다.

특별대담
- 문학과 영상 -

21세기가 시작되기 전부터 문학과 영상의 만남은 새로운 장르를 탄생시키면서 나름의 의미와 독자성을 가지고 있었다. 지금의 성장세대는 말을 배우기 전부터 영상 이미지에 길들여진 세대이다. 정치 · 경제 · 사회 · 문화 가운데 어느 분야도 멀티매체가 이룩한 영상의 영향력을 벗어난다는 것은 거의 불가능하다. 문학도 예외는 아니어서 본지에서는 '문학과 영상'이라는 주제로 특별 대담을 갖기로 하였다. 진주교육대 송희복 교수(국어교육학과 · 영화 및 문학 평론가)와 한양대 허금주 박사(한양대 강사 · 시인)가 대담에 임했다.

일시 :2004. 7. 22. 목요일
장소 :플로렌스 커피숍

1. 영상시대의 문학, 어떻게 가르칠 것인가

허금주 - 안녕하십니까. 더운 날씨에 초행길 오시느라 힘드셨지요? 언젠가 한 번 인사드린 적이 있는데 인상이 남아서 금방 알아보겠습니다.

송희복 - 아, 그래요 나도 허금주 선생님 시 쓰는 분으로 기억이 나는군

요. 지금은 우리 서로 방학이죠? (웃음)

허금주 - 오늘 대담 주제를 문학과 영상으로 잡았는데요, 지난 학기에 '영상과 시'라는 강의를 하면서 선생님 도움을 적잖이 받았습니다. 꼼꼼히 책을 읽어 보니까 영화를 참 많이 보셨더군요. 영상문학에 관련된 저서로 제가 알기로는 거의 선구적인 입장에서 집필하신 거 같습니다. 더욱이 직접 강의를 통한 체험과 이론이 보완을 이루어 한 번은 뵙고 몇 말씀 나누어 보고도 싶었고요.

지금 자라나는 세대들은 태어나면서 영상 다시 말해서 스크린 이미지를 글보다 아니 말보다 더 익숙하게 접한 세대입니다. 그래서인지 문학 텍스트 원전을 읽는 것을 고역스러워 해요. 4·5년 후 기성사회로 진입할 우리 대학생들에게 이 현상은 더욱 두드러지죠. 인문학을 전공하는 학생들도 예외는 아닙니다. 어디 끌려가는 것처럼 시큰둥한 표정을 짓다가 영화 혹은 영상 이미지와 관련해서 문학 강의를 하면 학습에 동기 부여를 받는 모습을 발견하게 되지요.

'시인론'을 강의할 때도 실제 시인, 예를 들어 서정주, 김남조, 김춘수, 문정희 등의 삶을 담은 비디오를 보여주곤 하지요 좋은 점은 동시대인으로서 삶을 살아간다는 것을 보여줌으로써 이미 체험학습 효과를 거두는 것은 물론이려니와 시인의 삶을 바라보는 정서적인 심미안을 계발할 수 있지 않을까, 생각합니다. 막연한 관념과 지식을 배우는 것보다 문학의 살냄새를 맡고 이론을 습득하는 것이지요.

어떻습니까? 선생님 세대는 전형적인 문자 중심의 문학 공부였는데 선생님의 첫 강의는 영상문학이어서 학습의 격세지감을 느끼셨을 거 같습니다.

송희복 - 어휴, 저의 책이 강의에 도움이 되었다니 고맙습니다. 저는 영화를 좋아해서 즐겨 보는 편이에요 처음에는 취미 수준에서 보다가 이왕 보는 거 전문성을 갖고 싶은 생각이 들어서 관련 서적을 읽으며 준비를 했지요.

그러한 작업들이 지금의 준비된 강의를 할 수 있는 목록이 되었어요.

지금, 하루가 다르게 급변하는 매체 환경 속에서 문학의 아이덴티를 지키고 또한 문학이 문화현상의 중심부에 놓여 있는 영상과 어떻게 조우해야 할 것인가 하는 문제의식은 상호 모순적이면서 시대적으로 매우 긴요하다고 할 수 있겠습니다. 1990년대 중반 미국의 문화계에 충격을 던진 두 권의 문명비판서가 있었어요. 그 제목은 『구텐베르그의 비가(悲歌)』와 『홀로테크 속의 햄릿』입니다. 제목에서도 암시되어 있듯이, 문자주의에 의거한 전통적인 문학의 뒷자리에 올 대안의 문학이 필요하다는 것은 이제 새로운 제안이라고 할 수 없어요. 이제 문학의 교육도 인식 틀의 변화, 발상의 전환이 필요합니다. 이제까지의 문학은 작가에 의해 쓰인 저작물(=창작물)을 독자가 읽는다는 것, 즉 쓰기와 읽기라는 수수관계에 따라 이루어졌던 것이 사실입니다. 그런데 앞으로는 문학 행위의 과정 속에 '보기(VIEWING)'라는 개념의 부가적인 가치에 대해 적극적으로 전환되어야 하리라고 봅니다. 본다는 것은 경험과 식견을 넓히고 심미안을 드높이며 결국 삶의 질을 한층 풍부하게 하지요.

허금주 - 공감합니다. 선생님께서 말씀하시는 '보기(VIEWING)'가 생각의 힘을 도태시킨다는 일견의 우려가 지금도 제기되고 있지만 제 생각은 조금 다른 면을 갖고 있었는데, 선생님 조금 더 말씀해 주시겠습니까?

송희복 - 이때까지 문학의 교육이 교훈적인 측면에 강조점이 주어진 것이 사실이지 않습니까? 한용운, 윤동주 등의 문학작품을 통해 저항적인 의지나 도덕적인 순결성 등을 강조해 왔을 뿐이죠. 청소년기 감수성이 얼마나 예민합니까. 그들은 연애문학을 스스로 읽는데 문학교육은 연애문학을 통속적인 문학으로 치부해 버리곤 했던 것이 문학교육의 관행이었다고 할 수 있죠.

문학은 삶의 정서적 대안이에요. 문학 속에 감정이입, 소원충족, 대리충족의 긍정적인 효율성이 내포되어 있습니다. 이러한 과정에서 볼 때 영상문학이 문학적으로 교육적인 효과를 적지 않게 발휘할 것으로 보입니다. 예컨 대 셰익스피어의 『로미오와 줄리엣』이 올리바아 핫세나 디카프리오 등이 등장하는 다수의 영화 버전에 비해 더 절실한 감동을 주는가 하는 물음을 충족시키지 못한다면, 영상시대의 문학에 대한 교육이 재고되어야 할 것임 에 틀림없으리라고 생각됩니다.

허금주 - 우리의 고전 『춘향전』이 감독에 따라 또 그 시대의 스타 배우에 따라 무엇보다 시대의 문화를 외면할 수 없는 성장세대에 따라 거듭 새롭게 읽혀지는 경우를 생각해 보면 문학교육이 이제 확실히 달라져야 한다는 생각을 하게 됩니다.

1-1. 영상문학의 개념

허금주 - 여기서 영상문학에 대한 개념을 정리하고 들어가는 것이 좋을 듯 하네요. 기존의 '문학'이라는 개념은 문자매체에 의한 전통적인 양식을 말하지요. 이 용어도 소급해 가면 구비문학에서 형식을 달리하는 용어일 뿐인데 영상문학의 용어적 개념도 이와 같지 않겠습니까? 영상문학이라고 했을 때 그 범주가 스크린, TV브라운관, 그밖에 화상 기기(器機) 등을 활용 한, 영상화한 문학이라고 규정할 수 있을 것 같은데 어떻게 생각하십니까? 이 분야의 전문가이신 선생님께서 정의해 주셨으면 합니다.

송희복 - 그렇습니다. 제 생각도 크게 다르지는 않는데………. 1998년 출간된 『한국의 영상문학』에 의하면 "영상문학에는 영상미를 극대화시킨 문학, 영상화를 위한 문학, 문학성이 강한 영화 등의 의미가 담겨 있다. 따라서 영상문학은 영상화를 전제로 영상을 지향하는 문학이며, 영상화된 문학이다. 즉 언어로 시작하여 영상으로 완성, 소비되는 문학이다."라고 규정하고 있어요. 영상문학을 일컬어 문학적 성격과 영화적 성격을 동시에 지니고 있는 것으로 규정하고 있지요 좁은 의미로 본다면 문학작품이 영화화된 것을 의미하지만 넓은 의미로 본다면 문자모드가 영상모드로 바뀌는 과정과 그 결과물(영상문학)의 사회적 기능과 효과를 연구하는 학문을 뜻한다고 볼 수 있습니다.

조금 전에 허 선생님이 말씀하신 것처럼 제1기의 문학이 구비문학이고 제2기의 문학이 문자문학이라면 제3기의 문학이 영상문학이라고 할 수 있어요.

문자문학의 장구한 세월에도 구비적 전통이 소멸하지 않은 것처럼 영상매체의 시대에도 문자의 고유한 기능과 역할은 확고부동하리라고 봅니다.

허금주 - 선생님 무척 진지하게 말씀하시네요. (웃음) 나름대로는 개념을 정리하며 수용해 나가는 편이지만 실제 영상문학이라는 용어를 사용하며 학문으로 체계를 세우는 데에는 아직 시기상조여서 그런지, 학문의 커리큘럼으로 진입을 하지 못하는 경우가 많습니다. 과도기라고 보아야겠지요.

1-2. 문학강의에서 영상, 영화 활용은 괜찮은가
-얻은 것과 잃은 것-

허금주 - 그럼 이제 선생님께서는 실제 문학수업에서 영상을 어떻게 활용하셨는지 들려주십시오.

저는 '영상과 시' 강의에서 "내가 찾아낸, 그리고 만들어낸 영상과 시" 발표를 하게 했습니다. 2003학번 학생들이었는데 의외로 흥미롭게 과제를 발표하는 것에 조금 놀란 적이 있어요. 문자로의 설명이 아니라 주어진 작품에서 내가 느끼는 이미지를 영상에 담아 편집을 하는 거였거든요 방법에 자유를 주니까 훨씬 다양하고 자기주도적인 문화의 생각이 들어가 오히려 창의적인 작품으로 태어나는 경험을 했어요 물론 이러한 과제를 수행하기 위해서 컴퓨터의 기술적인 면을 알아야 하겠지요. 그런데 강의 준비

시간이 꽤 많이 소요되더군요. 그런가 하면 컴퓨터를 제대로 활용하지 못하면 수업 또한 제대로 이수하기가 힘듭니다. 단점으로 서울로 유학 온 지방학생이 있었는데 머리로 알아들었다고는 해도 실제 생활에 파고든 멀티매체에 대한 활용을 제대로 이용할 줄 몰라 오히려 문자학습의 시대가 아쉬운 모습도 있었어요. 이러한 부분은 가르침과 배움의 입장에서 일어나는 과도기적 현상이라 보아야겠지요.

그리고 영상을 통한 문학이 학생들의 문학 텍스트에 대한 지루함을 가져온다고 생각하지는 않습니다. 어떤 측면으로 오랫동안 문학 텍스트를 통해서 주입된 틀이 스스로 무너지는 면을 지녔다고도 볼 수 있겠습니다.

송희복 - 문학을 강의할 때 영상물 특히 영화 텍스트의 활용은 전통적인 문자문학에 식상한 학생들로 하여금 대안적인 감식력을 키우게 하는 기회를 결정적으로 제공합니다.

저는 문학 수업 시간에 영화 속에 나오는 노래 부르기 장면을 녹화하여 학생들의 음률적(音律的)인 감수성을 자극해 보곤 했어요.

허금주 · 송희복 웃음

송희복 - 저의 경험에 의하면 학생들을 주목케 하고 감정을 구체적으로 공명시키는 데에는 음악(노래 및 연극)만큼 적절한 것은 없다고 생각되어요. 이른바 시네뮤직(CINE-MUSIC), 이것은 학생들의 관심을 집약적으로 유도할 수 있어요. 영화 속의 음악으로서 고조된 정서를 환기시킨다는 것은 기본적으로 학생들의 시심(詩心)을 자극하는 것에 다름 아니죠. 「사랑은 비를 타고」에서 비에 젖은 도시의 거리를 배경으로 물방울을 튀기면서 춤추고 노래하는 진 켈리의 명장면은 학생들의 뇌리에 두고두고 각인될 거예요.

그리고요, 문학 수업 시간에 영화 텍스트를 활용한다는 것은 가르치는 이의 노력과 열정과 치밀한 사전 준비를 요구합니다. 허 선생님도 경험해 봐서 아시겠지만 영상문학에 대한 마음 열기와 마음의 준비 상태가 없으면 거의 불가능하지요 물론 선생은 학생의 입장을 최대한 고려하여 취사선택과 편집의 과정을 겪어야 해요 또 감상에 그쳐선 안되며 학습자의 '비판적 영상읽기'에 도달할 수 있게끔 자알 인도해야 할 것입니다.

문학이 지나치게 영상매체에 굴종된다면 언어문화가 지닌 내성성(內省性)의 깊이, 물신화에 길항하는 정신의 폭, 자아의 정체성과 자기반영성을 강화하는 문제 등이 희석될 것이라고 보입니다. 책읽기의 감격적인 희열이나 글쓰기의 뿌듯함은 인내와 동참을 필요로 하는데, 청소년들이 저질만화, 음란물, 게임의 세계에 쉽사리 노출되는 것은 미디어 환경 속에 잘못 적응한 경우라고 할 수 있어요. 영상시대에 앞서서 문학의 무력함은 바로 문학의 장구한 속성을 상실한 측면이라고 생각해도 좋을 것 같습니다.

2. 문학과 영상의 만남

허금주 - 문학과 영상의 만남이 어제, 오늘의 일이 아니죠?

하나의 장르는 저의 때가 있어 생성, 소멸, 성장하는데 지금의 시기가 영상문학의 때로 부각되는 거 같습니다.

송희복 - 그렇지요.

허금주 - 문학과 영상 관계가 내일로 진행되는 새로운 장르라면 '온고지신 (溫故知新)'이라는 말이 있잖습니까? 역사적 조명을 해 볼 필요가 있겠습니다.

2-1. 영화를 바라보는 문인들의 시선

허금주 - 1920, 30년대 영화 체험이라는 것이 문인들의 감각과 상상력을 어떻게 자극하고 사유방식을 어떻게 바꿔 놓았으며 그것이 실제 창작에서 얼마만큼 이어졌는가를 얘기해 보고 싶습니다. 우리나라 1920년대를 대표하는 요컨대 염상섭, 김억, 양주동, 박종화 등은 선호하는 문학작품과 작가, 영화작품과 배우를 묻는 한 설문조사에서 "영화에는 불통이다", "大体로는 영화를 즐기여 보지 안습니다"라는 식의 대답을 주저 없이 하였다고 합니다. 선호하는 문학작품에 대해서는 국내, 해외 할 것 없이 지루할 정도로 길게 답했음은 물론이고요. 반면에 문학과 영화의 관계에 대해 유연한 입장을 취한 문인들도 있었어요. 극작가이자 영화감독으로 자신의 이름을 딴 '윤백남 프로덕션'을 세우기도 한 윤백남, 카프 산하 조선영화예술협회에서 영화배우로도 활동한 임화, 그는 조선의 발렌티노란 닉네임을 얻었다고 합니다. 한편 심훈은 문학과 영화에 대해 어느 정도 중립적인 입장을 취하면서 영화소설이라는 형식을 통해 영화의 문학화에도 관심을 보였었죠. 그러나 구체적인 고민이 없이 다소 피상적으로 이루어진 시도는 "영화소설이라는 렛텔만 붓쳐놓"기만 한 꼴이라는 비판을 면치 못했다지요.

그러다가 1930년대 동경 유학파 신세대 문인들 가운데 김기림, 백석, 이상 등 동경에서 보아온 선진영화에 익숙했던 모던한 시인들의 출현이 재미있습니다. 이들은 자신의 취미에 시네마 혹은 영화감상이라고 썼다는군요. 특히 이상의 경우는 박태원을 졸라 명동의 명치좌에서 르네 클레르의 「최후의 억만장자」를 보러 가기도 하고, 김기림에게 보낸 사신에서도 영화에 대해서 언급했다고 합니다.

외국의 경우는 비교할 수 없을 정도로 적극적인 모습을 발견한 적이 있는데, 한 걸음 나아가 에이젠슈테인의 "몽타주 이론"은 시인, 작가들에게 새로운 창작의 활로를 열어 갈 수 있도록 그 만남을 이루게 되지요?

송희복 - 허 선생님하고 비슷한 발견을 한 적이 있어요.

영화가 19세기 리얼리즘 소설의 매체적 혁신의 결과로 보는 것이 정설입니다. 따라서 영화사의 초창기에 영화와 문학의 텍스트 관련성이 이루어져 있었어요. 찰스 디킨스와 D. W. 그리피스의 관계, 제임스 조이스의 "의식의 흐름"과 에이젠슈타인의 "몽타주 이론"의 만남 등의 사례가 대표적으로 제시될 만합니다.

한편 우리의 문학사를 들여다보면 문인들이 각 분야에서 거의 전면적인 선구자의 위치에 서는 것을 알 수 있습니다. 문학과 영화의 인연을 그런 인과로 볼 수 있겠지요.

1930년대의 문인들 가운데 영화에 관해 글을 쓴 이로는 심훈, 임화, 이육사, 채만식, 배철 등을 들 수 있어요. 이들은 당시로서는 종합적인 신흥예술인 영화에 관해 긍정적인 반응을 나타내었지요. 이 가운데 심훈과 임화는 각색, 연출, 출연 등의 제작 현장에 적극적으로 참여했던 사람들입니다.

오늘 아침에 우연히 조연현의 평론집 『문학과 생활』(탐구당, 1964)을 펼쳐 보면서 「문학과 영화」라는 장(章)에 눈길이 머물렀어요. 조연현은 영화가 아무리 종합예술이라고 해도 예술의 종합이 아니라는 사실을 전제로 합니다. 그는 영화가 시간과 공간을 지배하고 시각과 청각을 요구하는 표현 양식을 갖고 있지만 여기에 사상(관념)을 형상화하기 어렵다는 치명적인 약점이 있음도 간과할 수 없다는 사실을 지적하더군요.

조연현은 당시에 도스토예프스키의 『죄와 벌』과 톨스토이의 『안나 카레리나』를 각색한 영화를 보았던 모양입니다. 문학의 주제가 시각적으로 잘 형상화할 수 없다는 점에서 매우 실망이 컸던가 봐요. 이 두 편의 영화를 두고, 그는 영화로서나 영화를 통한 문학으로서나 실패한 전형적 표본이라는 극언을 서슴지 않고 사용하고 있더군요. 그리고 그는 파스칼의 『팡세』나 몽테뉴의 『명언록』을 영화로 만들 수 있겠느냐고 반문하지요.

조연현은 영상문학의 가능성을 부정적으로 보았어요. 반면에 그 앞 시대의 이육사는 「시나리오 문학의 특징, 예술형식의 변천과 영화의 집단성」(청색지, 1939)이라는 글에서 영화의 문학성을 매우 긍정적으로 바라보고 있습니다. 그에게는 영화야말로 개인의 운명보다 집단의 운명을 주요한 테마로 삼고 있는 일종의 '휴먼 다큐먼트'라고 할 수 있지요. 그는 인간 생활의 리얼리티를 조금의 과장도 없이 재현한 영화를 가리켜 '종래의 극(劇)이나 소설에서 보지 못했던 새로운 문학이라고 생각하기에 주저하지 않았어요. 오히려 조연현 보다 이육사가 영상문학의 의의와 본질을 잘 꿰뚫고 있지 않았을까 생각해 봅니다.

2-2. 작품창작에 드러난 영화체험의 흔적

허금주 - 그렇다면 이번에는 작품창작에 드러난 영화체험의 흔적을 짚어 보려 합니다. 언젠가 기회가 있어서 장 콕도가 제작한 실험영화 「시인의 피」를 보았어요. 우연히 송희복 선생님께서 펴내신 영상문학 관련 책을 읽다가 미문의 문장으로 「시인의 피」를 소개하는 부분에서 주목했지요. 장 콕도는 알다시피 시, 소설, 극, 영화, 회화에 걸쳐 전례 없이 활동한 예술가죠. 「시인의 피」는 자신의 시를 영화화 한 작품인데 이 작품에 대해서 말씀드리기 전에 그가 피카소와 교분을 가지면서 예술관 혹은 영화관에 영향을 받았음을 먼저 주목해야 할 것 같습니다.

피카소의 초현실주의적인 성향, "당신은 아름다움보다 더 빨리 달려야 하오"라는 조언은 사회가 인정하지 않는 것을 뛰어 넘기 때문에 가장 무서운 존재여야 하는 시인이야말로 자신의 잉크병에 빠져서는 안된다는 그의 생각과 일치를 이룹니다. 그의 시집으로 『나는 시(詩)다』에는 「위대한 시인 찰리 채플린」, 「이사도라 던컨 데뷔하다」등과 같은 밑그림이 무수히 삽입된 데생시집이 주목할 만하지요. 또한 「오페라 시편(詩篇)」 등은 그의 영화관이 갖는 일련의 시도들의 결과물이라고 볼 수 있겠습니다.

우리나라를 들여다보면, 1930년대에 와서 1920년대의 문인들 하고는 영화에 대한 차이를 확실히 보여줄 뿐만 아니라 그들의 작품 창작에 영화체험의 흔적이 드러나기도 합니다. 김기림의 경우 영화가 우리에게 보이는 방식, 즉 표현기법에 관심을 두며 영상의 중요성을 시에서도 발견하고자 했어요. 그는 영상의 감각으로서 이미지를 말할 때 초점을 회화성에 두지 않고 운동성에 두었다지요. 움직이는 이미지, 이것은 시의 무의식적 영역을 풍부하게 열어 놓는다는 점에서 중요합니다. 지금 제가 받아들이기에도 무리가 없는 멋진 분석을 보여 주더라고요. 「씨네마 풍경」이라는 제목 하에 여러 편의 시를 쓰면서 이러한 시도를 보여 줍니다. 특히 「호텔」에서 영화 속의 단편적인 파노라마적 장면들처럼 이국적인 풍물들이 펼쳐지는데, 그것들이 다양하게 펼쳐진다는 게 중요한게 아니라 이러한 정보들과 상품들의 영상이 속도감 있게 제시된다는 점에서 그 핵심을 지적해야 하겠지요. 「삼월의 씨네마」 중 「아츰해」라는 시에서도 영화가 주는 체험과 흡사한 몽상의 세계를 그리고 있어요.

송희복 - 마이클 클라이튼의 『주라기 공원』이나 구효서의 『카사블랑카여 다시 한 번』 등의 소설은 영화 제작을 전제로 하여 쓰인 작품입니다. 따라서 이러한 소설을 읽으면 마치 영화 대본을 읽는 듯한 착각에 빠져듭니다. 영상시대 독자들의 기호와 취향에 다라 소설이 변화된 측면이라 할 수 있지요.

1990년대 이후에 등단한 신세대 작가들에게 미친 영화의 매체적, 미학적인 영향력은 적지 않으리라고 여겨집니다. 1930년대 시인들이 서구의 이미지즘을 받아들였을 때 그 이미지는 정(靜映像)에 지나지 않았지만 오늘날 시인들이 가지고 있는 이미지는 동영상(動映像)의 이미지라고 할 수 있지요. 박정대의 『동정 없는 세상』과 김소희의 『해피 투게더』는 제목부터가 에릭 로상과 왕가위의 영화 제목에서 따왔어요. 과거의 이미지가 감각적인 경험을 단순히 재생산하는 것에 지나지 않았지만 포스트 이미지 시대의 시인들에게는 이미지가 세상을 바라보는 인식의 변화마저 엿보이게 합니다. 단절되면서도 연속적으로 구현되는 시의 포스트 이미지가 새로운 세대의 젊은 시인들의 감수성의 변화에 영향을 끼치고 있는 것은 엄연한 사실인 것이죠.

허금주 선생님은 시 쓰실 때 영화의 영향을 어떻게, 받습니까?

허금주 - 예, 물론입니다. 일부러 극한의 정서를 떠올리고자 할 때 영화를 봅니다. 기쁨, 슬픔, 분노, 증오, 사랑, 자연과 인공, 전쟁과 평화……, 그리고 학대와 차별, 추위와 더위, 풍요와 빈곤 등 가장 밑바닥에서부터 가장 상승되는 꼭지점까지 감성의 탄력이 시를 쓰는 데는 언제나 필요하지요. 영화는 불가능한 현실 너머의 감정까지 스크린을 통해서 직접 보여주어야 하니까 그 '보기'가 저에게는 시와 함께 가는 동반자 역할인 거 같습니다. 시간이 있을 때, 어떤 경우는 어렵게 찾아서라도 싱싱한 감정 상태를 유지하기 위해서 영화를 봐요.(웃음) 이러한 감정 훈련은 사물을 명징하게 볼 수 있는 세련된 감성을 키워 주지요. 이미지를 구성하는데 도움을 많이 받고 있어요.

영상문학이 가지는 형태로서의 조건과 대안

허금주 - 영상은 정말 설명 이상의 것을 의미합니다. 영상문학이란 일차적으로 원작이 되는 문학 작품을 각색, 재구성한 영화나 TV드라마를 말한다고 볼 수 있지요. 부차적으로는 오리지널 영화(드라마) 중에서 문학성이 뛰어난 것도 영상문학이라고 할 수 있습니다.

일반적으로 볼 때, 교육현장에서 영상문학이라고 하는 것은 VCR을 통해 문예영화를 감상하거나 TV 방송사가 제작한, 이를테면 TV문학관, 베스트셀러극장, 신TV문학관 등과 같은 문예물을 감상하는 경우를 지칭하는 것이라고 하겠습니다. 이때 학습자가 독자의 개념에서 시청자의 개념으로 전환되는 것은 물론입니다. 영상문학의 부상은 문학의 위기라는 어두운 면을 들춰내는 것이 아니라 문학의 영역을 확장하는 계기를 마련하는 것으로 볼 수 있어요.

앞으로 다매체 시대의 문학은 문자문학과 영상문학의 공존을 통해 실현되어 나아갈 것이라고 여겨지는데요, 그렇다면 지금까지 짚어 온 것들을 토대로 영상문학이 가지는 형태로서의 조건과 대안에 대해서 얘기해 보고 싶습니다.

시의 경우는 1997년에 멀티포엠 선언문이 발표되었어요. 이제 시인 혹은 예술가들은 새로운 미디어 속에서 자신의 정체성을 보게 됩니다. 선언문의 내용은 이렇게 되어 있어요.

> 멀티포엠은 그 표현매체가 통각적이라는 데 주목하고자 한다. 이제까지 기호적 언어에만 의존해 온 시가 이제 영상, 음, 문자 등 가능한 모든 표현매체를 사용함으로써 통각적으로 대상에 접근해 나아가고, 이를 표현해 낼 수 있게 되었다는 점을 깊이 받아들이고자 한다.

심리적인 메커니즘에서 볼 때, 시의 이미지를 즐기는 것은 영화를 즐기는 것과 흡사하지요. 그래서 언어적 사유와 이미지의 감각이 서로에게 스며들어 가는데, 중요한 것은 시의 도덕적 근거가 인간의 내적 진실이며, 그 철학적 근거가 인간 내면의 영감의 우주라는 점에서 얼마든지 다른 예술 장르와 소통할 수 있다는 것입니다. 선언문이 발표되면서 젊은 장경기 시인이 비디오로 출시한 「몽상의 피」는 이 분야의 선구적인 단초가 되었지요.

비디오, DVD, TV-EBS 방송을 통해서 영상, 음, 문자 등의 가능한 매체를 사용함으로써 영상문학의 활로를 풍부하게 개척해 가는 방법이 있겠습니다. 교육의 현장에서도 연구와 공부를 계속해 가면서 완성도 높은 작품을 만들어야 합니다. 주의할 점은 문학을 진지하게 생각하며 삶이 무엇인가를 찾기보다는 자기 세계에 빠져 소모적인 즐김이 되지 않아야 합니다. 문학의 정체성은 그 내용의 저급함과 각성을 언제든지 촉구하니까 말이죠. 최근 디지털 카메라에 의한 새로운 영상기술로 누구든지 마음만 먹으면 영상문학 한 편쯤은 자신이 직접 제작할 수 있는 환경이 도래한 것도 아카데미 속으로 영상문학의 진입을 끌어당기는 거 같습니다. 송희복 선생님, 이 부분에 대해서 생각을 들려주십시오.

송희복 - 영상을 일상생활로 수용하는데 인터넷의 파급력이 일조를 했다는 것은 누구도 부인할 수 없어요. 문학을 비롯하여 신문, 뉴스, 영화, 음악 등 영상 및 동영상으로 보여주는 '보기'의 시대를 살고 있다고 해도 과언이 아니에요. 지금 대학에서는 온라인(ON-LINE), 오프라인(OFF-LINE)으로 사람들의 문화적 욕구를 충족시키려고 애쓰고 있습니다.

이러한 문화적 현상 속에서 허 선생님이 말씀하신 멀티 포엠의 출현이 가능한 것이라고 봅니다. 그 용어와는 조금 다른 측면에서 시네포엠(CINE-POEM)이 있어요. 한 마디로 말해 영상시입니다. 시나리오 형식으로 쓰인 시를 가리키는 용어로 사용되었는데, 이제 이에 관한 개념의 변화도 불가피해졌어요. 특정의 풍경을 화면에 담으면서 감정적인 기분과 정감을 솟아나게 하는 목적을 갖고 있는 시적 영화(POETIC FILM)를 요즈음 소위 영상시(CINE-POEM)로 부르는 경향이 있거든요. 그러나 이러한 유의 영화는 재중적인 가치가 없기 때문에 예술적 가치를 고양시키려는 의도로 일부 층에서 한정적으로 만들고 있는 실정입니다.

한편으로는 이것은 "영화의 기둥 줄거리를 이루고 있는 시나리오 형식으로 쓰인 산문시나 영화를 지칭한다."라고 정의되기도 합니다. 이럴 경우에 일반 영화가 흥미를 돋우기 위해 극적인 구도나 호화로운 무대 장치 등을 동원하는 방식에 반기를 들고 철저하게 '한 편의 순수시를 대하는 것' 같은 객관성을 유지하려고 하는 것이 이 장르만의 특색이 되기도 합니다. 한편 소설의 경우 시네로망(CINE-ROMAN)의 출현을 들 수 있어요. 글자 그대로 영화와 소설이 결합된 복합 개념이지요. 이 개념 속에는 소설을 원전으로 한 영화, 시나리오를 소설화한 경우, 시나리오와 흡사한 느낌을 주는 소위 스튜디오 소설 등의 의미가 내포된 것이라고 하겠습니다.

문학 작품을 읽고 감동을 받는 과정이나 영화를 보고 감동을 받은 과정이 같다면 이 두 가지를 공유하는 것은 양질의 내러티브를 확보하는 것이라고 봅니다.

오늘날 영화는 대중으로부터 사랑을 받고 있습니다. 그만큼 영화가 문학 텍스트의 확장으로 인정을 받아가고 있는 것도 시대적인 추세라고 볼 수 있지요. 이 과정에서 영상문학이란 개념이 대두하게 되었던 것은 필연적입니다. 그렇기 때문에 저는 영상문학을 교육현장에 적극적으로 수용하는 것을 옹호하는 입장에 서 있어요.

허금주 - 이제 영상문학에 대해서 부정할 사람은 없을 거 같습니다.

아직 사회화 되지 않은 아이들의 영상 접근은 눈뜨면서 시작하는 부분이어서 영상문학이 가야할 방향이 잘못되지 않을까 하는 우려가 들기도 합니다.

다음에 선생님을 다시 뵈올 수 있다면, 그래서 우리의 논의를 진전시킬 수 있다면 영상문학의 작품들을 놓고 점검해 보고 싶습니다. 그러려면 조금 더 시간이 흘러야 하겠네요. 저의 소양도 넓히고……

허금주 · 송희복 (웃음)

허금주 - 오늘의 자리를 마무리해야 할 것 같습니다. 문학의 주변부에서 일어나는 문화 현상에 대한 자각은 문학의 정체성을 환기하는데 불가피한 요소라고 생각되어집니다.

문학과 영상이라는 주제 아래 여러 항목들을 꼼꼼히 논해 주셔서 감사합

니다. 교육의 현장과 문학의 저변에서 활동하는 이들이 다시 한 번 문제의식
을 가질 수 있는 계기가 될 수 있을 것입니다. 바깥 날씨 찜통인데 이 자리는
추워요.

　허금주 · 송희복 – (웃음) 고생하셨습니다.

Ⅲ. 시의 현장
혹은 귀환

왜 현대인들은 시를 읽지 않는가
- 「문학의 자율성」이라는 제도적 문제와 관련하여 -

1. 들어가는 말

우리가 문학에서 상정하고 있는 모든 기본 전제들이 의심스럽다 하더라도, 문학이 언어라는 지반을 떠나서 존재할 수 없다는 사실은 분명하다.

세계사가 '소박한' 초기 산업자본주의 사회를 지나 오늘날의 현저한 자본주의적 질서의 심화, 즉 후기 자본주의적 생산양식의 물신화와 소비화가 만연되고 있는 상황에서 문학의 생산과 유통, 수용 역시도 그 상업적, 소비적 메커니즘에 따르지 않을 수 없게 되었다. "우리는 이제 문학의 현저한 세속화라는 맥락을 하나의 현실로서 받아들이지 않으면 안 된다."[1]는 주장은 과장이 아니다.

이처럼 변화된 상황 아래에서 재래적인 문학연구의 범주들로서는 더 이상 오늘날의 문학적 생산과 수용을 설명할 수 없게 되었다. 지금 우리의 문제는 재래적인 문학범주의 유효범위 및 한계를 대상의 변화상황과 관련하여 역사적으로, 또는 미학적으로 자리매김 하는 데에 있을 것이다. 그것은 불가불 오늘날의 대중문화 속에서의 문학의 위상과 기능을 재정립해야 할 임무를 우리에게 부여한다.

---

1) 이광호, 「맥락과 징후」, 『비평의 시대』, 문학과 지성사, 1991. p41.

사실상 '대중문화'라는 용어는 단일한 의미만을 지닌 명확한 개념이 아니라 엄격히 정의되기에는 너무나 다중적인 의미를 지니고 있다. 예컨대 일찍이 산업자본주의 발달의 결과 대량복제가 가능해진 상황에서 벤야민은 오히려 거기에서 예술의 정치적 가능성을 발견했던 것이다. 그의 '예술의 사회적 기능변화와 예술작품의 대중화 및 상품성의 문제', '탈의식화와 결부된 예술의 퇴락' 등의 주제는 이후 비판이론 내지 비판적 문예학에 대한 그의 뚜렷한 업적을 말해 주고 있다. 그는 새로운 복제기술의 발전을 통해 조건지어진 예술작품의 아우라의 몰락과정에서 시민예술의 자율성을 종결시키고, 동시에 그럼으로써 대중에게 다가갈 수 있는 예술의 조건을 만드는 한 계기를 발견한다.

실제로 아도르노는 그러한 문화적 산물의 표준화, 그리고 그것과 관련된 상업적 장려와 분배기술의 합리화를 가리켜 '문화산업'이란 용어를 사용하면서 그것이 개인을 현존하는 사회적 질서와 정치적 체제 속에 통합시킴으로써 대중들에게 순응적이고 소비적인 가치관을 강요한다는 점에서 부르주아적 사회의 물화현상의 일부로 보았다. 대중의 소비에 맞추어 재단되고 현 체제에 맞는 계획 아래서 제작되며 소비 자체조차 스스로 결정되는 듯한 그런 생산물을 낳고 있는 문화산업은 오늘날의 테크닉이란 수단을 매개로 하여 경제 구조 및 관할 행정기관의 목적에 부합되고 있다는 것이다. 아도르노가 예술을 가리켜 실제세계에 대한 일종의 '부정적 인식'으로 파악하고 있는 것도 바로 이런 이유일 것이다.

아도르노의 입장이든 벤야민의 입장이든, 어쨌든 그들이 분석했던 그 사회적 조건과는 달리 현저하게 심화된 산업자본주의의 발달이 이루어진 오늘날의사회에서는 문학의 연구에서도 마찬가지로 변화된 대상의 발전과 범주 사이의 연관을 우리는 다시 문제 삼지 않을 수 없게 된다.

이 글에서 다루고자 하는 문제는 여러 상황들의 변화에 등을 기대고 있는, 우리의 1980년대 후반기와 1990년대의 현저한 시의 대중화 현상이라는 문제와 대중문화 속에서의 시의 생산과 소비조건에 연관된 문학의 사회적 기능변화라는 문제이다. 그것은 "요즘 독자들이 왜 시를 읽지 않는가"라는 물음 앞에서 우리의 문학현실에 대한 정밀한 탐색과 이론화를 요구하는 일이기도 하다.

우선 한 평자에 의해 '뒤집기의 연대'라고 명명된 지난 1980년대 초의 일련의 '해체' 운동들에 있어서 그 뒤집기의 문학사적 의의를 검토하는 시도로부터 출발할 것이다. 이때 자기비판, 제도문학[2], 문학의 자율성 등의 문제를 가지고 문학 사회학적인 개념들을 작업하게 될 것인데, 왜냐하면 제도를 문제 삼지 않는 한 고급문학/ 대중문학에 대한 분석에서 가장 핵심적인 부분을 누락시키게 될 것이기 때문이다.

2. 현실과 언어의 접목 – 부침을 거듭하는 시인

"나는 말할 수 없으므로 양식을 파괴한다. 나는 파괴를 양식화한다."는 황지우의 시적 방법론은 1980년대 초 문학운동의 전체적인 성격을 규정할 만한 발언이다. 그것은 문학 외적으로는 유신을 거친 1980년 광주 이후의 대사회정치적인 저항의 몸짓이면서 동시에 문학 내적으로는 기존의 문학 개념에 대한 전면적이고도 근본적인 비판, 즉 문화의 가열찬 자기비판의 표지였던 것이다. 1983년에 상재된 『새들도 세상을 뜨는구나』에서 양식파

---

2) 여기서 제도란 문학을 생산해 내고 분배하는 장치뿐만 아니라, 어느 일정한 시대에 있어서 문학에 대해 지배적인 생각들, 작품의 수용을 본질적으로 결정짓는 그러한 생각들까지 지칭한다. 따라서 제도 개념은 문학과 사회의 연관성, 즉 문학 텍스트를 문학 외적인 맥락과의 상호 관련성 속에서 해석해낼 수 있게 하는 매개적 개념이다.

괴 전략은 파편화되고 훼손된 이 낯선 삶의 거울로서 그리고 그 거울의 되비침을 통한 기존의 문학 관념과 방법에 대한 치명적인 일격으로서 작용한다.

또한 이성복의 자연스런 연상을 따라가는 의식의 흐름에서 흘러나온 '아버지, 씹새끼'라고 발화된 기존의 부권/ 체제에 대한 모독과 , 최승자의 극언어법, 박남철의 요설과 장광설 속에 똬리를 틀고 있는 자의식의 과잉표출 역시 기존의 문학 관념을 충격적으로 전복시킨다. 이들이 보여 주고 있는 '낯설게 하기'의 기법 역시 문학을 개인의 창조물로서 사회와 격리시키는 기존의 문학 관념에 대한 비판과 전복의 몸짓으로 읽힐 수 있다. 이성복과 최승자, 황지우와 박남철의 전복적 해체의 시들에서 공통적으로 지적할 수 있는 핵심적인 사항은 문학을 현실과 유리된 것으로 간주하는 문학에 대한 제도화된 성격규정을 광범위하게 충격하면서 그것을 현실의 삶에 근접시키려고 했다는 점이다.

다른 한편 황지우의 해체의 깃발 이면에서 박노해나 백무산의 노동시들과 민중문학 진영의 벽시, 노래시, 집단창작시 등을 만나게 된다. 그들은 은어나 속어 등의 '비시적인 것'들을 도입함으로써, 기존의 제도문학적 이데올로기를 조소한다. 노래시나 집단 창작시 운동 역시도 문학이 개인의 주체적 개성의 표현이라거나 개인적인 향수라는 부르주아적 문학관의 이데올로기와, 문학인/ 일상인에 대한 대립적 인식을 낳는 기존 제도문학적 자율성의 이데올로기를 전면적으로 폐기시키면서 문학의 생산과 수용에 있어서 집단적이고도 계급적인 대응을 전면에 표출하고 있다.

우리가 제도문학을 문제 삼는 한 해체시와 민중시의 뿌리는 이렇게 만난다. 민중주의의 대항문화와 황지우의 시적방법론은 기존의 문학제도에 대한 전복과 해체라는 동일한 뿌리에서 나온 두 개의 가지로 볼 수 있다. 마치 저 역사적 아방가르드가 문학 외적으로는 정치적 목적성을 가지면서도 문학 내적으로는 기존의 문법과 구조를 해체했듯이.

이러한 해체적 움직임이 1980년대에만 있었던 것은 물론 아니다. '이상'이나 일군의 초현실주의 시인들을 통해서 그러한 움직임을 문학사에서 일찍이 확인할 수 있었다. 주목할 만한 것은 그 어느 때보다도 기존문학에 대한 전면적이고도 집단적인, 그리고 극단적인 따라서 근본적인 해체의 움직임은 1980년대에 와서야 비로소 확인된다는 것이다. 왜냐하면 이 운동들은 새로운 차원에서 문학과 삶의, 문학과 사회의 재결합을 의도함으로써 비로소 기존의 문학 관념을 제도문학으로 인식, 비판 가능하게 해주었고, 그에 따라 문학개념이 변화하게 된 하나의 단절점을 나타내주기 때문이다. 우리는 1980년대 초를 통하여 문학의 자율성이라는 제도적 성격을 분명히 인식하게 되었고, 또 이데올로기적 성격을 이해하게 되었다. 따라서 우리의 문학에서 개별적인 처리수법들이 예술 수단으로서 인식된 것은 바로 이들 해체운동들이 생겨난 이후부터라고 할 수 있다.

문학이 자기비판의 단계에 접어들 때에야 비로소 문학의 지나간 발달시기에 대한 '객관적 이해관계'가 가능해진다면, 1980년대 초의 문학운동들은 우리의 현대사 이해에 한 준거점이 될 것이다. 1980년대를 통해서 우리의 문학사는 문학 이해의 새로운 지평을 마련하게 되는데, 그것은 재래적인 문학개념을 구성하고 있던 것들이 절대적인 것이 아니라 역사적인 변화에 따라 달리 구성될 수 있다는 상대적인 측면을 부각시켰던 것이다.

3. 사이버스페이스 – 시인의 죽음과 세계의 변용

맥루한(McLuhan)처럼 기술을 인간 신체의 연장이라고 본다면 정보통신 기술은 오감-최근 기술은 촉감과 후각의 영역까지도 진전되고 있다.-과 수

족을 포함한 인간 신체의 모든 부분을 확대시킨다. 이처럼 사회와 개인의 변화까지 동반한다는 점에서 정보화 사회는 질적으로 변화된 사회의 모습을 그리고 있다고 할 수 있다. 거기에는 오늘의 시쓰기 방향에 대한 하나의 암시가 들어 있다. PC통신은 그러한 의미에서 '문학'의 항력을 키워준다. 사이버스페이스의 글말들은 문자로 '말하고 떠드는' 것뿐만 아니라 심지어는 문자로 '보고 듣'는다. 표준 언어 시각에서 그것은 기형적 언어일 수밖에 없지만, 동시에 실제로 기형적 언어를 사용하는 언중들에게 있어 가장 효과적이며 경제적인 실용어일 수밖에 없는 것이다. 사이버스페이스의 언어란, 글말의 답답함을 뚫고 팽창하려는 입말들의 아우성으로 비유될 수 있다. 수시로 새로운 언어 실험이 상정되고, 대중들의 선택적 검증작업을 거쳐 마침내 상용되기 시작한다. 사이버스페이스는 아톰(ATOM)의 아우라를 생래적으로 거부하는 비트(BIT)의 경쾌함으로 가득차 있다. 秘意보다는 어감이, 시니피에보다는 시니피앙이 강조되는 언어 본래의 즉발성과 유희성이 그 안에서 재활하고 있다.

사이버스페이스에서 더구나 비트화된 문자를 통해 '문학한다는 것'은 매우 특별하다. 원고지와 만년필의 志士的 부담감 따위는 없어도 좋다. 일정한 상상력만 준비되었다면 이후, 손끝의 세련된 달그락거림과 몇 가지의 디지털 작업을 통해 하나의 '문학작품'이 작성될 수 있다. 완성된 '문학작품'은 임의의 가상공간 속으로 신속하게 전송되며, 마침내 그것은 불특정다수에 의해 동시다발적으로 검색된 후 적당히 처분된다. 처분! 문학을 영혼과 바꿔야만 하는 무엇이라고 믿었던 파우스트들에게 뉴미디어 시대란 末法時代와 동의어다.

사이버스페이스는 바야흐로 '문학'을 고고한 권력의 반열에서 '언중의 놀이터'로 다시 끌어내리는 통쾌한 모반의 선두에 섰다. 사이버스페이스에서는 실로 많은 사람들, 실로 다양한 사람들이 여하한 합법적 등단절차도 거치지 않은 채로 자신의 작품을 자유롭게 발표하고, 일단 발표된 작품은 역시 자유롭게 검색되고 운반된다(유통된다). 사이버문학은 검증되지 않은 문학이다. 따라서 '여기서부터가 진정한 문학이다'라는 식의 편협한 검열질로부터 통쾌히 열외 된다. 사실 '여기' 혹은 '이것'부터가 진정한 문학이라고 배타적으로 성언되어질 때, 그 '여기'와 '이것'의 정체가 모호할 수밖에 없음을 우리는 너무나 잘 알고 있다. 그것은 단순한 권력적, 정치적 언명이라는 것 또한 우리는 너무나 잘 알고 있다.

사이버문학의 미덕은 카오스의 에너지 케이크 바로 그 자체에 있다. 정돈되어 있는 모든 것들에는 오로지 질서와 규율만 존재할 뿐 원초적 에너지는 존재하지 않는다. 정돈하지 말아야 할 것을 자의적으로 정돈하려 들 때 비로소 파시즘이 씩씩하게 발호한다.

사이버문학의 생득적 경쾌함은 비단 기성문학의 표준어법을 파괴하는 것에 머무르지 않는다. 사이버문학은 본격문학에서 소외되어 왔던 다양한 주변 장르들을 오히려 자신의 핵심장르로 복권시킨다. 예컨대 서사장르에서는 SF, 무협, 판타지, 추리, 연애(혹은 성애)물들이 사이버문학의 중심에 나선다. 그것은 문학의 존재이유를 아득한 추상성으로 치환하지 않고 노출과 관음의 기민한 합의체계로 이해하려는 새로운 시대의 실용적 감성에 기인한 바 크다.

사이버에고들의 상상력의 근원은 미디어 혹은 미디어의 연계로부터 파생하는 가상공간, 그리고 상호텍스트성 따위의 문명 아이템 속에 있다. 그들의 상상력은 다분히 테크-펑크(TECH-FUNK)적이고 도회적이다. 그들의 관심은 숲이나 하늘보다는 새로운 기계 상품과 새로운 미디어 환경에 보다 가까워져 있다. 그들은 외부의 객관적 세계보다는 내부의 주관적 세계를 보다 소중히 여기며, 더 나아가 실물적으로 발딛고 있는 곳으로부터 더욱 아득한 미지의 공간으로 비월하기를 꿈꾼다. 미디어 과잉의 시대에는 시뮬라르크가 현실이며 현실이 곧 시뮬라르크이다. 과연 어느 아이디가 진정한 나의 아이디이며 어느 공간이 진정한 현실의 공간인가.

4. Do-it-yourselfing : 시인의 정당성

캄캄한 방 안에서, 나는 상상한다. 블랙홀처럼 거대한 입을 벌리고 있는 모니터와, 마주하고 있다. "종이는 죽었다, 화장실 휴지는 제외하고". 우리 시대 가장 뛰어난 예술가, 백남준은 위대한 비디오 시대의 도래를 탁월한 위트로 비유한 적 있다. 지난 천 년 동안 인류의 정신문화를 지배했던 문자 문화의 멸망을 그는 이처럼 간단하게 예언했다. 그리고 그것은 현실로 나타 나고 있다. 나는 펜티엄 컴퓨터 자판을 두드리며 이 글을 쓰고 있다. 자판을 두드리는 동안 스피커에서는 If you go away(만약 당신이 떠난다면)란 영화음 악이 흘러나온다. 13개의 곡에서 10번 째 곡만을 선택해서 듣는다. 모니터 하단으로는 동그란 시계를 띄워 현재의 시간을 시시각각으로 확인하며 손 가락을 분주히 움직인다. 컴퓨터를 효과적으로 다루는 사람이 미래 사회의 주역이 될 것이다.

현대인들이 왜 시를 읽지 않는가-「문학의 자율성」이라는 문제와 관련하 여-라는 질문에 대한 의식이 문학에 변화를 일으킨다는 점에서, 그 범주에 맞추어 변화의 '질'과 '양'을 판단하는데 있어서 더 많이 행해져야 할 물음 이 있다. 어느 시대의 시에서나 언어와 침묵은 존재한다. 시란 기본적으로 언어와 침묵의 직조란 생각에는 변함이 없다. 언어들이 삼투하고 길항하는 전경의 배후에서 침묵은 언제나 두툼한 배경으로 자리하고 있다. 표상할 수 없는 것이 존재하고 있다는 사실을 알게 된 시대의 시에서는 그 뼈대를 이루는 것이 언어가 아니라 오히려 그것의 배경을 이루는 침묵이다. 단지 독자에게 많이 인지되고 제도적으로 보증됨으로써 하나의 시인이 존재한다면 우리는 시인이라 부를 수 있는 너무 많은 시인을 가지고 있다. 독자의 취향에 대한 고려를 하다보면 무게 있는 주제를 다룰 수 없는 한계에 봉착하게 된다. 시의 침묵은 표상 불가능한 것들이 오직 생략된 내용으로서 표상되도록 허용한다. 오늘날의 시가 전반적으로 경쾌한 요설이나 장광설의 형식을 보이는 것은 바로 그러한 상황의 반증이다. 삶의 겉과 속 사이의 괴리가 커질 때 시의 언어들은 요설과 장광설로 나타나는 것이다. 아마도 그것은 가시적인 표상들을 통해서 표상 불가능한 것들을 인유하는 고통스런 방법일 터이다. 우리는 시에서 언어만을 읽는 것이 아니라 언어들 사이에 또는 그 뒤에 가리어진 침묵을 읽을 줄 알아야 한다. 사이버문학의 하이퍼텍스트는 작가가 만들어 놓은 수많은 코드 중에서 임의로 선택하여 이미 구축된 많은 줄거리 중 하나를 내 것으로 가질 수 있을 뿐, 작가의 설계를 뛰어넘는 새로운 줄거리를 창조해 낼 수 없다는 점에서 본격 문학인들이 경시하는 실천 영역을 벗어나지 못한다. 매체연구의 윗자리에서 대중문화로 확장됨에 따라 사이버문학에고들의 '문학'을 향한 자율 작업은 스스로를 정당화할 뿐이다. 오늘날과 같은 시청각 매체 시대에 문학에 있어서 Do-it-yourselfing은 고객의 개념으로서 드러나는 기술적 범주이다.

침묵을 언어로써 성취해야 하는 지난한 싸움, 시가 도달하려는 목표는 애초에 성취가 불가능한지도 모른다. 그런 불가능과의 싸움을 포기하지 않고 감행하는 것이 Do-it-yourselfing의 진정한 의미라면 너무 지나친 운명일 것인가.

멀티미디어 시대 새로운 시적 현실과
시쓰기의 유형
- 시의 위기 혹은 죽음과 관련하여 -

　시의 죽음 혹은 위기는 대중문화 시대라는 격변의 현상으로 거론되고 있다. 1990년대가 저무는 세기말에서 뉴 밀레니엄 시대를 향하는 문화의 저변에서 과잉 생산되다시피한 시의 죽음 혹은 위기로써의 은유는 이제 문학인들뿐만 아니라 일반인들까지도 스스럼없이 이야기하고 있는 일종의 유행어가 되어 버렸다.

　쟝 보드리야르는 현대 사회를 소비 사회라고 불렀다. 소비 생활을 근간으로 하는 사회에 와서는 사용가치 보다 교환가치가 더 중요하게 된다. 본질적인 사용가치 같은 기의와는 무관하게 기호나 약호의 법칙같은 비본질적인 기표에 의해 좌우되는 시대가 된 것이다. 여기서 진본보다 차별화된 모사물이 더 높은 교환가치를 가지게 된다. 이에 상응하여 진리나 삶의 비전을 제시하던 과거의 전통적인 문학도 점차 생존력을 잃어가고, 대신 문학이 현대의 소비문화에 의해 새로운 상품으로 등장함으로써 포스트모던 문학의 새로운 출현을 예고한다. 현대의 포스트모던 소비 사회에 와서 문학과 상업주의의 매치는 필연적일 수밖에 없다. 단언하면 현대 사회는 소비와 욕망 충족의 사회이다. 욕망이라는 기표는 항상 충족될 수 없다. 대상을 소유하는 순간 저만큼 물러난다. 끝없이 의미를 지연시키는 것이다. 그러나 살아있는 한 인간은 언제나 욕망을 향해가고 있다. 이러한 욕망을 충족시켜 주고자 나타난 것이 바로 포스트모던한 사회의 광고와 영상 매체이다.

광고와 영상 매체는 대중의 욕구를 충족시키기 위해 강력한 이미지를 조작한다. 근대 문자문화로부터 벗어나 복합적인 시선을 창출하는 새로운 카메라의 기법이나 시점을 자유롭게 활용하는 동영상의 등장으로 영상시대의 눈은 새로운 상상력을 낳게 되었다. 이런 변화들은 문자문화의 선형적 인간을 다시 모자이크적 인간으로 변화시키고, 그것은 오늘의 다원적 문화, 감각·감성 중심의 포스트 모던 사회로의 이행과 관련된다. 하지만 영상시대의 시가 문자문화의 시를 배격하는 것은 아니고, 그 이성적 특질을 포괄한 총체적 양상을 띠는 것으로 나타난다. 이것은 멀티미디어의 총체적 특성과 관련된다. 영상시대에 이르러 변모된 상상력은 필연적으로 문자매체를 존재조건으로 하는 문학의 변화를 유언한다. 그래서 영상 이미지를 시에 끌어들여 결합시키고, 영상시나 멀티미디어시로 시의 외연을 확장하는 시도가 나타난다. 그 시도 중의 하나로 지면상에 모니터의 상상력을 도입하게 되고, 이것은 지면 속에 문자와 영상 이미지를 통합하는 작품들로 나타난다.

그래서 문학이 아니 시가 영상 매체에 그 자리를 내주고 있다면 시는 과연 죽음 혹은 위기에 직면하고 있다고 볼 수 있을 것인가. 하이데거가 밝힌 대로 인간의 본질은 존재의 진리를 사색하는데 있다면 진정 우리는 시의 죽음 혹은 위기를 목도하고 있으며 또 체감하고 있는가, 그렇다면 상업주의 앞에서 시를 쓴다는 것은 무엇을 의미하는가, 시는 어떤 행로를 걸을 것인가 가 시의 죽음 혹은 위기라는 무수한 담론보다 선행되어야 하지 않겠는가.

1. 현대시의 새로운 모색과 한계

시의 죽음 혹은 위기의식을 부추기는 주요한 요인은 자본의 문제에 수용하는 물질적 욕망 내지 그 가치관에 의해 시가 부조화하거나 부적응할 수밖에 없다는 운명이다. 물론 시가 자본이 지닌 가치의 척도로써 고려되는 상황과 관점이 위기라면 위기일 뿐이지 시의 위기에 관한 어떠한 성찰도 시 논의의 본질적 접근의 소산이 결코 아니라는 견해도 없지 않다.

시의 죽음 혹은 위기는 문화 시장에서 TV, 영화, 비디오, 전자 미디어, 뮤직 등과 견주어 볼 때, 무너지는 경쟁력을 더더욱 확인할 수 있다. 그러나 시, 소설, 희곡, 에세이 등 서점의 전면에서 문학적 형식으로 쓰인 책들로부터 시선은 더 나아가야 한다. 새로운 종류의 책들을 발견해야 한다. 오랜 문학사가 우리에게 가르쳐준 것이 있다면, 하나의 형식은 저의 때가 있고 쉽게 파괴되고 잔멸해 간다는 사실이다. 다시 말해서 문학을 담아내는 그릇은 그 자체의 고정적 의미로서 존재할 수 없다. 그렇다면 시집 속의 시만이 아니라 다른 시가 가능한가. 다채로운 테크놀로지의 기술을 이용한 문화의 생산은 시집이라는 것의 가능성을 실현하는 다양한 매체들로 향하게 된다. 이제 책은 더 이상 존재하지 않는다. 일찍이 맥루한이 지적한 예언의 시대가 도래한 것이다. "텍스트는 계속 존재할 것이다. 그러나 페이지는 사라질 것이다."라는. 페이지를 넘어서는 시의 문제에 우리는 조금 더 밀착해 볼 필요가 있다. 문학은 현실을 반영하는 예술의 제장르이며, 반영은 재현 코드의 문제가 아니라 상상력의 문제임에 우리는 주목한다. 따라서 시의 죽음 혹은 위기에 맞서고자 하는 우리는 단순히 재현 코드로 환원될 수 없는 문학의 본령을 확인하는 과정을 통해서 활자의 위기로부터 문학을 분리시킴으로써 단지 유통 수단에 지나지 않는 활자 매체의 죽음이 문학의 위기로 이해되는 현 상황의 오독을 경계한다. 이제 모든 예술가는 새로운 미디어 속에서 자신의 정체성을 본다.

나는 1997년에 멀티 포엠의 선언문을 읽은 적이 있다.

멀티 포엠은 그 표현매체가 통각적이라는 데 주목하고자 한다. 이제까지 기호적 언어에만 의존해 온 시가 이제 영상·음·문자 등 가능한 모든 표현매체를 사용함으로써 통각적으로 대상에 접근해 나아가고, 이를 표현해 낼 수 있게 되었다는 점을 깊이 받아들이고자 한다.

심리적인 메커니즘에서 볼 때, 시의 이미지를 즐기는 것은 영화를 즐기는 것과 흡사하다. 언어적 사유와 이미지의 감각이 서로에게 스며들어 간다. 중요한 것은 시의 도덕적 근거가 인간의 내적 진실이며, 그 철학적 근거가 인간 내면의 영감의 우주라는 점에서 얼마든지 다른 예술 장르와 소통할 수 있다는 것이다. 멀티미디어 시에서 나타나는 문자들은 기의가 기표적 차원에서 동일하게 메시지들을 갖게 되면서 새롭게 표의적 성격을 띠게 된다. 감성을 중심으로 이성을 포괄하는 영상세대 곧 N세대의 이미지적 문화는 거대한 상징적 상상력의 공간이다. 시는 코드화된 언어의 죽음이다. 말해지지 않은 것을 향해 새로운 언어를 찾는 시인처럼, 우리는 다른 이미지와 매체를 선택할 수 있다. 대중사회에서 미적 가치로서의 시적 이미지의 즐거움은 충분히 누려지고 확산되어야 하기 때문이다. 문제는 창조적 고뇌에 대한 깊은 사유이다.

2. 시를 쓴다는 것의 의미 -고뇌하는 인간-

괴테가 젊은 시절에 쓴 『젊은 베르테르의 슬픔』을 한 번쯤 읽어 본 사람이라면 우리 인간이 살아가면서 어떠한 고뇌에 빠질 수 있는지 어느 정도 짐작을 할 것이다. 주인공 베르테르는 이미 다른 남자와 약혼한 롯데를 향한 불륜의 사랑에 불을 지르면서 당시의 제도와 관습, 그리고 속되고 편협한 인간 군상들을 외적인 자연의 변화의 모습들 속에 비판적으로 표현하고 있다. 여기서 자연은 베르테르 영혼의 움직임의 반영이자 맺지 못할 사랑으로 인한 인간적 고뇌의 표현인 것이다. 이것이 릴케의 경우에는 시인의 사명이라는 특수한 상황과 맞물려 더욱 분명하게 드러난다. 제 1차 세계대전의 발발로 세상이 혼란스럽던 시절 그는 한 젊은 여류 화가와 사랑에 빠진다. 물론 그녀 역시 결혼한 몸이었다. 그렇지만 릴케의 영혼은 "잠에 빠진 사랑스런 여인을 옆에 두고/ 마음 속으로는 늘 남몰래 헤어짐에 몰두"했다. 그런 그를 그녀는 "영혼의 모험가"라고 불렀다. 릴케는 스스로 그래야 한다고 생각했으며 실제로 그에게는 다른 길이 없었다. 그것은 예술 창조의 길을 가는 시인이 맞는 어절 수 없는 운명이었다. 그로인해 그가 수많은 고뇌에 빠졌음은 물론이다.

독일어로 "Leiden"이라고 불리는 이 고뇌"는 원래 외부로부터 주체에게 다가온 곳, 다시 말해 낯선 것을 주관적으로 체험하는 것을 이른다. 그것은 남들과 똑같이 느끼는 객관적인 고통이 아니라 주관적 고통이다. 극단적으로 말하자면 남들이 고통을 느끼지 않는 곳에서도 특정한 사람은 고뇌할 수 있다는 말이다. 주어진 여건을 극복하기 보다는 가슴 속으로 감내하는 그 내재적인 수동성 때문에 고뇌는 행위나 행동 등의 능동적 개념과 구별된다. 그러므로 이것은 대상을 정복하려는 적극적인 행동으로 나아가기 보다는 자기 폐쇄의 한 징조로써 주체의 머리 속에 감돌다가 베르테르처럼 인간적인 한계에 부딪쳐 자기 체념의 비극적 종말로 끝날 수도 있으며 릴케처럼 시인의 경우엔 그 고뇌의 내용이 글로써 표현되기도 한다.

시대와의 조우에서 발생하는 "세계고(世界苦)"를 뜻하는 표현으로 "Weltschmerz"라는 말이 사용되는 것을 감안해 보면 "세계고"라는 표현의 존재는 인간이 현실에 대해서 본질적으로 고뇌하는 속성을 지녔음을 반증하는 것이다. 그러기에 인간은 어떠한 미학적 가치 영역이든 윤리적 가치 영역이든 그 속에서 안락함을 느끼든지 아니면 고통을 느끼기 마련이다. 따라서 시인의 고뇌를 나는 시인에게는 결코 유화적이지 않은 사회 속에서 예술가로서 자기 동질성을 추구하는 과정에서 체험하는 고통에 찬 일련의 정신적 과정을 일컫는 것으로 정의하려 한다. 그것은 제도화된 일상의 삶을 거부하려는 "영혼의 모험"에서 비롯되는 것이다.

괴테의 표현대로 "변화 속의 지속"이라는 측면에 중점을 두어 말해본다면 시대에 다라 약간의 변이는 있을지언정 시인들의 고뇌의 양상은 대체로 몇 가지 모티프로 나누어 생각할 수 있다. 시인의 정체성-여기에는 예언자적 고뇌, 언어에 대한 사고, 창작에 대한 열정이 포함된다, 사랑, 사회, 고독 그리고 죽음 등의 모티프가 그것이다. 이것들은 시인에 따라 각기 정도는 다르지만 모든 시인의 인간적, 예술적 고통으로서 그리고 자신의 문제와의 투쟁의 단계로서 작품에 그대로 흔적을 남긴다. 이 점에서 모든 시인들의 시는 카프카의 경우처럼 자신의 삶의 직접적인 표현이라고 할 수 있다. 그러나 시인의 개인적 삶의 표현들은 아도르노의 말대로 비록 사회와의 갈등을 자체의 고유한 테마로 삼지 않았다 하더라도 사회적 특성의 발현이라고 볼 수 있다.

시는 시인이 처한 사회적 공간 속에서 생겨나므로 그것이 아무리 개인적인 것일지라도 그 사회에 대해서 대답을 준다는 말이다. 시인은 시쓰기를 통해 궁극적으로는 가슴 깊은 곳에 자리 잡은 자신과의 만남의 모험을 꾀한다. 자신과의 만남은 무서운 고독 속에서 가능하다. 시인의 입장에서 고독은 죽음과 마찬가지로 사회로부터의 소외를 의미하기도 하지만 창조적 고독을 나타내기도 한다. 시의 본령에 최선이고자 몸부림쳤던 목월 선생의 말을 인용해 본다.

시인은 시를 쓰는 것이 생활의 중심이다. 그것을 위하여 생활을 집중하는 것이 당연하다면 당연한 일일 수 있다. 하지만 시라는 창조작업이 다른 작업에 비하면 끊임없는 의욕과 노력과 지속적인긴장을 요구하는 것으로, 삶의 모든 체험이 그것을 빚기 위하여 집결, 집중하지 않는 한 이루어지지 않는 것이다.

시를 쓴다는 것 그 내면에만 충실해야 할 뿐, 그외의 어떠한 것도 시를 쓰는 시인에게는 장애가 됨을 이야기하고 있다. 언어는 육체를 관통할 때만이 진정한 한 세계를 보여줄 수 있다.

3. 멀티미디어 시대 시쓰기의 유형

멀티정보사회라는 새로운 물결과 함께 문자매체를 존재의 근거로 삼고 있는 문학은 불리한 조건에 빠지게 되었다. 그래서 책 혹은 지면 속의 유기적 구조와 감상에서의 예술적 거리를 통해 문자문화에서 최고의 예술 장르로 군림하던 문학의 지위 또한 변모하지 않을 수 없게 되었다. 이러한 과정에서 시쓰기의 유형을 다음과 같이 살펴 볼 수 있다.

첫째는 이전과 다름없이, 멀티 시대 속에서도 문자시의 상태를 지속하며, 발표 및 활동의 장 역시 지면을 고수하는 길이다. 현재의 시조나 서예의 운명을 예상해 볼 수 있다.

둘째는 시는 어디까지나 문자시만의 표현 형태를 고수하되, 발표 및 활동에 있어서는 다른 매체들을 적극적으로 활용하는 길이다. 현재 미약하나마 행해지고 있는 TV, PC통신, CD-ROM, 비디오, 영화, 애니메이션, 뮤직 등 다른 전달 매체와의 교류, 융화를 보다 체계적이고 능동적으로 시인이 주체가 되어 행해나감으로써 창작과 감상활동의 영역을 지속적으로 확산해 나가는 방법이다. 이것은 문학 내부의 기법들로 대상을 바라보는 시선의 측면에서는 영상적이지만 여전히 그 작품을 인식하는 독자들에게는 문자문화의 특성을 그대로 유지하고 있는 것으로 보일 수밖에 없다. 그래서 기법으로 영상적 특성을 가져오려는 노력은 현대인의 상상력을 제대로 담을 수 없는 문자 매체의 한계를 부각시킬 수 있다.

셋째는 시가 문화예술 전반에 있어서 가장 근원에 자리 잡고 있는 진원지로서의 역할을 충실히 해내는 길이다. 현대 정보사회는 다양한 매체의 세포들이 다층적으로 촘촘히 연결되어 이루어진 하나의 거대한 유기체, 끊임없이 유동하는 또 하나의 가상 생명체로 비유되어질 수 있다. 그리고 불행하게도 그 세포들 중 대부분은 자본이라는 양수 속에서 탄생하고 자라나며 이를 통해서만이 확산되어지는 속성을 지니고 있다. 그 때문에 영화, TV드라마등 자본과 특히 밀접한 관계를 가진 매체에 의존하는 영역일수록 그 작품의 순수성, 깊이를 지켜나가기가 어려워지고 있으며, 그럴 겨를도 없이 확산만이 강요되고 있는 것이, 멀티시대의 간과할 수 없는 또 하나의 특성이다.

그런데 이러한 양상 속에서도 자본 등과 거의 관계없이 정신적인 깊이를 지켜내고 일구어낼 수 있는 표현형태를 들라면, 첫째로 꼽을 수 있는 분야가 시이다. 일찍부터 시는 독자적인 존재 양식을 가지고 있으면서도 문화예술 창작에 있어서 전반적으로 영향을 미치는 보편적인 미학적 장치로서 통용되어 왔다. 시에는 멀티문화라는 중독된 세포 마다에 생명력과 정신적인 깊이를 제공하는 진원지로서의 역할이 절실하게 기대되어질 수 있다.

네 번째로 들 수 있는 시의 길은 바로 시가 신생 장르를 탄생시키는 것이다. 미술이 비디오 아트를, 음악이 전자 음악을, 영화가 만화영화를 탄생시키며 스스로의 영역을 확장시켜 나가듯, 시가 멀티매체 시대에 하나의 신생 장르를 개척해 나가는 일이다. 이것은 문학성을 문자의 문학성으로만 보지 않고 영상과의 결합을 통해 기존의 문학성을 확장시키려는 적극적인 모색인 셈이다. 이렇게 되면 시라는 예술은 매체의 변이를 겪게 되는 것이고, 그것으로 새로운 시의 장(場)을 형성하게 된다.

생각해 보면 멀티 포엠이야말로 종합매체의 시대이자 운율의 시대이며 초고속 스피드의 시대이기도 한 21세기, 사이버 공간과 실재 공간이 혼재된 세계 속을 살아가야 하는, 다중 감각이 체질화 되어 가는 현대인에게는 절실한 예술의 형태라고 할 수 있다.

시의 미래를 반드시 비관적으로 전망할 수는 없다. 시는 유사 이래로 대중의 몽매함을 경멸해 왔다. 시는 정신 속에서 반복과 훈련을 통한 사유의 대중을 향해서 열리는 속성을 지니고 있다. 게임하듯이 호오(好惡)를 서슴없이 표출하는 자동반응 대중을 경멸해 왔던 점이 간과되어서는 안된다. 세속적인 의미에서 시가 세상의 갈채와 환호 속에 존재했던 시간은 정녕 없다. 시는 유·무형의 힘과 돈과 칼이 지배하는 사회의 중심과 거리를 유지하며 세상 한 켠에서 끝없이 쓰인 무엇이다. 불가능한 세상의 바깥까지 나아가려 애쓴 떠남의 시간이다. 시인에게 시말고 다른 생업이 필요한 것은 어제, 오늘의 일이 아니다. 다른 생업을 가질 수 없었던 천성의 시인들은 거의 불행한 죽음을 맞이한다. 시쓰기와 죽음은 불가결의 관계에 놓여있음을 본다. 역사의 한복판에서 위치가 사라졌으니 시는 죽은 것이 아니냐고! 우리는 시를 알아야 한다. 시가 심각한 정체성의 위기에 봉착했다면 크게 두 가지 하위 항을 말할 수 있다.

첫번째는 정보화 사회라는 변화한 사회 패러다임 안에서 시인들이 '시는 무엇을 어떻게 하여야 하는가?'라는 질문을 던지고 그 해답을 구하는 전생애적인 자세를 견지하지 못함으로써 생기는 "과연 시의 역할은 무엇인가" 하는 근원적인 죽음 혹은 위기의식이다.

두 번째는 한 시대의 문학 정체성 나아가 시를 규명할만한 의식을 구축하지 못하고 있는 데서 기인한 시의 위상 축소이다. 카멜레온은 주위의 온도 변화에 따라 수시로 자신의 몸 색깔을 바꾸어 가며, 도마뱀은 포식자에 의해 위험에 처하면 자신의 꼬리를 잘라 버린다. 문예지 편집진들이 요구하는 대로 충실히 글을 써 낼 수 있는 카멜레온적인 시인들에게 도마뱀의 꼬리는 충분히 준비되어 있을 것이다. 몇 제외가 있지만 현 단계 시집 간행은 출판사의 상업적 전략에 맞춰 철저히 사육되고 있으며, 이것은 결과적으로 문학 자체에 치명적인 아킬레스건으로 작용하여 한국 문학에 치유할 수 없는 상처를 남길 것이다. 우리의 영적 욕망은 거대한 기계 공간에 온전히 가두어질 수 없다. 이것이 시와 문학이 살아있는 이유다.

조롱당하고 거부당하는 시인이 스스로 시를 쓰는 이유를 발견하지 못할 때, 시의 죽음 혹은 위기는 불가피하다. 그는 단호히 떠나야 한다. 제 피로 피운 꽃, 그것은 세속적인 이기주의와는 다른 진정한 자기애인 것이다. 단지 독자에게 많이 인지되고 제도적으로 보증됨으로써 하나의 시인이 존재한다면, 우리는 시인이라 부를 수 있는 너무 많은 시인을 가지고 있다. 시는 최후의 비판적 담론으로 남아있는 언어의 대지이다. 시의 죽음 혹은 위기는 정신적 고뇌의 파탄에서 논의되어야 하지 않겠는가.

우리 시의 맥

- 꽃의 심연을 들여다보는 푸른 안광 -

　우리는 이 땅 위에서 더불어 살아간다. 풀·꽃·나무 같은 것들, 하늘·구름·바람·이슬 같은 것들, 해·달·별 같은 것들 그리고 새·벌레·짐승 같은 것들 등 우리 주위의 자연물들은 헤아릴 수 없이 많다. 사람들은 이것들 사이에 빌딩을 짓고 길을 만들고 일터와 도시를 세운다. 사람과 사람이 서로 떠날 수 없는 이웃인 것처럼 우리 주위의 여러 자연물들도 따지고 보면 이 우주 안에서 사람이 떠날 수 없는 이웃이다.

　그럼에도 불구하고 때로 이 세상을 사람들의 소유물로만 가득 차있는 듯이 생각하기도 한다. 그러는 동안 우리의 머리 속에는 자동차, 거대한 타워 빌딩, 아스팔트, 네트워크(NETWORK), 사이버 공간, 아이디(ID), 아바타 등 인공적 사물들만 들어와 앉는다. 그러나 이 모든 것이 아무리 대단하다 하여도 그것은 결국 이 넓은 세상의 일부분일 뿐이다. 우리는 사람이 만들어 낸 물건들 사이에서만 살아갈 수는 없다.

　시인들은 잊혀졌거나 무심히 지나쳤던 자연의 사물들을 우리에게 들려준다. 그들은 한 송이의 꽃, 한 그루의 나무에서 혹은 한 마리의 새에서 새삼스럽게도 새로운 의미를 발견하고 그것을 모국어로써 그려내어 우리에게 보여준다. 이 장에서 그들을 따라가 꽃의 노래에 귀 기울이는 일은 서로 다른 시인의 삶을 감상하는 일이다.

나 보기가 역겨워
가실 때에는
말없이 고이 보내 드리오리다.

영변(寧邊)에 약산(藥山)
진달래꽃
아름 따다 가실 길에 뿌리오리다.

가시는 걸음걸음
놓인 그 꽃을
사뿐히 즈려 밟고 가시옵소서.

나 보기가 역겨워
가실 대에는
죽어도 아니 눈물 흘리오리다.

　　　　　　　　- 김소월 「진달래꽃」 전문

　한국시문학사에서 김소월의 시 「진달래꽃」은 이별의 역설 혹은 순정한 연시(戀詩)로 풍요로운 해석의 망을 거느린다. 누구나 한 번쯤 청소년기에 소리 내어 읽어 보았던, 국민애송시 부문에서 변함없이 사랑을 받는 전무후무한 시이다. 무엇보다 님이 가시는 길에 뿌리는 꽃은 단순한 꽃이 아니다. 그것은 그 꽃처럼 붉고 아름다운 시적 화자의 사랑이기도 하다. "죽어도 아니 눈물" 흘리겠다고 하지만 님이 떠날 때 도저히 말없이 보낼 수 없을 만큼 애절한 사랑과 슬픔, 그리고 한을 담고 있다.

　한 송이 꽃은 소생의 의미와 함께 찰나로 비견되는 허무함, 죽음을 거느리는 소우주이다. 그래서인지 계절적으로 봄에 피어나는 꽃에서 시인의 삶과 세상을 사는 세월의 공간이 열려 진다.

모란이 피기까지는
나는 아직 나의 봄을 기다리고 있을테요.
모란이 뚝뚝 떨어져 버린 날
나는 비로소 봄을 여읜 서름에 잠길테요.
오월 어느 날 그 하루 무덥던 날
떨어져 누운 꽃잎 마저 시들어 버리고는
천지에 모란은 자취도 없어지고
뻗쳐오르던 내 보람 서운케 무너졌느니,
모란이 지고 말면 그뿐 내 한 해는 다 가고 말아
삼백예순 날 하냥 섭섭해 우웁내다.
모란이 피기까지는
나는 아직 기다리고 있을테요, 찬란한 슬픔의 봄을.
                    - 김영랑 「모란이 피기까지는」 전문

　　시인의 생애사적 계보를 살펴보면 소월(1902)과 영랑(1903)은 연년생이
다. 소월은 자살로 32살에 요절한 시인이며 영랑은 1950년 6·25전쟁 가운
데 화(禍)를 입어 작고했다고 전해진다. 그래서인지 김영랑의 "모란이 지고
말면 그뿐 내 한해는 다 가고 말아"에서 한 걸음 나아가 "삼백예순 날 하냥
섭섭해 우웁내다"라는 부분에서 호흡을 고르게 된다. 과연 그런 일이 있을
수 있을까. 우리의 삶은 여러 가지 일들로 가득 차있으며, 우리는 어느 하나
에서 슬픔을 맛보더라도 다른 일에도 관심을 기울이면서 생활해 나아가야
한다. 그러나 영랑은 모든 관심을 자신의 내면생활과 아름다움에의 소망으
로 가득 채운다. 그렇게 살아가는 이에게 있어서 가장 사랑하는 꽃의 소멸은
곧 모든 보람이 무너지고 마는 것을 의미한다. 그리하여 '찬란한 슬픔'이라
는 말로 간결하게 표현하였던 것이다.
　　1920·30년대에서 엿볼 수 있는 꽃의 정조와는 조금 다른 40년대 후반
김춘수 시인의 시 꽃이 있다. 이 시는 발표된 해로부터 반세기가 훌쩍 지난

21세기를 살아가는 오늘, 계간 『시인세계(2004. 가을)』에서 실시한 설문에서 시인들이 가장 좋아하는 애송시 1위로 선정된 바 있다.

> 내가 그의 이름을 불러 주기 전에는
> 그는 다만
> 하나의 몸짓에 지나지 않았다.
>
> 내가 그의 이름을 불러 주었을 때
> 그는 나에게로 와서
> 꽃이 되었다.
>
> 내가 그의 이름을 불러 준 것처럼
> 나의 이 빛깔과 향기에 알맞은
> 누가 나의 이름을 불러다오.
> 그에게로 가서 나도
> 그의 꽃이 되고 싶다.
>
> 우리들은 모두
> 무엇이 되고 싶다.
> 나는 너에게 너는 나에게
> 잊혀지지 않는 하나의 의미가 되고 싶다.
>
> — 김춘수 「꽃」 전문

위 시에서 이름을 붙이는 일은 사물이 의미를 가지도록 하는 일이다. 그가 말하는 이름이란 김 아무개, 이 아무개 하는 관습적인 이름이 아니라 사람들이 서로의 참된 모습과 가치를 이해하면서 서로에게 부여해주는 진정한 이름이다. 그 간절한 소망은 3, 4연의 호소하는 듯한 어조에도 나타난다. 이것은 꽃이 되기까지 서로의 비밀스런 교감이 어떻게 이루어지는가를 꿈꾸게 하는 시이다. 존재와 비존재를 관통하면서 생긴 불꽃이 꽃인 것이다.

2004년 겨울, 영원한 꽃의 시인 김춘수는 세상 먼 길을 떠났다.

1960년대를 들여다보며 시의 무한한 광맥으로 역사를 캐고 노래하며 등장한 이근배 시인의 「냉이꽃」이 있다. 우리의 현대사에 있어서 일제 식민지와 6·25 전쟁은 모두에게 어둠과 상처, 균열과 혼란, 가난과 추위로 커다란 획을 그었고, 아직도 풀지 못한 많은 부분들은 세대를 달리하며 삶과 함께 흘러가고 있다. 이근배 시인의 가계(家系)에 전쟁의 역사는 그의 삶을 정면으로 관통해 간다.

> 어머니가 매던 김밭의
> 어머니가 흘린 땀이 자라서
> 꽃이 된 것아
> 너는 思想을 모른다
> 어머니가 思想家의 아내가 되어서
> 잠 못 드는 半生인 것을 모른다
> 초가집이 섰던 자리에는
> 내 幼年에 날아오던
> 돌멩이만 남고
> 荒漠하구나
> 울음으로도 다 채우지 못하는
> 내가 자란 마을에 피어난
> 너 여리운 풀은.
>
>   - 이근배 「냉이꽃」 전문

2001년 여름, 위 시의 '냉이꽃 어머니'는 '냉이꽃 할머니'의 별칭을 얻으며 향년 91세로 눈을 감았다. 그는 냉이꽃에서 어머니를 발견한다. 초등학교 5학년 때 남로당원 아버지는 행방불명이 되었고, 이후 어머니는 50여 년을 수절하시면서 그와 식솔들을 키운 것이다. 어머니의 삶은 유한해도 해마다 피어나는 냉이꽃을 보면서 그는 이제 어머니를 다시 느끼게 될 것이다.

삶의 아픔이 "울음으로도 다 채우지 못하"는 것이었기에 "여리운 풀"이지만 "어머니가 매던 김밭"의 흔하면서도 강하게 피어나는 냉이꽃에 시선이 머무는 것이다.

　비유의 매개물은 비유를 행하는 주체의 삶이 선택한다. 시인의 삶이 비록 가난하여 세상에서 소외된 자리에 이불을 펴고 누워야 할지라도 산천이 그를 키워주지 않던가. 문명과 인공물의 기억만을 가진 이들이 태어나기 시작한 지도 십수 년 되는 현실이다. 아무 것도 영원할 수 없는 이 땅 위의 세계에서 꽃의 아름다움을 삶의 가장 높은 가치로 삼는 시인들, 꽃이라는 이름의 아우라를 향해 불가능한 마지막 풍경에까지 이르고자 애쓴 시의 푸른 안광은 영원토록 그 빛을 홀릴 것이다.

생명의 다양한 내적원리로 일깨우는
푸른 생의 꿈
- 『시로 여는 세상』 신인들의 신작시를 중심으로 -

　2004~2005년 사이에 『시로 여는 세상』으로 등단한 9명의 신예 시인들의 신작시를 중심으로 작품을 개괄하는 것이 이 글의 과제이다. 사실 9명의 신인이 등장하는 과제 앞에서 나는 무척 당혹스러웠다. 서로 다른 자리에서 서로 다른 말들을, 서로 다른 문법으로 사용하여 시를 쓰는 그 다양함이란⋯⋯⋯. "한 편의 짧은 글로 그 모든 것들에 대해 나의 말을 한다는 것이 가능하겠는가. 아니 그렇게 한다고 하더라도 그것이 무슨 의미가 있겠는가?"라는 생각이 나를 괴롭혔다. 그렇다고 이 다양함을 탓할 수도 없지 않겠는가. 다양성은 획일성과 대립되는 것이다. 모든 개별적인 것들, -그것이 언어이든 사유이든 아니면 시이든 인간이든 상관없이- 동일자로 환원하는 파시스트의 저 전율스러운 폭력을 기억한다면, 또 그것에 대립하는 시인들의 백화난발적인 말들을 기억한다면, 다양성이란 우리 정신의 살아있음을 증명하는 것이 아니겠는가? 그 살아있는 정신을 통해 동일자로 환원되지 않는 것들, 그 특수하고 개별적인 것들의 아픈 상처와 고뇌가 신음처럼 드러나고 햇빛을 받아 새로운 언어의 옷을 입는다면, 여기서 우리는 새로운 문화와 사회에 대한 비전을 읽어낼 수 있을 것이다.
　동일자로 환원되지 않는 타자에 관심을 기울이고 그 타자의 타자됨을 인정하여 비로소 자아와 타자가 서로 간의 연대를 확인할 때, 혹은 진정한 윤리적 관계를 회복할 때, 우리 시대의 더 나아가 다음 시대의 시쓰기는 계속될 수 있을 것이기 때문이다. 그것은 시의 운명과 관련된 문제라 할 수 있다. 이제 2004~2005년 사이에 『시로 여는 세상』으로 등단한 신예 시인들-김영서, 김영화, 김현미, 박자경, 성배순, 이정노, 정영미, 정찬례, 조서희-의 시들을 통해 , 타자를 만나는 그 다양한 방식들, 그 담론의 전략들을 살펴보고자 한다.

비판과 질책 보다는 애정과 공감을 통해 그들의 상처를 어루만지기 위해……….

1.

시인의 눈은 섬세하다. 이 섬세함은 무관심하게 지나치기 쉬운 일상의 한 순간을 시적 풍경으로 포착하여 찰나적 삶에 무한한 의미를 부여한다. 이때 미소(微小)한 삶의 순간들은 시인의 눈을 파고들며 삶의 존재론적 의미를 전송하는 매체가 된다. 특히 시인의 눈에 포착되는 순간적 풍경은 삶과 죽음이라는 형이상학적 의미자장을 오가며 우리들 생(生)의 본질적인 국면에 대한 성찰로 이어지고 있어 주목된다. 따라서 순간적 풍경의 포착은 시인이 세계에 개입하는 지점이며 중요한 시적 기법이라 할 것이다.

> 흙으로 돌아가려는 끈질긴 회귀본능 같은 것일까 바람이 부드
> 러운 언덕이 있는, 무덤과 나란히 마당 나누워 쓰고 있는 시골
> 어디, 마른 잔디 위로 쏟아지는 햇볕 속에 누워 잠들고 싶다.
> 그런 생각을 서성이는 날 도시는 커다란 무덤이다.

무덤은 꿈인 듯 불을 켜고 꿈인 듯 깨어난다.
죽은 자들이 일제히 일어나 집 찾아 들어간다.
검은 피가 돌고 검은 꽃이 핀다.
죽은 자들이 눈물을 흘리며 아이를 낳는다.
가로수가 미친 듯 노래하고 미친 듯 춤춘다.
죽은 자들이 모자를 쓰고 사진을 찍는다.

                          - 「죽음에 대하여」 부분

　김영화는 세속도시의 상품물신주의가 횡행하는 길에서 부딪치면서 "시
골 어디"를 그리며 영혼을 치유하려는 것일까. 오히려 "풀 한 포기 숨쉴
자유 없"는 도시는 죽음의 삶을 의미하기보다 "눈물을 흘리며 아이를 낳"음
으로써 처절한 생을 살다 가자는 불꽃같은 의지를 자극한다. 꿈. 집, 아이,
노래는 이 치열한 생의 환유라 하겠다. 이처럼 죽음에 이르기까지 삶에
대한 응시는 존재의 뿌리이자 꽃이 되는 아이러니를 보여준다. 박자경의
시에 이르면 "아! 나는 나머지 열려진 구멍을 통해 그동안의 죄를 낱낱이
고백해야한다. 그 여린 꽃송이를 버려두고 온 죄(「뺑소니」)"로 죽음에 대한
반성적 함의를 던지고 있다.
　우리들 생의 거죽은 윤기나는 무늬들로 이루어져 있다. 그러나 그 거죽을
뚫고 새어나오는 이면의 소리를 시인은 듣고 있다.

　　(중략) 세상에서 가장 잔인한 어머니. 그곳으로 빨리
　　나오라니요? 이 터널을 빠져나가느니 차라리 전 여기
　　서 죽을래요. 이렇게 탯줄로 목을 칭칭 감고서요.
　　어머니!
　　(중략)
　　아가야
　　경칩이 되면 바위를 들고 어김없이 개구리 눈 튀어나오지 않던?
　　삼월 폭설에도 봄나물들 초록의 손 내밀지 않던?

흙바람의 시샘에도 꽃들 봉긋이 가슴 내밀지 않던?
아가야
어서 머리를 내어라.

- 「신구지가」 부분

성배순은 「신구지가」를 통해서 인류가 반드시 회복해야 할 시원의 공간을 열어 본다. 도처에 탑재되어 있는 공포는 비명마저 불가능한 죽음과 소멸, 그리고 이러한 삶을 본질적으로 수락해야 하는 우리의 삶을 재구성한다. 나아가 이들 비극적인 사건이 하나의 사건으로 소비되는 현실, 즉 기사화되거나 풍문화되면서 "주식과 돈, 첨단과학, 컴퓨터" 등으로 우리들 일상의 안락을 확인하는 방식으로 유통되는 현실이 놓여 있다. 성배순은 세계를 육체화 함으로써 삶의 공간 자체를 문명에 의해 생명이 탈각된 죽음의 묘지로 인식하는 참담함을 보인다. 그러나 시인이 노래하는 탄생의 회복은 경칩-개구리 눈, 삼월의 폭설-봄나물들, 흙바람의 시샘-꽃들의 가슴으로 인간과 자연의 상상력이 결합되면서, 인간의 몸이 어떠한 상태로 존재해야 하는가를 역설적으로 보여준다.

2.

이번에 발표된 신작 시편들은 기존 시세계, 이른바 신세대라 일컬어지는 386세대가 보여 준 시세계의 연장선상에 놓여 있다. 386세대 시인들이 독특한 개성을 드러내며 시를 발표하던 1990년대는 수많은 시 매체들이 등장하고 그에 따라 수많은 시인들이 등장하면서 헤아릴 수 없을 정도의 시적 명명법이 태동한다. 따라서 이 시기의 시적 지형도는 복잡한 미로의 형상으로 남아있다. 이들은 이전의 시가 지니던 특수한 정치, 사회적 관심에서 일탈하여 우리 시대의 보편적인 삶의 조건, 곧 후기산업사회라는 일상적인 현실에 밀착한다. 그 밀착을 바탕으로 다양한 실험과 시양식의 해체를 통해 우리 시대의 일상적인 욕망의 허구성과 비인간적인 물량 메커니즘을 비판한다.

지적하고자 하는 것은 신예 시인들의 신작시편에서 주제나 소재에 있어서나 이를 다루고 드러내는 방식에 있어서도 기존 시인들의 시편과 큰 차이를 보이지는 않는다는 점이다. 그러나 이번 신작시에서 주목되는 점은 부드럽고 견고한 상상의 힘을 포착해 내는 시적 비전이라 할 수 있다. 그들의 부드러운 상상은 분절된 기억의 편린들을 이끌어 내면서 생을 다시 하나의 존재로 거듭나게 한다. 여기에서 기억은 과거의 한 순간이나 특정한 사건이 아니라 현재적인 내 몸과 시간 속에 공존하며 현재의 시간이 존재의 발효를 감행하는데 필수적인 효모로 기능한다.

　(중략)
　불구의 무게만큼, 소중한 다리가 된 지팡이
　이제 무거운 짐이 된, 왼팔과 다리

　　탕에서 나올 때는 아들이 한쪽 팔 어깨에 메고
　　안간힘 다하지만
　　다리가 끌리며 턱에 걸려
　　엄지발가락 하나가 태산이다, 이를
　　어쩌지 못하는 아들, 업어서 산을 넘고
　　　　　　　　　　　　- 「엄지발가락 하나가 태산이다」 부분

이정노는 늙음/젊음, 자식/부모, 나타남/사라짐의 경계를, "힘없이 매달린 고추"와 "파랗게 올라붙은 고추"로 세월의 속도를 통해 그 관계를 새롭게 구축하고 있다. 속절없이 지나간 세월의 속도에서 "불구의 무게만큼 두터워진/ 마음 속/ 애가 된 때"는 그런 점에서 철저하게 시인 개인적 차원의 것이 된다. 존재의 전율을 행간에 묻고 있는 이 시는 가장 작고 낮고 비루한 생임을 직감하는 순간이 세상만물을 바라보는 순수하고 진실한 눈을 획득하는 순간임을 말하는 거와 같다. 이것은 정영미의 "뒤축끌며 걸어온 생, 그 어디나/ 뿌리내려 살다보면/ 제 자리 아닌 곳 어디 있으랴「굳은 살」"로 그 맥을 짚어 보게 된다. 엄청난 사유의 중압이 아닌 구체적으로 다가오는 새삼 인간적 온기를 포착하게 된다. 그러나 필자는 시인의 시적 촉수가 인간사의 세파에 부서지고 상처 난 것들의 아픔에 누구보다 민감하다는 사실을 기억하고 있다. 또한 상처야말로 삶을 성숙하게 한다는 믿음, 김현미의 "나뭇짐 지다 거꾸로 쳐박혀 바라본 하늘에는 별도 참 많았다(「지게」 전문)"고 노래할 수 있는 그 언저리에 시인의 시적 지향점이 놓인다는 점을 암시해 준다.

그런가 하면 시인들의 시세계에서 견딤의 삶은 시적 질료의 원형을 이루고 있다는 점에서도 중요하지만 이것이 강한 자학의 미학을 형성한다는 점에서 눈여겨 볼 필요가 있다. 시인에게 그리움으로 인한 견딤이란 부재하는 대상에 대한 혹은 돌아갈 수 없는 시간에 대한 동경이다. 이러한 동경이 과거적 대상에 대한 병적인 집착을 낳을 때 낭만적 아이러니가 발생한다.

> 목수는 고집이 있어야 한다
> 쓰고 버리는 것도 목수가 정한다고
> 나이든 목수는 늘 말하지만
> 그녀가 사는 서울이
> 삼십 분 거리라는 화정지구 야방에는
> 녹슨 못 하나
> 고집스럽게 살 속에 묻고 앓아누운

풋내기 목수가 잠을 청하고 있다
- 「화정목수」 부분

"몇 해 전 서울에서 만나 내 손을 감싸주던/ 따뜻한" 기억을 잊지 못하는 목수는 여자를 그리워한다. 하지만 "그녀"는 명확한 형상으로 그려지지는 않았고, 오직 "살 속에 녹이 슨 못"을 버리지 못하는 그리움만이 남아있다. 과거에 대한 낭만적 그리움은 현실세계에 대한 시적 부정으로서 의의를 지닌다. 진정한 그리움은 그 어떤 지배도, 그 어떤 단절도 없는, 인간과 인간, 인간과 사물이 우리로 존재하는 동일성의 공간이다. 그것은 갇힌 안이 아니라 열린 밖의 공간이다.

그러나 비현실태인 그리움의 공간을 가능태로 만들 수 있는 길은 절망의 깊이를 확보하는 것에 달려 있다. 무엇인가를 극복하려 할 때 필요한 기본적인 태도는 그 극복 대상의 중심에서 그것에 철저하게 부딪치는 것이다. 그리움의 현현은 저 아득한 절망의 심연으로 추락할 때이다. 그런 점에서 조서희의 시가 말하려는 "몽마르뜨 언덕으로 출발하지 못한 꿈(「그림 쓰기」)"의 감지로 이어지는 정신은 어디에서 기인한 것인지, 포착하기 어려운 이미지의 나열만을 보여 준다. 이와 같은 모호함은 「탄력」에서도 다름 아니다. 여기서 심각하게 고려해야 할 것은 그의 시적 전언이 시적 형상성의 완성으로 치닫지 못하고 이미지 서술의 성급한 드러냄에 머문다는 점이다. 두말할 것도 없이 연륜과 서정적 긴장이 함께 어우러질 때 비로소 서정의 도도한 향기가 오래 간직될 수 있음은 자명하다.

시인은 자신의 체험과 기억 속에 각인되어 있는 시간의 흔적들을 불러내고 묻고 탐색하고 있다고 해도 과언이 아니다. 그들은 기억의 지층에 묻혀있거나 어둠의 순간으로 상징되는 아스라한 그리움의 영역에 유폐되어 있을

법한 이야기들을 복원하여 감각적 실체를 넘어선 어떤 근원적 권역을 어루만지는 힘을 가지고 있다. 그렇기 때문에 인간을 배제한 자연이나 역으로 인간만이 철저하게 주인이 되는 환경으로서의 자연을 노래하지 않는다. 그들이 노래하는 사물에는 인간의 경험이 담겨 있고, 인간의 시선에는 사물들의 자율적 리듬과 생리가 고스란히 담겨 전해지기 때문이다.

『시로 여는 세상』으로 등단한 9명의 신인들, 신작 시편들을 살펴보았다. 생면부지의 이름이지만 세속 세계의 부조리함에 대한 인식과 그러한 세계에 대한 거부감을 중요한 시적 출발점으로 삼고 있다는 점에서 반갑게 조우할 수 있는 기쁨이란 시가 주는 커다란 인연이다.

필자의 손에 넘겨진 18편의 작품을 통해서 그들의 작품세계와 특징을 변별해내는 것은 처음부터 무리가 가는 한계일 수 있음을 자각하는 데서 서정시의 내면성을 분석해 보고자 했다. 삶의 새로운 모색이 시도될 수 있기를 기대하면서 동시에 그 빛깔과 향기로 이제 출발하는 그들의 발걸음이 도도한 시의 흐름을 이어갈 수 있기를 문단의 선배로서 지켜보고 한다.

계속되는 사랑의 울음소리
- 김소월 「초혼(招魂)」 -

　시인의 몸은 자유자재로 세상과 소통하며 자연이 허락하는 미세한 지복의 순간에 참여한다. 거기서 시인의 에로티시즘이 피어난다. 삼라만상과 교호하고자 하는 시인의 욕망은 조율이 아닌 발산에서 잃어버린 사랑의 흔적을 되찾는다. 욕망이 끝난 곳을 응시하고자 할 때 영성의 추구가 대두된다. 곧 기나긴 여행을 떠나게 될 텐데 그 여행 중에 필요한 것은 진혼곡이다. 끝에서, 끝을 유예하는, 끝의 시를.

　시인은 아무리 메워도 메워지지 않는 소리로 메운다. 그 소리를 내지르지 않고는 견디질 못한다. 그러나 신라 천 년의 역사를 안은 에밀레종은 우리에게 시가 어떤 울림을 지녀야 하는지를 깨우쳐 주고 있다. 장중하면 맑기 어렵고 맑으면 장중하기 힘든 법이건만 엄청나게 큰 소리이면서 이슬처럼 영롱하고 맑은 울림, 참된 시는 날카로운 외침이 아니라 그 누구도 거부할 수 없는 '둥근 소리'여야 하지 않겠느냐고. 길고 긴 소리의 여운을 지닌 소리여야 하지 않겠느냐고. 삶과 사랑과 체험과 고난과 정진이 절실하게 차오를 때 에밀레종 소리 같은 맑고 장중한 울림의 시가 나오지 않겠느냐고.

　그렇게 내 귀에 뎅- 울려오는 한 편의 시가 김소월의 「초혼(招魂)」이다. 어떤 극점에서 멈추어 영원히 계속되는 사랑의 울음소리, 그것은 우리 모두의 기억 속에서 잠자고 있는 풍경인 것이다. 수많은 헤어짐 중에서도 가장 괴로운 것은 뜻밖의 죽음으로 인한 헤어짐일 것이다. 어떤 다른 사정에 따른 이별은 언젠가 만날 때를 기대할 수 있지만 죽음은 산 사람과 죽은 사람 사이에 넘을 수 없는 절대적 장벽이 되기 때문이다. 「초혼(招魂)」은 바로 그러한 경험을 노래한다.

반밖에 타지 못한 내 사랑이 안타까워질 때 무려 여덟 차례의 영탄이 나타나면서 죽은 이에 대한 그리움의 처절한 부르짖음을 남긴 「초혼(招魂)」을 떠올리면 새삼 가슴이 더워진다.

깊은 밤 나는 귀를 기울인다. 내가 몸담고 살고 있는 세상의 허위성을 다시 한 번 꿰뚫어 보게 되고, 그 허위성을 깨부수는 순간 신선한 사랑의 공기를 예감하게 되는 것이다. 내 모든 삶의 여정은 사랑의 자리를 향해 걸어갈 것이며 처음 출발했던 그 장소를 마침내 알게 될 것이다. 문명이 사라진 뒤에도 유형의 인공물들이 계속 남아있는 게 놀랍다면, 수천 년의 세월이 흐른 뒤에도 인간의 감정이 충실하게 전달될 수 있다는 훨씬 놀라운 일을 천 년 마르지 않는 강물로 이 땅을 적셔온 문학사는 우리에게 가르쳐 준다.

내 미처 오래도록 머물지 못한 곳에 비밀한 사랑 하나가 살아 끝없이 나를 흔든다. 만남과 헤어짐 모두 예감하지 못했기에 하염없는 그리움은 소리 내어 부르지 못한 "사랑하던 그 사람이여"에 오늘도 잠기는 것이다. 그리움이 다만 그리움으로 끝난다 하더라도 사랑은 스스로의 삶을 버릴 수 없다. 사랑은 비록 "부르는 소리가 빗겨가"더라도 자신의 생명과 그리움을 태우며 끝까지 운명을 받아들여 "선 채로 돌"이 되는 비극적 아름다움의 목소리로 살아간다. 여기서 돌은 우리의 옛 전설에 흔히 보이는 망부석을 연상케 하면서, 한편으로는 돌처럼 딱딱하게 굳어서 그 무엇으로도 풀리게 할 수 없는 슬픔과 그리움의 덩어리를 말해준다.

삼인칭 관찰자의 시점이 아니라 일인칭의 시점에서 간절한 사랑의 통과의

례를 치르는 것이다. 기이하게도 그 사랑은 탯줄이나 빛과 같은 신생의 이미지와 연결된다. 「초혼(招魂)」의 풍경은 한없는 생명의 출렁임을 느끼게 한다.

초혼(招魂)
  김 소 월

산산이 부서진 이름이여!
허공(虛空) 중에 헤어진 이름이여!
불러도 주인없는 이름이여!
부르다가 내가 죽을 이름이여!

심중(心中)에 남아있는 말 한 마디는
끝끝내 마저 하지 못하였구나.
사랑하던 그 사람이여!
사랑하던 그 사람이여!

붉은 해는 서산(西山) 마루에 걸리었다.
사슴의 무리도 슬피 운다.
떨어져 나가 앉은 산 위에서
나는 그대의 이름을 부르노라.

설움에 겹도록 부르노라.
설움에 겹도록 부르노라.
부르는 소리는 빗겨 가지만
하늘과 땅 사이가 너무 넓구나.

선 채로 이 자리에 돌이 되어도
부르다가 내가 죽을 이름이여!
사랑하던 그 사람이여!
사랑하던 그 사람이여!

빛에 취한 듯 참을 수 없는 존재의 어지러움
- 신기섭 「현기증」 -

　　하이데거는 "예로부터 신들의 말은 눈짓인 것이다. 시인이 말한다고 하
는 것은 이러한 눈짓을 포착해서 다시 자기 민족에게 눈짓으로 전하는 것이
다."라고 진술한 바 있다.

　　삶의 의미를 파악하는 일이나 우주의 섭리를 이해하는 총명함은 상징성
의 해독여부에 따라 의미부여가 달라짐을 알 수 있다.

　　신기섭은 1970년대 후반에 태어나 성장하여 이십대 중반, 2005년 「한국일
보」 신춘문예로 등단한 신예 시인이다. 필자가 굳이 그의 약력을 언급하는
것은 격변의 1980년대 후반에서 90년대, 이른바 신세대라 일컬어지는 20~
30대 시인들에 의해서 다양한 형식실험과 시양식의 해체를 통해 우리 시대
의 일상적인 욕망의 허구성과 비인간적인 물량 메커니즘에 대한 비판, 그리
고 뉴 밀레니엄으로 쏟아지는 문학적 담론 앞에 그의 삶이 놓여 있었음을
잠시 떠올려 보려 함이다. 나아가 이를 뒤좇다 보면 우리의 정신을 담아내기
위해 빌려 준 우리의 몸이 모든 감각을 통해 받아들인 외부의 숱한 자극과
그로 인해 동요된 영혼의 기쁨을 다시금 세상 밖으로 쏟아놓는, 바로 거기에
시인이 말하는 진짜 구멍과 빛이 있음을 발견하게 되기 때문이다.

　　신기섭이 묘파한 것과 같이 우리의 육체를 가장 초라하고 옹색하게 만드
는 것은 '변'을 보는 배설 행위이다. 변 뿐만 아니라 몸 밖으로 배설하는

일체의 모든 행위는 육체가 필연적으로 껴안아야 하는 최후의 가장 큰 얼룩인 것이다. 현대의 문명에 기초한 일상의 화장으로 이성이 허위에 사로잡혀 있는 순간에도 몸은 정직과 순수의 길을 잃지 않는다. 우리의 삶이 거쳐 온 많은 길들은 몸 안에 동형(同形)의 길을 만든다. 신기섭은 이 점을 명확히 인식함으로써 변소에서의 배설행위를 "빛이 입 속으로 들어와 빛을 먹여 주"는 모습으로 전이시킨다. 이어서 "나를 꼭 안았다가 다시 놓아주는 빛"으로 소리, 형태, 빛깔 그리고 모든 향기를 통해 자극받는 영혼의 울림을 삶 속에서 훨씬 고귀하게 다루는 법을 찾아 볼 수 있게 드러내 준다.

그러나 다시 주목할 것은 일상적인 삶과 진리가 묻어있는 '변소'에 대한 시인의 공간 체험이다. 필자의 경우 유년기를 지나 1970년대에 보낸 초등학교 시절을 끝으로 일상의 공간에서 '변소' 곧 뒷간 체험은 기억으로부터 멀리 떨어져 있다. 도시의 공간에서 '변소'라는 용어 자체가 낯설지만 자연성의 울림을 안겨 준다. 똥통과 천체적인 이미지의 병치, "나를 내뱉던 그날의 그 구멍"이 상징하는 자궁의 공간은 생명의 공간이자 또 다른 의미의 재생과 부활의 공간으로 거듭나고 있다. 변 혹은 오물은 그것들만으로 멈추어져 있는 것이 아닌, 재생의 공간으로 반복되는 순환구조를 이루고 있다. 즉 극과 극은 통한다는 논리처럼 똥오줌을 걸러내는 잡스러운 일상인의 삶의 모습과 구멍에서 태어나는 "신생아"를 통해서 현실을 살아가는 인간에게 신비스런 희망을 제공하는 것으로 볼 수 있다.

「현기증」에서 나타나는 구멍은 두 가지 측면에서 매우 중요한 상징적 의미를 소유한다. 생물학적 측면에서 구멍은 육체를 건강하게 만드는 힘을 소유하며 따라서 풍요의식과 관련된다. 그런가 하면 정신적인 측면에서 구멍은 이 세계가 다른 세계를 향하여 열림을 상징한다. 예컨대 죽음이 거처하는 곳, 기억과 과거가 머무는 곳, 나아가 어머니와 무의식을 상징하기도 한다. "변소에 매달린 끈", 곧 "탯줄같은 끈"을 끊음으로써 몸이 환해지는 그래서 공간과 시간이 소멸하는 절정의 세계를 경험하게 되는 것이다. 유동(流動)하는 몸은 그렇게 대자연의 순환에 동참함으로서 유한한 육체의 한계를 넘어 자연이라는 거대한 몸의 일부가 된다.

신기섭 시인이 변소에서 빛의 혼(魂)에 씌웠듯, 필자 또한 그 혼을 물려받았을까.

유년의 기억 저편에 드리워진 필름이 다가선다. 작은 발이 미끄러질까, 변소에 매달린 끈을 잡고 공포와 쾌감을 실감하는 희한한 마주침이다. 그저 배경에 그치지 않고 구석구석이 이야기와 하나로 녹아 있다. 가랑비가 내릴 때에도 어김없이 찾아오던 빛은 작은 창을 통해 흘러 들어오던 해, 달, 별보다도 훨씬 원초적인 강한 무엇이었다.

만물에 스며있는 빛, 그것 없이는 지상의 삶이 존재할 수 없다. 성서의 첫머리에 나오는 "빛이 있으라"는 구절은 우주를 창조한 신의 바램이었던 것이다. 그러한 신의 바램을 신기섭은 모국어로 포착하여 우리에게 전하는 시인이다.

우리의 삶이 혼돈으로 뒤범벅된 것이라 할지라도 시인은 자신의 몸에 각인된 삶의 흔적을 소중히 여긴다. 그는 "나를 내뱉던 그 날의 그 구멍"처럼 육체의 구멍은 '존재'와 '삶' 그 자체이거나 그와 동등한 무게를 지니며 모두 빛으로 비유한다. 누구보다도 삶의 질서에 순응함으로써 얻어지는, 삶의 진리를 갈파하는 이들의 몫으로 남겨지는 현기증, 참을 수 없는 존재의 원형적 어지러움을 값지게 소유하는 것이다.

현기증
　신기섭

칼을 쥐고 변소에 갔다 변소에 매달린 끈을
끊으러 간다 끈을 잡고 반쯤 서서 일 보던

당신의 몸속에는 숭숭 구멍이 뚫려 있었고
구멍들 중에 오래전 내가 살다 나온 구멍 하나;
나를 내뱉던 그날의 구멍처럼 변소가
뜨겁다 탯줄같은 끈을 끊는데 우글우글 핏빛 똥통 속
구더기들 끓는 냄새 잉잉 파리떼 소리
덩달아 내 온몸에 맺힌 땀방울이 끓는다
툭, 끈은 끊어지고, 그러나 나는 왜 아직도 갇혀 있나?
자궁 속 태아 자세로 웅크리고 있는데
점점 밀려오는 환한 빛; 고개를 숙이고
빛을 향해 나는 머리부터 먼저 내밀고 나가는데
누군가 내 머리를 쭈욱 잡아빼고 있다
바짝 곤두서는 머리칼! 나의 몸이 솟구친다
빛이 입 속으로 들어와 빛을 먹여준다
빛을 입에 물고 빛에 안겨 숨막히는 이 순간
나를 꼭 안았다가 다시 놓아주는 빛, 한없이
나는 떨어져내리고 빛은 사라져서 그늘진
마당에 주저앉아 나 이제 숨 쉰다 희뜩희뜩
엄마를 죽이고 세상에 나온 신생아처럼

한국현대시의 맥

인쇄일 초판 1쇄 2005년 12월 16일
　　　　2쇄 2010년 12월 23일
발행일 초판 1쇄 2005년 12월 21일
　　　　2쇄 2010년 12월 25일

지은이 허 금 주
발행인 정 진 이
발행처 새미
등록일 1994.03.10, 제17-271호

서울시 강동구 성내동 447-11 현영빌딩 2층
Tel : 442-4623~4 Fax : 442-4625
www.kookhak.co.kr
E- mail : kookhak2001@hanmail.net
ISBN 89-5628-196-3
가 격 18,000원

＊ **새미**는 국학자료원 의 자매회사입니다.
＊저자와의 협의 하에 인지는 생략합니다.